A Study in Scarlet
Estudio en escarlata

Arthur Conan Doyle

A Study in Scarlet
Estudio en escarlata

Texto paralelo bilingüe
Bilingual edition

Ingles - Español
English - Spanish

texto en español, traducido del inglés por Guillermo Tirelli

ROSETTA EDU

Título original: *A Study in Scarlet*

Primera publicación: 1887

Ilustración de tapa: "The Valley of Fear" de Frank Wiles, 1914. Cortesía: Toronto Public Library.

Primera edición: Junio 2024

Publicado por Rosetta Edu
Londres, Junio 2024
www.rosettaedu.com

ISBN: 978-1-83647-019-9

Rosetta Edu
Ediciones bilingües

Páginas enfrentadas

Páginas enfrentadas de la traducción y texto original en libros impresos.

Párrafos alineados en libros impresos

En libros impresos, los párrafos alineados entre los dos idiomas facilitan la comparación y la comprensión, ahorrando la necesidad de referirse constantemente al diccionario.

Párrafos enlazados en libros electrónicos

En libros electrónicos la comparación y la comprensión son facilitadas por citas al pie colocadas al principio de cada párrafo enlazando el texto en el idioma original y su traducción.

Integridad y fidelidad

Traducciones íntegras, fieles y no abreviadas del texto original.

Cuidado del vocabulario

Traducciones especiales para ediciones bilingües, con especial cuidado por la hegemonía de vocabulario utilizando glosarios en el proceso de traducción.

Contexto educativo

Ediciones enfocadas a estudiantes intermedios y avanzados del idioma original del texto en libros coleccionables y aptos para el contexto educativo.

INDICE

PART I

(Being a reprint from the Reminiscences of JOHN H. WATSON, M.D.,
Late of the Army Medical Department.)

CHAPTER I – MR. SHERLOCK HOLMES

In the year 1878 I took my degree of Doctor of Medicine of the University of London, and proceeded to Netley to go through the course prescribed for surgeons in the army. Having completed my studies there, I was duly attached to the Fifth Northumberland Fusiliers as Assistant Surgeon. The regiment was stationed in India at the time, and before I could join it, the second Afghan war had broken out. On landing at Bombay, I learned that my corps had advanced through the passes, and was already deep in the enemy's country. I followed, however, with many other officers who were in the same situation as myself, and succeeded in reaching Candahar in safety, where I found my regiment, and at once entered upon my new duties.

The campaign brought honours and promotion to many, but for me it had nothing but misfortune and disaster. I was removed from my brigade and attached to the Berkshires, with whom I served at the fatal battle of Maiwand. There I was struck on the shoulder by a Jezail bullet, which shattered the bone and grazed the subclavian artery. I should have fallen into the hands of the murderous Ghazis had it not been for the devotion and courage shown by Murray, my orderly, who threw me across a pack-horse, and succeeded in bringing me safely to the British lines.

Worn with pain, and weak from the prolonged hardships which I had undergone, I was removed, with a great train of wounded sufferers, to the base hospital at Peshawar. Here I rallied, and had already improved so far as to be able to walk about the wards, and even to bask a little upon the verandah, when I was struck down by enteric fever, that curse of our Indian possessions. For months my life was despaired of, and when at last I came to myself and became convalescent, I was so weak and emaciated that a medical board determined that not a day should be lost in sending me back to England. I was dispatched, accordingly, in the troopship "Orontes," and landed a

PARTE I

(Una reimpresión de las Reminiscencias de JOHN H. WATSON, Doctor en Medicina, Oficial retirado del Ejército, Cuerpo Sanitario)

CAPÍTULO I – MR. SHERLOCK HOLMES

En el año 1878 obtuve mi título de Doctor en Medicina en la Universidad de Londres y me dirigí a Netley para seguir el curso prescrito para los cirujanos del ejército. Una vez terminados mis estudios allí, fui destinado al Quinto Regimiento de Fusileros de Northumberland como cirujano asistente. El regimiento tenía la India como base en ese momento y, antes de que pudiera incorporarme, había estallado la segunda guerra afgana. Al desembarcar en Bombay, me enteré de que mi cuerpo había avanzado a través de los pasos y ya se encontraba en lo más profundo del territorio enemigo. Seguí, sin embargo, con muchos otros oficiales que se encontraban en la misma situación que yo, y logré llegar a Candahar sano y salvo, donde encontré a mi regimiento y enseguida entré en mis nuevas funciones.

La campaña trajo honores y ascensos a muchos pero para mí no tuvo más que desgracias y desastres. Fui retirado de mi brigada y adscrito a los Berkshires, con los que serví en la fatal batalla de Maiwand. Allí fui alcanzado en el hombro por una bala Jezail, que destrozó el hueso y rozó la arteria subclavia. Habría caído en manos de los ghazis asesinos de no haber sido por la devoción y el valor demostrados por Murray, mi ordenanza, que me arrojó sobre un caballo de carga y consiguió llevarme sano y salvo a las líneas británicas.

Desgastado por el dolor y débil por los prolongados esfuerzos que había tenido que sufrir, me trasladaron, con un gran convoy de heridos, al hospital base de Peshawar. Aquí me recuperé y ya había mejorado hasta el punto de poder caminar por las salas e incluso tomar un poco de sol en la terraza, cuando me atacó el tifus, esa maldición de nuestras posesiones indias. Durante meses mi condición fue desesperante y, cuando por fin volví en mí y quedé convaleciente, estaba tan débil y demacrado que una junta médica determinó que no debía perderse ni un día en enviarme de vuelta a Inglaterra. Fui despachado, en consecuencia, en el buque de tropas «Orontes», y desembarqué un mes después en

month later on Portsmouth jetty, with my health irretrievably ruined, but with permission from a paternal government to spend the next nine months in attempting to improve it.

I had neither kith nor kin in England, and was therefore as free as air—or as free as an income of eleven shillings and sixpence a day will permit a man to be. Under such circumstances, I naturally gravitated to London, that great cesspool into which all the loungers and idlers of the Empire are irresistibly drained. There I stayed for some time at a private hotel in the Strand, leading a comfortless, meaningless existence, and spending such money as I had, considerably more freely than I ought. So alarming did the state of my finances become, that I soon realized that I must either leave the metropolis and rusticate somewhere in the country, or that I must make a complete alteration in my style of living. Choosing the latter alternative, I began by making up my mind to leave the hotel, and to take up my quarters in some less pretentious and less expensive domicile.

On the very day that I had come to this conclusion, I was standing at the Criterion Bar, when some one tapped me on the shoulder, and turning round I recognized young Stamford, who had been a dresser under me at Barts. The sight of a friendly face in the great wilderness of London is a pleasant thing indeed to a lonely man. In old days Stamford had never been a particular crony of mine, but now I hailed him with enthusiasm, and he, in his turn, appeared to be delighted to see me. In the exuberance of my joy, I asked him to lunch with me at the Holborn, and we started off together in a hansom.

"Whatever have you been doing with yourself, Watson?" he asked in undisguised wonder, as we rattled through the crowded London streets. "You are as thin as a lath and as brown as a nut."

I gave him a short sketch of my adventures, and had hardly concluded it by the time that we reached our destination.

"Poor devil!" he said, commiseratingly, after he had listened to my misfortunes. "What are you up to now?"

"Looking for lodgings," I answered. "Trying to solve the problem as to whether it is possible to get comfortable rooms at a reasonable price."

el muelle de Portsmouth, con mi salud irremediablemente arruinada, pero con permiso de un gobierno paternal para pasar los nueve meses siguientes intentando mejorarla.

No tenía ni familia ni parientes en Inglaterra y, por lo tanto, era tan libre como el aire... o tan libre como unos ingresos de once chelines y seis peniques al día le permiten ser a un hombre... En tales circunstancias, gravité naturalmente hacia Londres, ese gran pozo negro en el que se vierten irresistiblemente todos los holgazanes y perezosos del Imperio. Allí me alojé durante algún tiempo en un hotel privado en Strand, llevando una existencia sin confort ni sentido y gastando el dinero que tenía considerablemente más liberalmente de lo que debía. Tan alarmante llegó a ser el estado de mis finanzas que pronto me di cuenta de que o bien debía abandonar la metrópoli y ser expulsado a algún lugar en el campo o bien debía efectuar un cambio completo en mi estilo de vida. Eligiendo esta última alternativa, empecé por decidirme a dejar el hotel y a instalarme en algún domicilio menos pretencioso y menos caro.

El mismo día en que había llegado a esta conclusión, estaba de pie en el bar Criterion, cuando alguien me tocó en el hombro, y al volverme reconocí al joven Stamford, que había sido practicante a mis órdenes en Barts. La visión de una cara amiga en el gran desierto de Londres es algo realmente agradable para un hombre solitario. En otros tiempos, Stamford nunca había sido especialmente amigo mío, pero ahora le saludé con entusiasmo y él, a su vez, parecía encantado de verme. En la exuberancia de mi alegría, le invité a comer conmigo en el Holborn y partimos juntos en un coche de caballos.

«¿Qué ha estado haciendo de su vida, Watson?», preguntó con indisimulado asombro, mientras traqueteábamos por las atestadas calles londinenses. «Está delgado como un listón y moreno como una nuez».

Le hice un breve esbozo de mis aventuras y apenas lo había concluido cuando llegamos a nuestro destino.

«¡Pobre diablo!», dijo él, conmiserativo, después de haber escuchado mis desventuras. «¿Y en qué anda ahora?».

«Buscando alojamiento», respondí. «Intentando resolver el problema de si es posible conseguir habitaciones cómodas a un precio razonable».

"That's a strange thing," remarked my companion; "you are the second man to-day that has used that expression to me."

"And who was the first?" I asked.

"A fellow who is working at the chemical laboratory up at the hospital. He was bemoaning himself this morning because he could not get someone to go halves with him in some nice rooms which he had found, and which were too much for his purse."

"By Jove!" I cried, "if he really wants someone to share the rooms and the expense, I am the very man for him. I should prefer having a partner to being alone."

Young Stamford looked rather strangely at me over his wine-glass. "You don't know Sherlock Holmes yet," he said; "perhaps you would not care for him as a constant companion."

"Why, what is there against him?"

"Oh, I didn't say there was anything against him. He is a little queer in his ideas—an enthusiast in some branches of science. As far as I know he is a decent fellow enough."

"A medical student, I suppose?" said I.

"No—I have no idea what he intends to go in for. I believe he is well up in anatomy, and he is a first-class chemist; but, as far as I know, he has never taken out any systematic medical classes. His studies are very desultory and eccentric, but he has amassed a lot of out-of-the way knowledge which would astonish his professors."

"Did you never ask him what he was going in for?" I asked.

"No; he is not a man that it is easy to draw out, though he can be communicative enough when the fancy seizes him."

"I should like to meet him," I said. "If I am to lodge with anyone, I should prefer a man of studious and quiet habits. I am not strong

«Qué extraño», comentó mi acompañante; «usted es el segundo hombre en el día que me dirige esa expresión».

«¿Y quién fue el primero?», pregunté.

«Un compañero que trabaja en el laboratorio químico del hospital. Se lamentaba esta mañana porque no podía conseguir a alguien que le acompañara a pagar a medias unas cómodas habitaciones que había encontrado y que eran demasiado para su bolsillo».

«¡Cielos!», grité, «si de verdad quiere a alguien con quien compartir las habitaciones y los gastos, soy el hombre ideal para él. Preferiría tener un compañero antes que estar solo».

El joven Stamford me miró con cierta extrañeza por encima de su copa de vino. «Aún no conoce a Sherlock Holmes», me dijo; «quizá no le interese como compañero constante».

«¿Por qué, qué hay contra él?».

«Oh, no he dicho que haya nada contra él. Es un poco raro en sus ideas, un entusiasta en algunas ramas de la ciencia. Por lo que sé es un tipo bastante decente».

«¿Un estudiante de medicina, supongo?», le dije.

«No... no tengo noción de lo que pretende hacer. Creo que tiene buenos conocimientos de anatomía y es un químico de primera clase; pero, que yo sepa, nunca ha tomado ninguna clase sistemática de medicina. Sus estudios son muy poco sistemáticos y excéntricos, pero ha acumulado un montón de conocimientos fuera de lo común que asombrarían a sus profesores».

«¿Nunca le preguntó con qué fin?», le pregunté.

«No; no es un hombre al que sea fácil sonsacar algo, aunque puede ser bastante comunicativo cuando la fantasía se apodera de él».

«Me gustaría conocerle», le dije. «Si he de alojarme con alguien, preferiría un hombre consagrado al estudio y tranquilo. Aún no estoy lo

enough yet to stand much noise or excitement. I had enough of both in Afghanistan to last me for the remainder of my natural existence. How could I meet this friend of yours?"

"He is sure to be at the laboratory," returned my companion. "He either avoids the place for weeks, or else he works there from morning to night. If you like, we shall drive round together after luncheon."

"Certainly," I answered, and the conversation drifted away into other channels.

As we made our way to the hospital after leaving the Holborn, Stamford gave me a few more particulars about the gentleman whom I proposed to take as a fellow-lodger.

"You mustn't blame me if you don't get on with him," he said; "I know nothing more of him than I have learned from meeting him occasionally in the laboratory. You proposed this arrangement, so you must not hold me responsible."

"If we don't get on it will be easy to part company," I answered. "It seems to me, Stamford," I added, looking hard at my companion, "that you have some reason for washing your hands of the matter. Is this fellow's temper so formidable, or what is it? Don't be mealy-mouthed about it."

"It is not easy to express the inexpressible," he answered with a laugh. "Holmes is a little too scientific for my tastes—it approaches to cold-bloodedness. I could imagine his giving a friend a little pinch of the latest vegetable alkaloid, not out of malevolence, you understand, but simply out of a spirit of inquiry in order to have an accurate idea of the effects. To do him justice, I think that he would take it himself with the same readiness. He appears to have a passion for definite and exact knowledge."

"Very right too."

"Yes, but it may be pushed to excess. When it comes to beating the subjects in the dissecting-rooms with a stick, it is certainly taking rather a bizarre shape."

bastante fuerte como para soportar mucho ruido o excitación. Tuve suficiente de ambas cosas en Afganistán para el resto de mi existencia natural. ¿Cómo podría conocer a este amigo suyo?».

«Seguro que está en el laboratorio», respondió mi compañero. «O bien evita el lugar durante semanas o bien trabaja allí de la mañana a la noche. Si quiere, daremos una vuelta juntos después del almuerzo».

«Desde luego», respondí, y la conversación se desvió hacia otros cauces.

Mientras nos dirigíamos al hospital tras dejar el Holborn, Stamford me dio algunos detalles más sobre el caballero al que me proponía tomar como compañero de alojamiento.

«No debe culparme si no se lleva bien con él», dijo; «no sé nada más de él que lo que he aprendido de encontrarme ocasionalmente con él en el laboratorio. Usted propuso este acuerdo, así que no debe hacerme responsable».

«Si no nos llevamos bien será fácil separarnos», respondí. «Me parece, Stamford», añadí, mirando con dureza a mi compañero, «que tiene alguna razón para lavarse las manos en este asunto. ¿Es tan formidable el temperamento de este tipo, o qué? No sea evasivo al respecto».

«No es fácil expresar lo inexpresable», respondió riendo. «Holmes es un poco demasiado científico para mi gusto; se acerca a la sangre fría. Podría imaginármelo dándole a un amigo una pizca del último alcaloide vegetal, no por malevolencia, comprenderá, sino simplemente por espíritu de investigación para hacerse una idea exacta de sus efectos. Para hacerle justicia, creo que él mismo lo tomaría con la misma presteza. Parece tener pasión por el conocimiento definido y exacto».

«Lo cual es muy correcto».

«Sí, pero puede ser llevado al exceso. Cuando se trata de golpear a los sujetos en las salas de disección con un palo, ciertamente eso está tomando una forma bastante extraña».

"Beating the subjects!"

"Yes, to verify how far bruises may be produced after death. I saw him at it with my own eyes."

"And yet you say he is not a medical student?"

"No. Heaven knows what the objects of his studies are. But here we are, and you must form your own impressions about him." As he spoke, we turned down a narrow lane and passed through a small side-door, which opened into a wing of the great hospital. It was familiar ground to me, and I needed no guiding as we ascended the bleak stone staircase and made our way down the long corridor with its vista of whitewashed wall and dun-coloured doors. Near the further end a low arched passage branched away from it and led to the chemical laboratory.

This was a lofty chamber, lined and littered with countless bottles. Broad, low tables were scattered about, which bristled with retorts, test-tubes, and little Bunsen lamps, with their blue flickering flames. There was only one student in the room, who was bending over a distant table absorbed in his work. At the sound of our steps he glanced round and sprang to his feet with a cry of pleasure. "I've found it! I've found it," he shouted to my companion, running towards us with a test-tube in his hand. "I have found a re-agent which is precipitated by hæmoglobin, and by nothing else." Had he discovered a gold mine, greater delight could not have shone upon his features.

"Dr. Watson, Mr. Sherlock Holmes," said Stamford, introducing us.

"How are you?" he said cordially, gripping my hand with a strength for which I should hardly have given him credit. "You have been in Afghanistan, I perceive."

"How on earth did you know that?" I asked in astonishment.

"Never mind," said he, chuckling to himself. "The question now is about hæmoglobin. No doubt you see the significance of this discovery of mine?"

«¡Golpeando a los sujetos!».

«Sí, para comprobar hasta qué punto pueden producirse hematomas después de la muerte. Lo vi hacerlo con mis propios ojos».

«¿Y aún así dice que no es estudiante de medicina?».

«No. Sólo Dios sabe cuáles son los objetos de sus estudios. Pero aquí estamos, y usted debe formarse sus propias impresiones sobre él». Mientras hablaba, giramos por una estrecha callejuela y pasamos por una pequeña puerta lateral, que se abría a un ala del gran hospital. Era un terreno familiar para mí y no necesité que me guiaran mientras ascendíamos por la sombría escalera de piedra y nos abríamos paso por el largo pasillo con su vista de paredes encaladas y puertas de color pardo. Cerca del otro extremo, un pasillo de arcos bajos se bifurcaba y conducía al laboratorio químico.

Se trataba de una habitación de techo alta, llena de innumerables frascos alineados contra las paredes. Había esparcidas mesas anchas y bajas, erizadas de retortas, tubos de ensayo y pequeñas lámparas Bunsen, con sus llamas azules parpadeantes. Sólo había un estudiante en la sala, que estaba inclinado sobre una mesa distante absorto en su trabajo. Al oír nuestros pasos miró a su alrededor y se puso en pie de un salto con un grito de placer. «¡Lo he encontrado! Lo he encontrado», gritó a mi compañero, corriendo hacia nosotros con una probeta en la mano. «He encontrado un reactivo que se precipita con la hemoglobina, y con ninguna otra sustancia». Si hubiera descubierto una mina de oro, no podría haber brillado mayor deleite en sus facciones.

«Dr. Watson, Mr. Sherlock Holmes», dijo Stamford, presentándonos.

«¿Cómo está?», dijo cordialmente, agarrando mi mano con una fuerza por la que difícilmente le habría dado crédito. «Ha estado en Afganistán, según tengo entendido».

«¿Cómo demonios lo supo?», pregunté asombrado.

«No importa», dijo riéndose para sí. «La cuestión ahora es la hemoglobina. Sin duda usted ve la importancia de este descubrimiento mío».

"It is interesting, chemically, no doubt," I answered, "but practically——"

"Why, man, it is the most practical medico-legal discovery for years. Don't you see that it gives us an infallible test for blood stains. Come over here now!" He seized me by the coat-sleeve in his eagerness, and drew me over to the table at which he had been working. "Let us have some fresh blood," he said, digging a long bodkin into his finger, and drawing off the resulting drop of blood in a chemical pipette. "Now, I add this small quantity of blood to a litre of water. You perceive that the resulting mixture has the appearance of pure water. The proportion of blood cannot be more than one in a million. I have no doubt, however, that we shall be able to obtain the characteristic reaction." As he spoke, he threw into the vessel a few white crystals, and then added some drops of a transparent fluid. In an instant the contents assumed a dull mahogany colour, and a brownish dust was precipitated to the bottom of the glass jar.

"Ha! ha!" he cried, clapping his hands, and looking as delighted as a child with a new toy. "What do you think of that?"

"It seems to be a very delicate test," I remarked.

"Beautiful! beautiful! The old Guiacum test was very clumsy and uncertain. So is the microscopic examination for blood corpuscles. The latter is valueless if the stains are a few hours old. Now, this appears to act as well whether the blood is old or new. Had this test been invented, there are hundreds of men now walking the earth who would long ago have paid the penalty of their crimes."

"Indeed!" I murmured.

"Criminal cases are continually hinging upon that one point. A man is suspected of a crime months perhaps after it has been committed. His linen or clothes are examined, and brownish stains discovered upon them. Are they blood stains, or mud stains, or rust stains, or fruit stains, or what are they? That is a question which has puzzled many an expert, and why? Because there was no reliable test. Now we have the Sherlock Holmes' test, and there will no longer be any difficulty."

«Es interesante, químicamente, sin duda», respondí, «pero prácticamente...».

«Vaya, hombre, es el descubrimiento médico-legal más práctico desde hace años. No ve que nos da una prueba infalible para las manchas de sangre. Venga aquí ahora». Me agarró por la manga del abrigo en su impaciencia y me arrastró hacia la mesada en la que había estado trabajando. «Tomemos un poco de sangre fresca», dijo, clavándose un largo punzón en el dedo y extrayendo la gota de sangre resultante en una pipeta química. «Ahora, añado esta pequeña cantidad de sangre a un litro de agua. Usted percibe que la mezcla resultante tiene el aspecto del agua pura. La proporción de sangre no puede ser superior a una entre un millón. Sin embargo, no me cabe duda de que podremos obtener la reacción característica». Mientras hablaba, echó en el recipiente unos cuantos cristales blancos y luego añadió unas gotas de un fluido transparente. En un instante, el contenido adquirió un color caoba apagado, y un polvo parduzco se precipitó al fondo del frasco de cristal.

«¡Ja, ja!», gritó, aplaudiendo y pareciendo tan encantado como un niño con un juguete nuevo. «¿Qué le parece?».

«Parece una prueba muy delicada», comenté.

«¡Hermoso! ¡Hermoso! La antigua prueba de Guiacum era muy torpe e incierta. También lo es el examen microscópico de los corpúsculos sanguíneos. Este último carece de valor si las manchas tienen más de unas pocas horas. Ahora bien, este examen parece actuar igual tanto si la sangre es vieja como nueva. Si se hubiera inventado esta prueba, hay cientos de hombres que ahora caminan por la tierra y que hace tiempo habrían pagado la pena de sus crímenes».

«¡En efecto!», murmuré.

«Los casos penales giran continuamente en torno a ese punto. Un hombre es sospechoso de un crimen meses después, quizá, de que se haya cometido. Se examina su ropa blanca o sus ropas y se descubren manchas marrones en ellas. ¿Son manchas de sangre, o de barro, o de óxido, o de fruta, o qué son? Esa es una pregunta que ha desconcertado a muchos expertos, ¿y por qué? Porque no existía ninguna prueba fiable. Ahora tenemos la prueba de Sherlock Holmes y ya no habrá ninguna dificultad».

His eyes fairly glittered as he spoke, and he put his hand over his heart and bowed as if to some applauding crowd conjured up by his imagination.

"You are to be congratulated," I remarked, considerably surprised at his enthusiasm.

"There was the case of Von Bischoff at Frankfort last year. He would certainly have been hung had this test been in existence. Then there was Mason of Bradford, and the notorious Muller, and Lefevre of Montpellier, and Samson of New Orleans. I could name a score of cases in which it would have been decisive."

"You seem to be a walking calendar of crime," said Stamford with a laugh. "You might start a paper on those lines. Call it the 'Police News of the Past.'"

"Very interesting reading it might be made, too," remarked Sherlock Holmes, sticking a small piece of plaster over the prick on his finger. "I have to be careful," he continued, turning to me with a smile, "for I dabble with poisons a good deal." He held out his hand as he spoke, and I noticed that it was all mottled over with similar pieces of plaster, and discoloured with strong acids.

"We came here on business," said Stamford, sitting down on a high three-legged stool, and pushing another one in my direction with his foot. "My friend here wants to take diggings, and as you were complaining that you could get no one to go halves with you, I thought that I had better bring you together."

Sherlock Holmes seemed delighted at the idea of sharing his rooms with me. "I have my eye on a suite in Baker Street," he said, "which would suit us down to the ground. You don't mind the smell of strong tobacco, I hope?"

"I always smoke 'ship's' myself," I answered.

"That's good enough. I generally have chemicals about, and occasionally do experiments. Would that annoy you?"

Sus ojos brillaban mientras hablaba, se puso la mano sobre el corazón y se inclinó como ante una multitud que aplaudía, conjurada por su imaginación.

«Hay que felicitarle», comenté, considerablemente sorprendido por su entusiasmo.

«Hubo el caso de Von Bischoff en Frankfort el año pasado. Sin duda habría sido ahorcado si hubiera existido esta prueba. Luego están Mason de Bradford y el notorio Muller y Lefevre de Montpellier y Samson de Nueva Orleans. Podría nombrar una veintena de casos en los que habría sido decisivo».

«Parece usted un anuario andante del crimen», dijo Stamford riendo. «Podría empezar un periódico con ese tema. Llámelo "Noticias policiales del pasado"».

«Podría ser una lectura muy interesante», comentó Sherlock Holmes, pegando un pequeño trozo de esparadrapo sobre el pinchazo de su dedo. «Tengo que tener cuidado», continuó, volviéndose hacia mí con una sonrisa, «porque tengo mucho trato con venenos». Extendió la mano mientras hablaba y me di cuenta de que estaba toda moteada de trozos de esparadrapo similares y descolorida por la acción de fuertes ácidos.

«Hemos venido aquí por negocios», dijo Stamford, sentándose en un taburete alto de tres patas y empujando otro en mi dirección con el pie. «Mi amigo quiere buscar cobijo y, como usted se quejaba de que no podía conseguir a nadie que fuera a medias con usted, pensé que estaría bien reunirlos».

Sherlock Holmes parecía encantado con la idea de compartir sus habitaciones conmigo. «Le he echado el ojo a una suite en Baker Street», me dijo, «que nos vendría estupendamente. Espero que no le moleste el olor a tabaco fuerte».

«Yo siempre lo fumo con ron», respondí.

«Está bien así. Generalmente tengo productos químicos por ahí y de vez en cuando hago experimentos. ¿Le molestaría eso?».

"By no means."

"Let me see—what are my other shortcomings. I get in the dumps at times, and don't open my mouth for days on end. You must not think I am sulky when I do that. Just let me alone, and I'll soon be right. What have you to confess now? It's just as well for two fellows to know the worst of one another before they begin to live together."

I laughed at this cross-examination. "I keep a bull pup," I said, "and I object to rows because my nerves are shaken, and I get up at all sorts of ungodly hours, and I am extremely lazy. I have another set of vices when I'm well, but those are the principal ones at present."

"Do you include violin-playing in your category of rows?" he asked, anxiously.

"It depends on the player," I answered. "A well-played violin is a treat for the gods—a badly-played one——"

"Oh, that's all right," he cried, with a merry laugh. "I think we may consider the thing as settled—that is, if the rooms are agreeable to you."

"When shall we see them?"

"Call for me here at noon to-morrow, and we'll go together and settle everything," he answered.

"All right—noon exactly," said I, shaking his hand.

We left him working among his chemicals, and we walked together towards my hotel.

"By the way," I asked suddenly, stopping and turning upon Stamford, "how the deuce did he know that I had come from Afghanistan?"

My companion smiled an enigmatical smile. "That's just his little

«De ninguna manera».

«A ver... ¿cuáles son mis otros defectos? A veces me pongo de mal humor y no abro la boca durante días enteros. No debe pensar que estoy enojado cuando hago eso. Déjeme en paz y pronto estaré bien. ¿Qué tiene usted para confesar? Es mejor que dos compañeros conozcan lo peor del otro antes de empezar a vivir juntos».

Me reí ante este interrogatorio. «Tengo un cachorrito», dije, «y me opongo a las discusiones porque mis nervios se agitan y me levanto a toda clase de horas intempestivas y soy extremadamente perezoso. Tengo otra serie de vicios cuando estoy bien, pero esos son los principales en la actualidad».

«¿Incluye tocar el violín en su categoría de posibles discusiones?», preguntó, ansioso.

«Depende del intérprete», respondí. «Un violín bien tocado es una delicia divina; uno mal tocado...».

«Oh, está bien», exclamó, con una risa alegre. «Creo que podemos dar el asunto por resuelto, es decir, si las habitaciones le resultan agradables».

«¿Cuándo las veremos?».

«Visíteme aquí mañana al mediodía e iremos juntos a arreglarlo todo», respondió.

«Muy bien... al mediodía exactamente», le dije, estrechándole la mano.

Le dejamos trabajando entre sus productos químicos y caminamos juntos hacia mi hotel.

«Por cierto», pregunté de repente, deteniéndome y volviéndome hacia Stamford, «¿cómo demonios sabía que yo había venido de Afganistán?».

Mi compañero esbozó una sonrisa enigmática. «Ésa es su pequeña

peculiarity," he said. "A good many people have wanted to know how he finds things out."

"Oh! a mystery is it?" I cried, rubbing my hands. "This is very piquant. I am much obliged to you for bringing us together. 'The proper study of mankind is man,' you know."

"You must study him, then," Stamford said, as he bade me good-bye. "You'll find him a knotty problem, though. I'll wager he learns more about you than you about him. Good-bye."

"Good-bye," I answered, and strolled on to my hotel, considerably interested in my new acquaintance.

peculiaridad», dijo. «Mucha gente quiere saber cómo averigua las cosas».

«¡Oh! ¿es un misterio?», exclamé, frotándome las manos. «Esto se pone interesante. Le estoy muy agradecido por habernos reunido. "El estudio adecuado para la humanidad es el hombre", ya sabe».

«Debe estudiarlo, entonces», dijo Stamford, al despedirse de mí. «Sin embargo, encontrará que eso es un problema complicado. Apostaría a que él aprende más de usted que usted de él. Adiós».

«Adiós», le contesté, y seguí paseando hasta mi hotel, considerablemente interesado en mi nuevo conocido.

CHAPTER II — THE SCIENCE OF DEDUCTION

We met next day as he had arranged, and inspected the rooms at No. 221B, Baker Street, of which he had spoken at our meeting. They consisted of a couple of comfortable bed-rooms and a single large airy sitting-room, cheerfully furnished, and illuminated by two broad windows. So desirable in every way were the apartments, and so moderate did the terms seem when divided between us, that the bargain was concluded upon the spot, and we at once entered into possession. That very evening I moved my things round from the hotel, and on the following morning Sherlock Holmes followed me with several boxes and portmanteaus. For a day or two we were busily employed in unpacking and laying out our property to the best advantage. That done, we gradually began to settle down and to accommodate ourselves to our new surroundings.

Holmes was certainly not a difficult man to live with. He was quiet in his ways, and his habits were regular. It was rare for him to be up after ten at night, and he had invariably breakfasted and gone out before I rose in the morning. Sometimes he spent his day at the chemical laboratory, sometimes in the dissecting-rooms, and occasionally in long walks, which appeared to take him into the lowest portions of the City. Nothing could exceed his energy when the working fit was upon him; but now and again a reaction would seize him, and for days on end he would lie upon the sofa in the sitting-room, hardly uttering a word or moving a muscle from morning to night. On these occasions I have noticed such a dreamy, vacant expression in his eyes, that I might have suspected him of being addicted to the use of some narcotic, had not the temperance and cleanliness of his whole life forbidden such a notion.

As the weeks went by, my interest in him and my curiosity as to his aims in life, gradually deepened and increased. His very person and appearance were such as to strike the attention of the most casual observer. In height he was rather over six feet, and so excessively lean that he seemed to be considerably taller. His eyes were sharp and piercing, save during those intervals of torpor to which I have alluded; and his thin, hawk-like nose gave his whole expression an air of alertness and decision. His chin, too, had the prominence and squareness which mark the man of determination. His hands were

CAPÍTULO II — LA CIENCIA DE LA DEDUCCIÓN

Nos reunimos al día siguiente, como él había dispuesto, e inspeccionamos las habitaciones del nº 221B de Baker Street, de las que había hablado en nuestra reunión. Consistían en un par de cómodos dormitorios y un único y amplio salón, alegremente amueblado e iluminado por dos amplias ventanas. Tan deseables en todos los sentidos eran las habitaciones y tan moderado parecía el costo cuando se dividía entre nosotros dos, que el trato se cerró en el acto y enseguida entramos en posesión. Esa misma noche trasladé mis cosas desde el hotel y a la mañana siguiente Sherlock Holmes me siguió con varias cajas y portamaletas. Durante uno o dos días estuvimos afanosamente empleados en desembalar y disponer nuestras propiedades de la mejor manera posible. Hecho esto, empezamos poco a poco a instalarnos y a acomodarnos a nuestro nuevo entorno.

Holmes no era, desde luego, un hombre con el que fuera difícil convivir. Era tranquilo en sus costumbres y sus hábitos eran regulares. Era raro que estuviera levantado después de las diez de la noche e invariablemente había desayunado y salido antes de que yo me levantara por la mañana. A veces pasaba el día en el laboratorio químico, a veces en las salas de disección y ocasionalmente en largos paseos, que parecían llevarle a las partes más bajas de la ciudad. Nada podía superar su energía cuando el ataque de trabajo se apoderaba de él; pero de vez en cuando una reacción se apoderaba de él y durante días enteros permanecía tumbado en el sofá de la sala de estar, sin apenas pronunciar palabra ni mover un músculo desde la mañana hasta la noche. En estas ocasiones he notado una expresión tan soñadora y vacía en sus ojos que podría haber sospechado que era adicto al uso de algún narcótico si la templanza y pulcritud de su vida entera no hubieran prohibido tal idea.

A medida que pasaban las semanas, mi interés por él y mi curiosidad por conocer sus objetivos en la vida, se fueron profundizando y aumentando gradualmente. Su persona y su aspecto eran tales que llamaban la atención del observador más casual. Su estatura era de bastante más de seis pies y era tan excesivamente delgado que parecía ser considerablemente más alto. Sus ojos eran agudos y penetrantes, salvo durante esos intervalos de letargo a los que he aludido y su nariz fina, como la de un halcón, daba a toda su expresión un aire de estar alerta y de determinación. Su barbilla, también, tenía la prominencia y la cuadratura

invariably blotted with ink and stained with chemicals, yet he was possessed of extraordinary delicacy of touch, as I frequently had occasion to observe when I watched him manipulating his fragile philosophical instruments.

The reader may set me down as a hopeless busybody, when I confess how much this man stimulated my curiosity, and how often I endeavoured to break through the reticence which he showed on all that concerned himself. Before pronouncing judgment, however, be it remembered, how objectless was my life, and how little there was to engage my attention. My health forbade me from venturing out unless the weather was exceptionally genial, and I had no friends who would call upon me and break the monotony of my daily existence. Under these circumstances, I eagerly hailed the little mystery which hung around my companion, and spent much of my time in endeavouring to unravel it.

He was not studying medicine. He had himself, in reply to a question, confirmed Stamford's opinion upon that point. Neither did he appear to have pursued any course of reading which might fit him for a degree in science or any other recognized portal which would give him an entrance into the learned world. Yet his zeal for certain studies was remarkable, and within eccentric limits his knowledge was so extraordinarily ample and minute that his observations have fairly astounded me. Surely no man would work so hard or attain such precise information unless he had some definite end in view. Desultory readers are seldom remarkable for the exactness of their learning. No man burdens his mind with small matters unless he has some very good reason for doing so.

His ignorance was as remarkable as his knowledge. Of contemporary literature, philosophy and politics he appeared to know next to nothing. Upon my quoting Thomas Carlyle, he inquired in the naivest way who he might be and what he had done. My surprise reached a climax, however, when I found incidentally that he was ignorant of the Copernican Theory and of the composition of the Solar System. That any civilized human being in this nineteenth century should not be aware that the earth travelled round the sun appeared to be to me such an extraordinary fact that I could hardly realize it.

que marcan al hombre decidido. Sus manos estaban invariablemente manchadas de tinta y de productos químicos pero poseía una extraordinaria delicadeza de tacto, como tuve ocasión de observar con frecuencia cuando le observaba manipular sus frágiles instrumentos científicos.

Puede que el lector me tache de entrometido sin remedio cuando confieso lo mucho que este hombre estimulaba mi curiosidad y las veces que me esforcé por romper la reticencia que mostraba en todo lo que le concernía. Sin embargo, antes de pronunciar un juicio, recuerde lo desprovista de objeto que era mi vida y lo poco que era necesario para atraer mi atención. Mi salud me prohibía aventurarme a salir a menos que el tiempo fuera excepcionalmente bueno y no tenía amigos que me visitaran y rompieran la monotonía de mi existencia diaria. En estas circunstancias, acogí con entusiasmo el pequeño misterio que se cernía sobre mi compañero y dediqué gran parte de mi tiempo a intentar desentrañarlo.

No estudiaba medicina. Él mismo, en respuesta a una pregunta, había confirmado la opinión de Stamford sobre ese punto. Tampoco parecía haber seguido ningún curso de lectura que pudiera capacitarle para una licenciatura en ciencias o cualquier otro portal reconocido que le diera entrada en el mundo erudito. Sin embargo, su celo por ciertos estudios era notable y, dentro de unos límites excéntricos, sus conocimientos eran tan extraordinariamente amplios y minuciosos que sus observaciones me asombraron en gran manera. Sin duda, ningún hombre trabajaría tanto o alcanzaría una información tan precisa a menos que tuviera algún fin definido en mente. Los lectores poco sistemáticos rara vez destacan por la exactitud de su aprendizaje. Ningún hombre carga su mente con pequeños asuntos a menos que tenga alguna muy buena razón para hacerlo.

Su ignorancia era tan notable como sus conocimientos. De literatura contemporánea, filosofía y política parecía no saber casi nada. Cuando le cité a Thomas Carlyle, preguntó de la manera más ingenua quién podía ser y qué había hecho. Mi sorpresa alcanzó el clímax, sin embargo, cuando descubrí incidentalmente que ignoraba la teoría copernicana y la composición del sistema solar. Que cualquier ser humano civilizado de este siglo XIX no supiera que la Tierra giraba alrededor del Sol me pareció un hecho tan extraordinario que apenas podía caer en mí.

"You appear to be astonished," he said, smiling at my expression of surprise. "Now that I do know it I shall do my best to forget it."

"To forget it!"

"You see," he explained, "I consider that a man's brain originally is like a little empty attic, and you have to stock it with such furniture as you choose. A fool takes in all the lumber of every sort that he comes across, so that the knowledge which might be useful to him gets crowded out, or at best is jumbled up with a lot of other things so that he has a difficulty in laying his hands upon it. Now the skilful workman is very careful indeed as to what he takes into his brain-attic. He will have nothing but the tools which may help him in doing his work, but of these he has a large assortment, and all in the most perfect order. It is a mistake to think that that little room has elastic walls and can distend to any extent. Depend upon it there comes a time when for every addition of knowledge you forget something that you knew before. It is of the highest importance, therefore, not to have useless facts elbowing out the useful ones."

"But the Solar System!" I protested.

"What the deuce is it to me?" he interrupted impatiently; "you say that we go round the sun. If we went round the moon it would not make a pennyworth of difference to me or to my work."

I was on the point of asking him what that work might be, but something in his manner showed me that the question would be an unwelcome one. I pondered over our short conversation, however, and endeavoured to draw my deductions from it. He said that he would acquire no knowledge which did not bear upon his object. Therefore all the knowledge which he possessed was such as would be useful to him. I enumerated in my own mind all the various points upon which he had shown me that he was exceptionally well-informed. I even took a pencil and jotted them down. I could not help smiling at the document when I had completed it. It ran in this way—

SHERLOCK HOLMES—his limits.

1.   Knowledge of Literature.—Nil.

«Parece asombrado», dijo, sonriendo ante mi expresión de sorpresa. «Ahora que lo sé, haré lo posible por olvidarlo».

«¡Para olvidarlo!».

«Verá», explicó, «considero que el cerebro de un hombre es originalmente como un pequeño desván vacío y hay que ocuparlo con los muebles que uno elija. Un necio coge todos los cachivaches de todo tipo que se le cruzan, de modo que los conocimientos que podrían serle útiles quedan desplazados o, en el mejor de los casos, se mezclan con un montón de otras cosas, de modo que tiene dificultades para echar mano de ellos. Ahora bien, el obrero hábil es muy cuidadoso en cuanto a lo que lleva a su ático-cerebro. No tendrá más que las herramientas que puedan ayudarle a realizar su trabajo pero de éstas tiene un gran surtido y todas en el orden más perfecto. Es un error pensar que esa pequeña habitación tiene paredes elásticas y puede distenderse hasta cualquier punto. Créame, llega un momento en que por cada adición de conocimientos olvida algo que sabía antes. Es de la mayor importancia, por lo tanto, no tener hechos inútiles dándose codazos con los útiles».

«¡Pero el Sistema Solar!», protesté.

«¿Qué diablos me importa?», interrumpió impaciente; «dice que damos vueltas alrededor del sol. Si diéramos la vuelta alrededor de la luna no supondría ni un ápice de diferencia para mí ni para mi trabajo».

Estuve a punto de preguntarle cuál podría ser ese trabajo pero algo en sus modales me hizo ver que la pregunta sería inoportuna. No obstante, reflexioné sobre nuestra breve conversación y me esforcé por sacar mis deducciones de ella. Él dijo que no adquiriría ningún conocimiento que no tuviera que ver con su objeto. Por lo tanto, todos los conocimientos que poseía eran de utilidad para él. Enumeré mentalmente todos los diversos puntos sobre los que me había demostrado que estaba excepcionalmente bien informado. Incluso cogí un lápiz y los anoté. No pude evitar sonreír ante el documento cuando lo hube completado. Decía así:

SHERLOCK HOLMES: sus límites.

1.   Conocimiento de literatura: Nulo.

2. Philosophy.—Nil.
3. Astronomy.—Nil.
4. Politics.—Feeble.
5. Botany.—Variable. Well up in belladonna, opium, and poisons generally. Knows nothing of practical gardening.
6. Geology.—Practical, but limited. Tells at a glance different soils from each other. After walks has shown me splashes upon his trousers, and told me by their colour and consistence in what part of London he had received them.
7. Chemistry.—Profound.
8. Anatomy.—Accurate, but unsystematic.
9. Sensational Literature.—Immense. He appears to know every detail of every horror perpetrated in the century.
10. Plays the violin well.
11. Is an expert singlestick player, boxer, and swordsman.
12. Has a good practical knowledge of British law.

When I had got so far in my list I threw it into the fire in despair. "If I can only find what the fellow is driving at by reconciling all these accomplishments, and discovering a calling which needs them all," I said to myself, "I may as well give up the attempt at once."

I see that I have alluded above to his powers upon the violin. These were very remarkable, but as eccentric as all his other accomplishments. That he could play pieces, and difficult pieces, I knew well, because at my request he has played me some of Mendelssohn's Lieder, and other favourites. When left to himself, however, he would seldom produce any music or attempt any recognized air. Leaning back in his arm-chair of an evening, he would close his eyes and scrape carelessly at the fiddle which was thrown across his knee. Sometimes the chords were sonorous and melancholy. Occasionally they were fantastic and cheerful. Clearly they reflected the thoughts which possessed him, but whether the music aided those thoughts, or whether the playing was simply the result of a whim or fancy was more than I could determine. I might have rebelled against these exasperating solos had it not been that he usually terminated them by playing in quick succession a whole series of my favourite airs as a slight compensation for the trial upon my patience.

2. Filosofía: Nulo.
3. Astronomía: Nulo.
4. Política: Insuficiente.
5. Botánica: Variable. Muy versado en belladona, opio y venenos en general. No sabe nada de jardinería práctica.
6. Geología: Práctico, pero limitado. Distingue de un vistazo suelos diferentes entre sí. Después de los paseos me ha mostrado salpicaduras en sus pantalones y me ha dicho por su color y consistencia en qué parte de Londres las había recibido.
7. Química: Profundo.
8. Anatomía: Preciso pero poco sistemático.
9. Literatura sensacionalista: Inmensa. Parece conocer cada detalle de todos los horrores perpetrados en el siglo.
10. Toca bien el violín.
11. Es un experto boxeador y esgrimista de palo y de espada.
12. Tiene un buen conocimiento práctico de la legislación británica.

Cuando había llegado hasta ahí en mi lista, la arrojé al fuego con desesperación. «Si la única manera de encontrar a qué aspira el tipo es reconciliando todos estos logros y descubriendo una vocación que los necesite a todos», me dije, «será mejor que abandone el intento de una vez».

Veo que he aludido más arriba a sus habilidades con el violín. Éstas eran muy notables pero tan excéntricas como todos sus otros logros. Que podía tocar piezas, y piezas difíciles, lo sabía bien, porque a petición mía me había tocado algunos de los «Lieder» de Mendelssohn, y otras piezas favoritas. Sin embargo, cuando se le dejaba solo, rara vez producía música o intentaba tocar algún aire reconocido. Recostado en su sillón por las tardes, cerraba los ojos y rasgueaba despreocupadamente el violín que tenía sobre las rodillas. A veces los acordes eran sonoros y melancólicos. Ocasionalmente eran fantásticos y alegres. Claramente reflejaban los pensamientos que le poseían pero si la música ayudaba a esos pensamientos o si la forma de tocar era simplemente el resultado de un capricho o una fantasía era algo que yo no podía determinar. Me habría rebelado contra estos solos exasperantes si no hubiera sido porque él solía terminarlos tocando en rápida sucesión toda una serie de mis aires favoritos como ligera compensación por la prueba ejercida sobre mi paciencia.

During the first week or so we had no callers, and I had begun to think that my companion was as friendless a man as I was myself. Presently, however, I found that he had many acquaintances, and those in the most different classes of society. There was one little sallow rat-faced, dark-eyed fellow who was introduced to me as Mr. Lestrade, and who came three or four times in a single week. One morning a young girl called, fashionably dressed, and stayed for half an hour or more. The same afternoon brought a grey-headed, seedy visitor, looking like a Jew pedlar, who appeared to me to be much excited, and who was closely followed by a slip-shod elderly woman. On another occasion an old white-haired gentleman had an interview with my companion; and on another a railway porter in his velveteen uniform. When any of these nondescript individuals put in an appearance, Sherlock Holmes used to beg for the use of the sitting-room, and I would retire to my bed-room. He always apologized to me for putting me to this inconvenience. "I have to use this room as a place of business," he said, "and these people are my clients." Again I had an opportunity of asking him a point blank question, and again my delicacy prevented me from forcing another man to confide in me. I imagined at the time that he had some strong reason for not alluding to it, but he soon dispelled the idea by coming round to the subject of his own accord.

It was upon the 4th of March, as I have good reason to remember, that I rose somewhat earlier than usual, and found that Sherlock Holmes had not yet finished his breakfast. The landlady had become so accustomed to my late habits that my place had not been laid nor my coffee prepared. With the unreasonable petulance of mankind I rang the bell and gave a curt intimation that I was ready. Then I picked up a magazine from the table and attempted to while away the time with it, while my companion munched silently at his toast. One of the articles had a pencil mark at the heading, and I naturally began to run my eye through it.

Its somewhat ambitious title was "The Book of Life," and it attempted to show how much an observant man might learn by an accurate and systematic examination of all that came in his way. It struck me as being a remarkable mixture of shrewdness and of absurdity. The reasoning was close and intense, but the deductions appeared to me to be far-fetched and exaggerated. The writer claimed by a mo-

Durante la primera semana, más o menos, no tuvimos visitas y yo había empezado a pensar que mi compañero era un hombre tan falto de amigos como yo mismo. Pronto, sin embargo, descubrí que él tenía muchos conocidos, pertenecientes a las clases más diferentes de la sociedad. Había un hombrecillo de cara cetrina y ojos oscuros que me presentó como Mr. Lestrade, que vino tres o cuatro veces en una misma semana. Una mañana estuvo de visita una chica joven, vestida a la moda, y se quedó media hora o más. Esa misma tarde vino un visitante canoso y sórdido, con el aspecto de vendedor ambulante judío, que me pareció muy excitado, y al que seguía de cerca una anciana descuidada. En otra ocasión, un anciano caballero de pelo blanco se entrevistó con mi compañero; y en otra, un portero de ferrocarril con su uniforme de terciopelo. Cuando alguno de estos anodinos individuos hacía acto de presencia, Sherlock Holmes solía rogarme que le dejara usar el salón, y yo me retiraba a mi dormitorio. Siempre me pedía disculpas por causarme esta molestia. «Tengo que utilizar esta habitación como lugar de trabajo», decía, «y estas personas son mis clientes». De nuevo tuve la oportunidad de hacerle una pregunta a bocajarro y de nuevo mi delicadeza me impidió obligar a otro hombre a confiar en mí. Imaginé en ese momento que tenía alguna razón de peso para no aludir a ello, pero pronto disipó la idea al entrar en materia por voluntad propia.

Fue el 4 de marzo, según tengo buenas razones para recordar, cuando me levanté algo antes de lo habitual y me encontré con que Sherlock Holmes aún no había terminado su desayuno. El ama de llaves se había habituado tanto a mis costumbres tardías que la mesa no estaba puesta para mí ni mi café preparado. Con la irrazonable petulancia del más común de los mortales toqué al timbre y le di a entender secamente que yo ya estaba listo. Entonces cogí una revista de la mesa e intenté pasar el tiempo con ella, mientras mi acompañante mordisqueaba en silencio su tostada. Uno de los artículos tenía una marca de lápiz en el encabezamiento y, naturalmente, empecé a recorrerlo con la vista.

Su título, un tanto ambicioso, era «El libro de la vida», e intentaba demostrar cuánto podría aprender un hombre observador mediante un examen preciso y sistemático de todo lo que se cruzara en su camino. Me pareció una notable mezcla de sagacidad y de absurdo. El razonamiento era minucioso e intenso, pero las deducciones me parecieron descabelladas y exageradas. El escritor pretendía que por una expre-

mentary expression, a twitch of a muscle or a glance of an eye, to fathom a man's inmost thoughts. Deceit, according to him, was an impossibility in the case of one trained to observation and analysis. His conclusions were as infallible as so many propositions of Euclid. So startling would his results appear to the uninitiated that until they learned the processes by which he had arrived at them they might well consider him as a necromancer.

"From a drop of water," said the writer, "a logician could infer the possibility of an Atlantic or a Niagara without having seen or heard of one or the other. So all life is a great chain, the nature of which is known whenever we are shown a single link of it. Like all other arts, the Science of Deduction and Analysis is one which can only be acquired by long and patient study, nor is life long enough to allow any mortal to attain the highest possible perfection in it. Before turning to those moral and mental aspects of the matter which present the greatest difficulties, let the enquirer begin by mastering more elementary problems. Let him, on meeting a fellow-mortal, learn at a glance to distinguish the history of the man, and the trade or profession to which he belongs. Puerile as such an exercise may seem, it sharpens the faculties of observation, and teaches one where to look and what to look for. By a man's finger nails, by his coat-sleeve, by his boot, by his trouser knees, by the callosities of his forefinger and thumb, by his expression, by his shirt cuffs—by each of these things a man's calling is plainly revealed. That all united should fail to enlighten the competent enquirer in any case is almost inconceivable."

"What ineffable twaddle!" I cried, slapping the magazine down on the table, "I never read such rubbish in my life."

"What is it?" asked Sherlock Holmes.

"Why, this article," I said, pointing at it with my egg spoon as I sat down to my breakfast. "I see that you have read it since you have marked it. I don't deny that it is smartly written. It irritates me though. It is evidently the theory of some arm-chair lounger who evolves all these neat little paradoxes in the seclusion of his own study. It is not practical. I should like to see him clapped down in a third class car-

sión momentánea, un tic de un músculo o una mirada de un ojo, podía desentrañar los pensamientos más íntimos de un hombre. El engaño, según él, era una imposibilidad para alguien entrenado en la observación y el análisis. Sus conclusiones eran tan infalibles como las proposiciones de Euclides. Tan sorprendentes parecerían sus resultados a los no iniciados que hasta que no conocieran los procesos por los que él había llegado a ellos bien podrían considerarle un nigromante.

«De una gota de agua», decía el escritor, «un lógico podría inferir la posibilidad de un Atlántico o un Niágara sin haber visto ni oído hablar de uno u otro. Así, toda la vida es una gran cadena, cuya naturaleza se conoce siempre que se nos muestre un solo eslabón de ella. Como todas las demás artes, la Ciencia de la Deducción y el Análisis es una que sólo puede adquirirse mediante un estudio largo y paciente, la vida no es lo suficientemente larga como para permitir que ningún mortal alcance la mayor perfección posible en ella. Antes de pasar a los aspectos morales y mentales de la cuestión que presentan las mayores dificultades, que el indagador comience por dominar los problemas más elementales. Que, al encontrarse con cualquier mortal, aprenda de un vistazo a distinguir la historia del hombre y el oficio o profesión a la que pertenece. Por pueril que pueda parecer tal ejercicio, agudiza las facultades de observación y le enseña a uno dónde mirar y qué buscar. Por las uñas de los dedos de un hombre, por la manga de su abrigo, por su bota, por las marcas de las rodillas de sus pantalones, por las callosidades de sus dedos índice y pulgar, por su expresión, por los puños de su camisa... por cada una de estas cosas se revela claramente la vocación de un hombre. Que todo unido deje de iluminar al indagador competente en cualquier caso es casi inconcebible».

«¡Qué tontería sin nombre!», grité, golpeando la revista contra la mesa, «no he leído semejante basura en toda mi vida».

«¿Qué ocurre?», preguntó Sherlock Holmes.

«Pues, este artículo», dije, señalándolo con mi cuchara para los huevos mientras me sentaba a desayunar. «Veo que lo ha leído ya que lo ha marcado. No niego que está elegantemente escrito. Sin embargo, me irrita. Es evidentemente la teoría de algún holgazán que pasa su tiempo en el sillón y elabora todas estas pequeñas y ordenadas paradojas en el retiro de su propio estudio. No es práctico. Me gustaría verlo apretuja-

riage on the Underground, and asked to give the trades of all his fellow-travellers. I would lay a thousand to one against him."

"You would lose your money," Sherlock Holmes remarked calmly. "As for the article I wrote it myself."

"You!"

"Yes, I have a turn both for observation and for deduction. The theories which I have expressed there, and which appear to you to be so chimerical are really extremely practical—so practical that I depend upon them for my bread and cheese."

"And how?" I asked involuntarily.

"Well, I have a trade of my own. I suppose I am the only one in the world. I'm a consulting detective, if you can understand what that is. Here in London we have lots of Government detectives and lots of private ones. When these fellows are at fault they come to me, and I manage to put them on the right scent. They lay all the evidence before me, and I am generally able, by the help of my knowledge of the history of crime, to set them straight. There is a strong family resemblance about misdeeds, and if you have all the details of a thousand at your finger ends, it is odd if you can't unravel the thousand and first. Lestrade is a well-known detective. He got himself into a fog recently over a forgery case, and that was what brought him here."

"And these other people?"

"They are mostly sent on by private inquiry agencies. They are all people who are in trouble about something, and want a little enlightening. I listen to their story, they listen to my comments, and then I pocket my fee."

"But do you mean to say," I said, "that without leaving your room you can unravel some knot which other men can make nothing of, although they have seen every detail for themselves?"

"Quite so. I have a kind of intuition that way. Now and again a case

do en un vagón de tercera clase del metro y que le pidieran que dijera los oficios de todos sus compañeros de viaje. Apostaría mil contra uno contra él».

«Perdería su dinero», comentó Sherlock Holmes con calma. «En cuanto al artículo, lo escribí yo mismo».

«¡Usted!».

«Sí, tengo un don tanto para la observación como para la deducción. Las teorías que he expresado allí y que a usted le parecen tan quiméricas son en realidad extremadamente prácticas, tan prácticas que dependo de ellas para mi sustento».

«¿Y cómo?», pregunté involuntariamente.

«Bueno, yo tengo mi propio oficio. Supongo que soy el único en el mundo. Soy detective asesor, si puede entender lo que es eso. Aquí en Londres tenemos muchos detectives del gobierno y muchos privados. Cuando estos tienen una necesidad, acuden a mí, y yo me las arreglo para ponerles sobre la pista correcta. Exponen todas las pruebas ante mí y generalmente soy capaz, con la ayuda de mi conocimiento de la historia del crimen, de guiarles de ahí en más. Hay un gran parecido familiar en las fechorías y si uno tiene todos los detalles de mil casos al alcance de la mano es extraño que no pueda desentrañar el caso mil y uno. Lestrade es un detective muy conocido. Hace poco se vio ofuscado por un caso de falsificación y eso fue lo que le trajo aquí».

«¿Y estas otras personas?».

«En su mayoría son enviados por agencias privadas de investigación. Son personas que tienen problemas por algo y quieren un poco de información. Yo escucho su historia, ellos escuchan mis comentarios y luego embolso mis honorarios».

«¿Pero quiere decir», le dije, «que sin salir de su habitación puede deshacer algún nudo del problema del que otros hombres no pueden sacar nada en claro, aunque hayan visto cada detalle por sí mismos?».

«Aproximadamente. Tengo una especie de intuición en ese sentido.

turns up which is a little more complex. Then I have to bustle about and see things with my own eyes. You see I have a lot of special knowledge which I apply to the problem, and which facilitates matters wonderfully. Those rules of deduction laid down in that article which aroused your scorn, are invaluable to me in practical work. Observation with me is second nature. You appeared to be surprised when I told you, on our first meeting, that you had come from Afghanistan."

"You were told, no doubt."

"Nothing of the sort. I *knew* you came from Afghanistan. From long habit the train of thoughts ran so swiftly through my mind, that I arrived at the conclusion without being conscious of intermediate steps. There were such steps, however. The train of reasoning ran, 'Here is a gentleman of a medical type, but with the air of a military man. Clearly an army doctor, then. He has just come from the tropics, for his face is dark, and that is not the natural tint of his skin, for his wrists are fair. He has undergone hardship and sickness, as his haggard face says clearly. His left arm has been injured. He holds it in a stiff and unnatural manner. Where in the tropics could an English army doctor have seen much hardship and got his arm wounded? Clearly in Afghanistan.' The whole train of thought did not occupy a second. I then remarked that you came from Afghanistan, and you were astonished."

"It is simple enough as you explain it," I said, smiling. "You remind me of Edgar Allen Poe's Dupin. I had no idea that such individuals did exist outside of stories."

Sherlock Holmes rose and lit his pipe. "No doubt you think that you are complimenting me in comparing me to Dupin," he observed. "Now, in my opinion, Dupin was a very inferior fellow. That trick of his of breaking in on his friends' thoughts with an apropos remark after a quarter of an hour's silence is really very showy and superficial. He had some analytical genius, no doubt; but he was by no means such a phenomenon as Poe appeared to imagine."

"Have you read Gaboriau's works?" I asked. "Does Lecoq come up to your idea of a detective?"

De vez en cuando aparece un caso un poco más complejo. Entonces tengo que ponerme manos a la obra y ver las cosas con mis propios ojos. Como ve, tengo muchos conocimientos especiales que aplico al problema y que facilitan las cosas maravillosamente. Esas reglas de deducción expuestas en aquel artículo que despertó su desprecio me resultan inestimables en el trabajo práctico. La observación es para mí una segunda naturaleza. Usted pareció sorprendido cuando le dije, en nuestro primer encuentro, que venía de Afganistán».

«Alguien se lo dijo, sin duda».

«Nada de eso. Yo *sabía* que usted venía de Afganistán. Por la larga costumbre, el tren de pensamientos corrió tan rápidamente por mi mente, que llegué a la conclusión sin ser consciente de los pasos intermedios. Sin embargo, había tales pasos. El tren del razonamiento corría así: "He aquí un caballero de tipo médico pero con aire de militar. Claramente un médico del ejército, pues. Acaba de llegar de los trópicos, pues su rostro es oscuro y ése no es el tinte natural de su piel, ya que sus muñecas son claras. Ha pasado penurias y enfermedades, como dice claramente su rostro demacrado. Su brazo izquierdo está herido. Lo sostiene de forma rígida y antinatural. ¿En qué lugar de los trópicos podría un médico del ejército inglés haber visto tantas penurias y tener el brazo herido? Claramente en Afganistán". Todo este hilo de pensamientos no me ocupó ni un segundo. Entonces comenté que usted venía de Afganistán y se quedó asombrado».

«Es bastante sencillo cuando usted lo explica», dije, sonriendo. «Me recuerda usted al Dupin de Edgar Allen Poe. No tenía ni idea de que tales individuos existieran fuera de las historias de revistas».

Sherlock Holmes se levantó y encendió su pipa. «Sin duda cree que me está halagando al compararme con Dupin», observó. «Ahora bien, en mi opinión, Dupin era un compañero muy inferior. Ese truco que tenía de irrumpir en los pensamientos de sus amigos con un comentario oportuno tras un cuarto de hora de silencio es realmente muy vistoso y superficial. Tenía algo de genio analítico, sin duda; pero no era en absoluto un fenómeno como Poe parecía imaginar».

«¿Ha leído las obras de Gaboriau?», le pregunté. «¿Lecoq responde a su idea de detective?».

Sherlock Holmes sniffed sardonically. "Lecoq was a miserable bungler," he said, in an angry voice; "he had only one thing to recommend him, and that was his energy. That book made me positively ill. The question was how to identify an unknown prisoner. I could have done it in twenty-four hours. Lecoq took six months or so. It might be made a text-book for detectives to teach them what to avoid."

I felt rather indignant at having two characters whom I had admired treated in this cavalier style. I walked over to the window, and stood looking out into the busy street. "This fellow may be very clever," I said to myself, "but he is certainly very conceited."

"There are no crimes and no criminals in these days," he said, querulously. "What is the use of having brains in our profession. I know well that I have it in me to make my name famous. No man lives or has ever lived who has brought the same amount of study and of natural talent to the detection of crime which I have done. And what is the result? There is no crime to detect, or, at most, some bungling villainy with a motive so transparent that even a Scotland Yard official can see through it."

I was still annoyed at his bumptious style of conversation. I thought it best to change the topic.

"I wonder what that fellow is looking for?" I asked, pointing to a stalwart, plainly-dressed individual who was walking slowly down the other side of the street, looking anxiously at the numbers. He had a large blue envelope in his hand, and was evidently the bearer of a message.

"You mean the retired sergeant of Marines," said Sherlock Holmes.

"Brag and bounce!" thought I to myself. "He knows that I cannot verify his guess."

The thought had hardly passed through my mind when the man whom we were watching caught sight of the number on our door, and ran rapidly across the roadway. We heard a loud knock, a deep voice below, and heavy steps ascending the stair.

Sherlock Holmes resopló sardónicamente. «Lecoq era un miserable chapucero», dijo, con voz airada; «sólo tenía una cosa recomendable, y era su energía. Ese libro me dio náuseas. La cuestión era cómo identificar a un prisionero desconocido. Yo podría haberlo hecho en veinticuatro horas. Lecoq tardó seis meses más o menos. Podría convertirse en un libro de texto para detectives... para enseñarles lo que deben evitar».

Me sentí bastante indignado de que dos personajes a los que había admirado fueran tratados con este estilo tan arrogante. Me acerqué a la ventana y me quedé mirando hacia la concurrida calle. «Puede que este tipo sea muy listo», me dije, «pero sin duda es muy engreído».

«En estos tiempos no hay crímenes ni criminales», dijo él, quejoso. «De qué sirve tener cerebro en nuestra profesión. Sé bien que lo tengo... como para hacer famoso mi nombre. No vive ni ha vivido nunca ningún hombre que haya aportado a la detección del crimen la misma cantidad de estudio y de talento natural como yo lo he hecho. ¿Y cuál es el resultado? No hay crimen que detectar o, como mucho, alguna villanía chapucera con un motivo tan transparente que hasta un oficial de Scotland Yard puede ver a través de él».

Me seguía molestando su estilo rebuscado de conversación. Pensé que lo mejor era cambiar de tema.

«Me pregunto qué estará buscando ese tipo allí», pregunté, señalando a un individuo robusto y vestido con sencillez que caminaba lentamente por el otro lado de la calle, mirando ansiosamente los números de los edificios. Llevaba un gran sobre azul en la mano y era evidentemente portador de un mensaje.

«Se refiere al sargento de Marina retirado», dijo Sherlock Holmes.

«¡Presumido y fanfarrón!», pensé para mis adentros. «Sabe que no puedo verificar su suposición».

Apenas había pasado este pensamiento por mi mente cuando el hombre al que mirábamos divisó el número de nuestra puerta y se puso a cruzar rápidamente la calle. Oímos un fuerte golpe, una voz grave abajo y unos pasos pesados que ascendían por la escalera.

"For Mr. Sherlock Holmes," he said, stepping into the room and handing my friend the letter.

Here was an opportunity of taking the conceit out of him. He little thought of this when he made that random shot. "May I ask, my lad," I said, in the blandest voice, "what your trade may be?"

"Commissionaire, sir," he said, gruffly. "Uniform away for repairs."

"And you were?" I asked, with a slightly malicious glance at my companion.

"A sergeant, sir, Royal Marine Light Infantry, sir. No answer? Right, sir."

He clicked his heels together, raised his hand in a salute, and was gone.

«Para Mr. Sherlock Holmes», dijo, entrando en la habitación y entregándole la carta a mi amigo.

Aquí tenía yo la oportunidad de curarle el engreimiento. Poco pensó él en esto cuando hizo aquel disparo al azar. «¿Puedo preguntarle, buen hombre», le dije, con voz sosa, «cuál puede ser su oficio?».

«Comisario, señor», dijo él, bruscamente. «He dejado el uniforme para que lo remienden».

«¿Y usted fue...?», pregunté, con una mirada ligeramente maliciosa a mi compañero.

«Un sargento, señor, de la Real Infantería Ligera de Marina, señor. ¿No contesta? Está bien, señor».

Chasqueó los talones, levantó la mano en señal de saludo y se fue.

CHAPTER III — THE LAURISTON GARDENS MYSTERY

I confess that I was considerably startled by this fresh proof of the practical nature of my companion's theories. My respect for his powers of analysis increased wondrously. There still remained some lurking suspicion in my mind, however, that the whole thing was a pre-arranged episode, intended to dazzle me, though what earthly object he could have in taking me in was past my comprehension. When I looked at him he had finished reading the note, and his eyes had assumed the vacant, lack-lustre expression which showed mental abstraction.

"How in the world did you deduce that?" I asked.

"Deduce what?" said he, petulantly.

"Why, that he was a retired sergeant of Marines."

"I have no time for trifles," he answered, brusquely; then with a smile, "Excuse my rudeness. You broke the thread of my thoughts; but perhaps it is as well. So you actually were not able to see that that man was a sergeant of Marines?"

"No, indeed."

"It was easier to know it than to explain why I knew it. If you were asked to prove that two and two made four, you might find some difficulty, and yet you are quite sure of the fact. Even across the street I could see a great blue anchor tattooed on the back of the fellow's hand. That smacked of the sea. He had a military carriage, however, and regulation side whiskers. There we have the marine. He was a man with some amount of self-importance and a certain air of command. You must have observed the way in which he held his head and swung his cane. A steady, respectable, middle-aged man, too, on the face of him—all facts which led me to believe that he had been a sergeant."

"Wonderful!" I ejaculated.

"Commonplace," said Holmes, though I thought from his expres-

Confieso que me sobresaltó considerablemente esta nueva prueba del carácter práctico de las teorías de mi compañero. Mi respeto por su capacidad de análisis aumentó de forma maravillosa. Sin embargo, aún permanecía en mi mente la sospecha de que todo aquello era un episodio preparado de antemano, con la intención de deslumbrarme, aunque escapaba a mi comprensión qué objetivo terrenal podía tener al engañarme. Cuando le miré, había terminado de leer la nota y sus ojos habían adoptado la expresión vacía y sin brillo que denotaba abstracción mental.

«¿Cómo demonios ha deducido eso?», pregunté.

«¿Deducir qué?», dijo él, petulante.

«Que era un sargento de marina retirado».

«No tengo tiempo para nimiedades», respondió él, bruscamente; luego, con una sonrisa: «Disculpe mi descortesía. Ha roto el hilo de mis pensamientos; pero quizá sea mejor así. ¿Así que realmente no fue capaz de ver que ese hombre era un sargento de la Marina?».

«No, en efecto».

«Era más fácil saberlo que explicar por qué lo sabía. Si le pidieran que demostrara que dos y dos son cuatro podría encontrar alguna dificultad y sin embargo uno está completamente seguro del hecho. Incluso al otro lado de la calle pude ver una gran ancla azul tatuada en el dorso de la mano del tipo. Eso olía a mar. Sin embargo, llevaba un porte militar y las patillas reglamentarias. Ahí tenemos al marino. Era un hombre con cierta prepotencia y cierto aire de mando. Habrá observado la forma en que sostenía la cabeza y balanceaba su bastón. Un hombre firme, respetable y de mediana edad, también, a primera vista; todos hechos que me llevaron a creer que había sido sargento».

«¡Maravilloso!», exclamé.

«Algo trivial», dijo Holmes, aunque por su expresión me pareció que

sion that he was pleased at my evident surprise and admiration. "I said just now that there were no criminals. It appears that I am wrong—look at this!" He threw me over the note which the commissionaire had brought.

"Why," I cried, as I cast my eye over it, "this is terrible!"

"It does seem to be a little out of the common," he remarked, calmly. "Would you mind reading it to me aloud?"

This is the letter which I read to him—

"MY DEAR MR. SHERLOCK HOLMES,—

"There has been a bad business during the night at 3, Lauriston Gardens, off the Brixton Road. Our man on the beat saw a light there about two in the morning, and as the house was an empty one, suspected that something was amiss. He found the door open, and in the front room, which is bare of furniture, discovered the body of a gentleman, well dressed, and having cards in his pocket bearing the name of 'Enoch J. Drebber, Cleveland, Ohio, U.S.A.' There had been no robbery, nor is there any evidence as to how the man met his death. There are marks of blood in the room, but there is no wound upon his person. We are at a loss as to how he came into the empty house; indeed, the whole affair is a puzzler. If you can come round to the house any time before twelve, you will find me there. I have left everything *in statu quo* until I hear from you. If you are unable to come I shall give you fuller details, and would esteem it a great kindness if you would favour me with your opinion.

Yours faithfully,
"TOBIAS GREGSON."

"Gregson is the smartest of the Scotland Yarders," my friend remarked; "he and Lestrade are the pick of a bad lot. They are both quick and energetic, but conventional—shockingly so. They have their knives into one another, too. They are as jealous as a pair of professional beauties. There will be some fun over this case if they are both put upon the scent."

se alegraba de mi evidente sorpresa y admiración. «Acababa de decir que no había criminales. Parece que me equivoco… ¡mire esto!». Me lanzó la nota que había traído el comisario.

«¡Vaya!», exclamé al echarle un vistazo, «¡esto es terrible!».

«Parece un poco fuera de lo común», comentó él, con calma. «¿Le importaría leérmelo en voz alta?».

Esta es la carta que le leí:

«MI QUERIDO MR. SHERLOCK HOLMES,

«Ha habido un mal asunto durante la noche en el número 3 de Lauriston Gardens, junto a Brixton Road. Nuestro hombre de ronda vio una luz allí sobre las dos de la madrugada y, como la casa estaba vacía, sospechó que algo iba mal. Encontró la puerta abierta, y en la habitación delantera, que está desprovista de muebles, descubrió el cuerpo de un caballero, bien vestido y con tarjetas en el bolsillo con el nombre de "Enoch J. Drebber, Cleveland, Ohio, Estados Unidos". No se había producido ningún robo ni hay pruebas de cómo el hombre encontró la muerte. Hay marcas de sangre en la habitación pero no hay ninguna herida en su persona. No sabemos cómo entró en la casa vacía; de hecho, todo el asunto es un rompecabezas. Si puede acercarse a la casa en cualquier momento, antes de las doce, me encontrará allí. He dejado todo *in statu quo* hasta que tenga noticias suyas. Si no puede venir, le daré más detalles y consideraría una gran amabilidad que me favoreciera con su opinión.

«Atentamente,
«TOBIAS GREGSON».

«Gregson es el más listo de los de Scotland Yard», comentó mi amigo; «él y Lestrade son lo mejor de un mal lote. Los dos son rápidos y enérgicos pero convencionales… sorprendentemente convencionales. También se tienen en la mira el uno al otro. Son tan celosos como un par de concursantes de belleza profesionales. Este caso será un poco divertido si se les pone a ambos detrás de la pista».

I was amazed at the calm way in which he rippled on. "Surely there is not a moment to be lost," I cried, "shall I go and order you a cab?"

"I'm not sure about whether I shall go. I am the most incurably lazy devil that ever stood in shoe leather—that is, when the fit is on me, for I can be spry enough at times."

"Why, it is just such a chance as you have been longing for."

"My dear fellow, what does it matter to me. Supposing I unravel the whole matter, you may be sure that Gregson, Lestrade, and Co. will pocket all the credit. That comes of being an unofficial personage."

"But he begs you to help him."

"Yes. He knows that I am his superior, and acknowledges it to me; but he would cut his tongue out before he would own it to any third person. However, we may as well go and have a look. I shall work it out on my own hook. I may have a laugh at them if I have nothing else. Come on!"

He hustled on his overcoat, and bustled about in a way that showed that an energetic fit had superseded the apathetic one.

"Get your hat," he said.

"You wish me to come?"

"Yes, if you have nothing better to do." A minute later we were both in a hansom, driving furiously for the Brixton Road.

It was a foggy, cloudy morning, and a dun-coloured veil hung over the house-tops, looking like the reflection of the mud-coloured streets beneath. My companion was in the best of spirits, and prattled away about Cremona fiddles, and the difference between a Stradivarius and an Amati. As for myself, I was silent, for the dull weather and the melancholy business upon which we were engaged, depressed my spirits.

Me asombró la calma con la que continuó. «Seguro que no hay un momento que perder», grité, «¿voy a pedirle un taxi?».

«No estoy seguro de si iré. Soy el demonio más incurablemente perezoso que jamás haya calzado un zapato de cuero... es decir, cuando me viene la gana, porque a veces puedo ser bastante ágil».

«Pero, es justo la oportunidad que ha estado anhelando».

«Mi querido amigo, qué me importa a mí. Suponiendo que desentrañe todo el asunto puede estar seguro de que Gregson, Lestrade y compañía se embolsarán todo el mérito. Eso pasa cuando uno no es un oficial».

«Pero él le ruega que le ayude».

«Sí. Sabe que soy superior a él y lo reconoce pero se cortaría la lengua antes de confesárselo a una tercera persona. Sin embargo, podemos ir a echar un vistazo. Lo resolveré por mi cuenta. Puedo reírme de ellos si no tengo otra cosa mejor por hacer. ¡Vamos!».

Se puso apresuradamente el abrigo y se agitó de un modo que demostraba que un enérgico arrebato había sustituido a la apatía.

«Coja su sombrero», dijo.

«¿Desea que vaya con usted?».

«Sí, si no tiene nada mejor que hacer». Un minuto después estábamos los dos en un coche de caballos, conducidos furiosamente hacia Brixton Road.

Era una mañana nublada y con niebla y un velo de color pardo colgaba sobre los tejados de las casas, semejante al reflejo de las calles de color barro que había debajo. Mi acompañante estaba de muy buen humor y charlaba sobre violines de Cremona y la diferencia entre un Stradivarius y un Amati. En cuanto a mí, guardaba silencio, pues el tiempo desapacible y el melancólico asunto en el que estábamos enfrascados deprimían mi ánimo.

"You don't seem to give much thought to the matter in hand," I said at last, interrupting Holmes' musical disquisition.

"No data yet," he answered. "It is a capital mistake to theorize before you have all the evidence. It biases the judgment."

"You will have your data soon," I remarked, pointing with my finger; "this is the Brixton Road, and that is the house, if I am not very much mistaken."

"So it is. Stop, driver, stop!" We were still a hundred yards or so from it, but he insisted upon our alighting, and we finished our journey upon foot.

Number 3, Lauriston Gardens wore an ill-omened and minatory look. It was one of four which stood back some little way from the street, two being occupied and two empty. The latter looked out with three tiers of vacant melancholy windows, which were blank and dreary, save that here and there a "To Let" card had developed like a cataract upon the bleared panes. A small garden sprinkled over with a scattered eruption of sickly plants separated each of these houses from the street, and was traversed by a narrow pathway, yellowish in colour, and consisting apparently of a mixture of clay and of gravel. The whole place was very sloppy from the rain which had fallen through the night. The garden was bounded by a three-foot brick wall with a fringe of wood rails upon the top, and against this wall was leaning a stalwart police constable, surrounded by a small knot of loafers, who craned their necks and strained their eyes in the vain hope of catching some glimpse of the proceedings within.

I had imagined that Sherlock Holmes would at once have hurried into the house and plunged into a study of the mystery. Nothing appeared to be further from his intention. With an air of nonchalance which, under the circumstances, seemed to me to border upon affectation, he lounged up and down the pavement, and gazed vacantly at the ground, the sky, the opposite houses and the line of railings. Having finished his scrutiny, he proceeded slowly down the path, or rather down the fringe of grass which flanked the path, keeping his eyes riveted upon the ground. Twice he stopped, and once I saw

«No parece darle mucha importancia al asunto que nos ocupa», dije al fin, interrumpiendo la disquisición musical de Holmes.

«Todavía no hay datos», respondió. «Es un error capital teorizar antes de tener todas las pruebas. Sesga el juicio».

«Pronto tendrá sus datos», comenté, señalando con el dedo; «ésta es Brixton Road y ésa es la casa, si no me equivoco mucho».

«Así es. ¡Deténgase, conductor, deténgase!». Aún estábamos a unas cien yardas del lugar pero él insistió en que nos apeáramos y terminamos nuestro viaje a pie.

El número 3 de Lauriston Gardens tenía un aspecto siniestro y amenazador. Era uno de los cuatro edificios que estaban algo alejados de la calle, dos estaban ocupados y dos vacíos. Este último daba a tres hileras de melancólicas ventanas vacías, que estaban en blanco y se veían lúgubres, salvo que aquí y allá un cartel diciendo «Se alquila» se había desarrollado como una catarata ocular sobre los cristales empañados. Un pequeño jardín salpicado por una erupción dispersa de plantas enfermizas separaba cada una de estas casas de la calle y estaba atravesado por un estrecho sendero de color amarillento y compuesto aparentemente por una mezcla de arcilla y grava. Todo el lugar estaba muy descuidado por la lluvia que había caído durante la noche. El jardín estaba delimitado por un muro de ladrillo de tres pies de alto con una franja de barandillas de madera en la parte superior y contra este muro se apoyaba un fornido agente de policía, rodeado de un pequeño grupo de holgazanes, que arqueaban el cuello y forzaban la vista con la vana esperanza de vislumbrar algo de lo que ocurría en el interior.

Había imaginado que Sherlock Holmes se apresuraría a entrar en la casa y se habría zambullido en el estudio del misterio. Nada parecía estar más lejos de su intención. Con un aire de despreocupación que, dadas las circunstancias, me pareció rayano en la afectación, se paseó de un lado a otro de la acera y contempló distraídamente el suelo, el cielo, las casas de enfrente y la línea de barandillas. Una vez terminado su escrutinio, avanzó lentamente por el sendero o, más bien, por la franja de hierba que lo flanqueaba, manteniendo los ojos clavados en el suelo. Se detuvo dos veces y una de ellas le vi sonreír y le oí proferir una excla-

him smile, and heard him utter an exclamation of satisfaction. There were many marks of footsteps upon the wet clayey soil, but since the police had been coming and going over it, I was unable to see how my companion could hope to learn anything from it. Still I had had such extraordinary evidence of the quickness of his perceptive faculties, that I had no doubt that he could see a great deal which was hidden from me.

At the door of the house we were met by a tall, white-faced, flaxen-haired man, with a notebook in his hand, who rushed forward and wrung my companion's hand with effusion. "It is indeed kind of you to come," he said, "I have had everything left untouched."

"Except that!" my friend answered, pointing at the pathway. "If a herd of buffaloes had passed along there could not be a greater mess. No doubt, however, you had drawn your own conclusions, Gregson, before you permitted this."

"I have had so much to do inside the house," the detective said evasively. "My colleague, Mr. Lestrade, is here. I had relied upon him to look after this."

Holmes glanced at me and raised his eyebrows sardonically. "With two such men as yourself and Lestrade upon the ground, there will not be much for a third party to find out," he said.

Gregson rubbed his hands in a self-satisfied way. "I think we have done all that can be done," he answered; "it's a queer case though, and I knew your taste for such things."

"You did not come here in a cab?" asked Sherlock Holmes.

"No, sir."

"Nor Lestrade?"

"No, sir."

"Then let us go and look at the room." With which inconsequent remark he strode on into the house, followed by Gregson, whose fea-

mación de satisfacción. Había muchas marcas de pisadas sobre el suelo arcilloso y húmedo, pero como la policía había estado yendo y viniendo sobre él, no veía cómo mi compañero podía esperar aprender algo de ello. Aun así, yo había tenido pruebas tan extraordinarias de la rapidez de sus facultades perceptivas que no me cabía duda de que podía ver muchas cosas que para mí permanecían ocultas.

En la puerta de la casa nos recibió un hombre alto, de cara blanca y pelo rubio claro, con un cuaderno en la mano, que se precipitó hacia delante y apretó la mano de mi compañero con efusión. «Es muy amable de su parte el haber venido», dijo, «he dejado todo intacto».

«¡Salvo eso!», respondió mi amigo, señalando el camino. «Si una manada de búfalos hubiera pasado por allí no podría haber mayor desorden. Sin duda, sin embargo, usted había sacado sus propias conclusiones, Gregson, antes de permitir esto».

«He tenido mucho que hacer dentro de la casa», dijo evasivamente el detective. «Mi colega, Mr. Lestrade, está aquí. Yo había confiado en él para que se ocupara de esto».

Holmes me miró y enarcó las cejas sardónicamente. «Con dos hombres como usted y Lestrade en el lugar, no habrá mucho que un tercero pueda averiguar», dijo.

Gregson se frotó las manos con aire de autosatisfacción. «Creo que hemos hecho todo lo que se podía hacer», respondió; «aunque es un caso extraño y yo conozco su gusto por esas cosas».

«¿No habrá venido en taxi?», preguntó Sherlock Holmes.

«No, señor».

«¿Ni Lestrade?».

«No, señor».

«Entonces vayamos a ver la habitación». Con este comentario inconsecuente entró en la casa, seguido por Gregson, cuyas facciones expre-

tures expressed his astonishment.

A short passage, bare planked and dusty, led to the kitchen and offices. Two doors opened out of it to the left and to the right. One of these had obviously been closed for many weeks. The other belonged to the dining-room, which was the apartment in which the mysterious affair had occurred. Holmes walked in, and I followed him with that subdued feeling at my heart which the presence of death inspires.

It was a large square room, looking all the larger from the absence of all furniture. A vulgar flaring paper adorned the walls, but it was blotched in places with mildew, and here and there great strips had become detached and hung down, exposing the yellow plaster beneath. Opposite the door was a showy fireplace, surmounted by a mantelpiece of imitation white marble. On one corner of this was stuck the stump of a red wax candle. The solitary window was so dirty that the light was hazy and uncertain, giving a dull grey tinge to everything, which was intensified by the thick layer of dust which coated the whole apartment.

All these details I observed afterwards. At present my attention was centred upon the single grim motionless figure which lay stretched upon the boards, with vacant sightless eyes staring up at the discoloured ceiling. It was that of a man about forty-three or forty-four years of age, middle-sized, broad shouldered, with crisp curling black hair, and a short stubbly beard. He was dressed in a heavy broadcloth frock coat and waistcoat, with light-coloured trousers, and immaculate collar and cuffs. A top hat, well brushed and trim, was placed upon the floor beside him. His hands were clenched and his arms thrown abroad, while his lower limbs were interlocked as though his death struggle had been a grievous one. On his rigid face there stood an expression of horror, and as it seemed to me, of hatred, such as I have never seen upon human features. This malignant and terrible contortion, combined with the low forehead, blunt nose, and prognathous jaw gave the dead man a singularly simious and ape-like appearance, which was increased by his writhing, unnatural posture. I have seen death in many forms, but never has it appeared to me in a more fearsome aspect than in that dark grimy apartment, which looked out upon one of the main arteries of suburban London.

saban su asombro.

Un corto pasadizo, con piso de tablas desnudas y polvoriento, conducía a la cocina y a las oficinas. De él se abrían dos puertas, una a la izquierda y una a la derecha. Una de ellas, evidentemente, llevaba cerrada muchas semanas. La otra pertenecía al comedor, que era la habitación en el que había ocurrido el misterioso asunto. Holmes entró y yo le seguí con ese sentimiento apagado en el corazón que inspira la presencia de la muerte.

Era una gran habitación cuadrada, que parecía aún más grande por la ausencia de todo mobiliario. Un vulgar papel flameado adornaba las paredes pero estaba manchado en algunas partes de moho y aquí y allá grandes tiras se habían desprendido y colgaban, dejando al descubierto el yeso amarillo que había debajo. Frente a la puerta había una vistosa chimenea, coronada por una repisa de mármol blanco de imitación. En una esquina de ésta estaba clavado el muñón de una vela de cera roja. La solitaria ventana estaba tan sucia que la luz era brumosa e incierta, dándole a todo un matiz gris apagado, que se intensificaba por la gruesa capa de polvo que cubría todo el apartamento.

Todos estos detalles los observé después. Por el momento, mi atención se centraba en la única y sombría figura inmóvil que yacía tendida sobre las tablas, con los ojos vacíos y ciegos mirando al techo descolorido. Era la figura de un hombre de unos cuarenta y tres o cuarenta y cuatro años, de mediana estatura, hombros anchos, pelo negro rizado y crujiente y barba corta y de varios días. Iba vestido con una levita y un chaleco de paño grueso, con pantalones de color claro y cuello y puños inmaculados. Un sombrero de copa, bien cepillado y recortado, estaba colocado en el suelo a su lado. Tenía las manos apretadas y los brazos extendidos, mientras que sus extremidades inferiores estaban entrelazadas como si su lucha con la muerte hubiera sido penosa. En su rostro rígido había una expresión de horror y, según me pareció, de odio, como nunca había visto en rasgos humanos. Esta contorsión maligna y terrible, combinada con la frente baja, la nariz roma y la mandíbula prognata daban al muerto un aspecto singularmente simiesco, brutal, que se acrecentaba por su postura retorcida y antinatural. He visto la muerte en muchas formas pero nunca se me ha presentado con un aspecto más temible que en aquel oscuro y mugriento apartamento, que daba a una de las principales arterias del Londres suburbano.

Lestrade, lean and ferret-like as ever, was standing by the doorway, and greeted my companion and myself.

"This case will make a stir, sir," he remarked. "It beats anything I have seen, and I am no chicken."

"There is no clue?" said Gregson.

"None at all," chimed in Lestrade.

Sherlock Holmes approached the body, and, kneeling down, examined it intently. "You are sure that there is no wound?" he asked, pointing to numerous gouts and splashes of blood which lay all round.

"Positive!" cried both detectives.

"Then, of course, this blood belongs to a second individual—presumably the murderer, if murder has been committed. It reminds me of the circumstances attendant on the death of Van Jansen, in Utrecht, in the year '34. Do you remember the case, Gregson?"

"No, sir."

"Read it up—you really should. There is nothing new under the sun. It has all been done before."

As he spoke, his nimble fingers were flying here, there, and everywhere, feeling, pressing, unbuttoning, examining, while his eyes wore the same far-away expression which I have already remarked upon. So swiftly was the examination made, that one would hardly have guessed the minuteness with which it was conducted. Finally, he sniffed the dead man's lips, and then glanced at the soles of his patent leather boots.

"He has not been moved at all?" he asked.

"No more than was necessary for the purposes of our examination."

Lestrade, delgado y con aspecto de hurón como siempre, estaba de pie junto a la puerta y nos saludó a mi compañero y a mí.

«Este caso dará que hablar, señor», comentó. «Supera todo lo que he visto... y no soy un gallina».

«¿No hay ninguna pista?», dijo Gregson.

«Ninguna en absoluto», replicó Lestrade.

Sherlock Holmes se acercó al cuerpo y, arrodillándose, lo examinó atentamente. «¿Está seguro de que no hay ninguna herida?», preguntó, señalando las numerosas gotas y salpicaduras de sangre que había alrededor.

«¡Con seguridad!», gritaron ambos detectives.

«Entonces, por supuesto, esta sangre pertenece a un segundo individuo... presumiblemente el asesino, si se ha cometido asesinato. Me recuerda las circunstancias que rodearon la muerte de Van Jansen, en Utrecht, en el año 34. ¿Recuerda el caso, Gregson?».

«No, señor».

«Léalo... debería hacerlo. No hay nada nuevo bajo el sol. Todo se ha hecho antes».

Mientras hablaba, sus ágiles dedos volaban aquí, allá y acullá, palpando, presionando, desabrochando, examinando, mientras sus ojos lucían la misma expresión lejana que ya he comentado. El examen se hizo tan rápidamente que apenas se hubiera adivinado la minuciosidad con que se llevó a cabo. Finalmente, olisqueó los labios del muerto y luego echó un vistazo a las suelas de sus botas de charol.

«¿No lo han movido para nada?», preguntó.

«No más de lo necesario para los fines de nuestro examen».

"You can take him to the mortuary now," he said. "There is nothing more to be learned."

Gregson had a stretcher and four men at hand. At his call they entered the room, and the stranger was lifted and carried out. As they raised him, a ring tinkled down and rolled across the floor. Lestrade grabbed it up and stared at it with mystified eyes.

"There's been a woman here," he cried. "It's a woman's wedding-ring."

He held it out, as he spoke, upon the palm of his hand. We all gathered round him and gazed at it. There could be no doubt that that circlet of plain gold had once adorned the finger of a bride.

"This complicates matters," said Gregson. "Heaven knows, they were complicated enough before."

"You're sure it doesn't simplify them?" observed Holmes. "There's nothing to be learned by staring at it. What did you find in his pockets?"

"We have it all here," said Gregson, pointing to a litter of objects upon one of the bottom steps of the stairs. "A gold watch, No. 97163, by Barraud, of London. Gold Albert chain, very heavy and solid. Gold ring, with masonic device. Gold pin—bull-dog's head, with rubies as eyes. Russian leather card-case, with cards of Enoch J. Drebber of Cleveland, corresponding with the E. J. D. upon the linen. No purse, but loose money to the extent of seven pounds thirteen. Pocket edition of Boccaccio's *Decameron*, with name of Joseph Stangerson upon the fly-leaf. Two letters—one addressed to E. J. Drebber and one to Joseph Stangerson."

"At what address?"

"American Exchange, Strand—to be left till called for. They are both from the Guion Steamship Company, and refer to the sailing of their boats from Liverpool. It is clear that this unfortunate man was about to return to New York."

«Ya pueden llevarlo a la morgue», dijo. «No hay nada más que averiguar».

Gregson tenía una camilla y cuatro hombres a mano. Cuando fueron llamados entraron en la habitación y levantaron y sacaron al desconocido. Mientras lo levantaban, un anillo tintineó y rodó por el suelo. Lestrade lo cogió y lo miró con ojos desconcertados.

«Ha habido una mujer aquí», gritó. «Es el anillo de boda de una mujer».

Lo sostuvo, mientras hablaba, sobre la palma de su mano. Todos nos reunimos a su alrededor y lo contemplamos. No cabía duda de que aquella sortija de oro liso había adornado en otro tiempo el dedo de una novia.

«Esto complica las cosas», dijo Gregson. «Dios sabe que ya eran bastante complicadas antes».

«¿Está seguro de que no las simplifica?», observó Holmes. «No se aprende nada mirándolo fijamente. ¿Qué encontró en sus bolsillos?».

«Lo tenemos todo aquí», dijo Gregson, señalando un montón de objetos sobre uno de los peldaños inferiores de la escalera. «Un reloj de oro, nº 97163, de Barraud, de Londres. Una cadena Albert de oro, muy pesada y sólida. Anillo de oro, con el símbolo masónico. Alfiler de oro... con una cabeza de bulldog, con rubíes como ojos. Tarjetero de cuero ruso, con tarjetas de Enoch J. Drebber de Cleveland, que corresponden con la marca en la ropa interior E. J. D. Sin billetera, pero con dinero suelto por valor de siete libras trece. Edición de bolsillo del *Decamerón* de Boccaccio, con el nombre de Joseph Stangerson en la guarda. Dos cartas: una dirigida a E. J. Drebber y otra a Joseph Stangerson».

«¿A qué dirección?»

«American Exchange», Strand, donde debían permanecer hasta que las retiren. Ambas proceden de la Guion Steamship Company y se refieren a la salida de sus barcos de Liverpool. Está claro que este desgraciado estaba a punto de regresar a Nueva York».

"Have you made any inquiries as to this man, Stangerson?"

"I did it at once, sir," said Gregson. "I have had advertisements sent to all the newspapers, and one of my men has gone to the American Exchange, but he has not returned yet."

"Have you sent to Cleveland?"

"We telegraphed this morning."

"How did you word your inquiries?"

"We simply detailed the circumstances, and said that we should be glad of any information which could help us."

"You did not ask for particulars on any point which appeared to you to be crucial?"

"I asked about Stangerson."

"Nothing else? Is there no circumstance on which this whole case appears to hinge? Will you not telegraph again?"

"I have said all I have to say," said Gregson, in an offended voice.

Sherlock Holmes chuckled to himself, and appeared to be about to make some remark, when Lestrade, who had been in the front room while we were holding this conversation in the hall, reappeared upon the scene, rubbing his hands in a pompous and self-satisfied manner.

"Mr. Gregson," he said, "I have just made a discovery of the highest importance, and one which would have been overlooked had I not made a careful examination of the walls."

The little man's eyes sparkled as he spoke, and he was evidently in a state of suppressed exultation at having scored a point against his colleague.

«¿Ha hecho alguna averiguación sobre este hombre, Stangerson?».

«Las hice de inmediato, señor», dijo Gregson. «He hecho enviar anuncios a todos los periódicos y uno de mis hombres ha ido al American Exchange, pero aún no ha regresado».

«¿Ha enviado a Cleveland?».

«Hemos telegrafiado esta mañana».

«¿Cómo redactó sus preguntas?».

«Simplemente detallamos las circunstancias y dijimos que nos alegraría recibir cualquier información que pudiera ayudarnos».

«¿No pidió detalles sobre ningún punto que le pareciera crucial?».

«Pregunté por Stangerson».

«¿Nada más? ¿No hay ninguna circunstancia sobre la que parezca pivotar todo este caso? ¿No volverá a telegrafiar?».

«Ya he dicho todo lo que tenía que decir», dijo Gregson, con voz ofendida.

Sherlock Holmes se rió para sus adentros y parecía a punto de hacer algún comentario, cuando Lestrade, que había estado en la habitación delantera mientras manteníamos esta conversación en el vestíbulo, reapareció en escena, frotándose las manos con aire pomposo y autosatisfecho.

«Mr. Gregson», dijo, «acabo de hacer un descubrimiento de la mayor importancia y que se me habría pasado por alto si no hubiera hecho un examen minucioso de las paredes».

Los ojos del hombrecillo brillaban mientras hablaba y estaba evidentemente en un estado de reprimido júbilo por haber conseguido un punto contra su colega.

"Come here," he said, bustling back into the room, the atmosphere of which felt clearer since the removal of its ghastly inmate. "Now, stand there!"

He struck a match on his boot and held it up against the wall.

"Look at that!" he said, triumphantly.

I have remarked that the paper had fallen away in parts. In this particular corner of the room a large piece had peeled off, leaving a yellow square of coarse plastering. Across this bare space there was scrawled in blood-red letters a single word—

RACHE.

"What do you think of that?" cried the detective, with the air of a showman exhibiting his show. "This was overlooked because it was in the darkest corner of the room, and no one thought of looking there. The murderer has written it with his or her own blood. See this smear where it has trickled down the wall! That disposes of the idea of suicide anyhow. Why was that corner chosen to write it on? I will tell you. See that candle on the mantelpiece. It was lit at the time, and if it was lit this corner would be the brightest instead of the darkest portion of the wall."

"And what does it mean now that you *have* found it?" asked Gregson in a depreciatory voice.

"Mean? Why, it means that the writer was going to put the female name Rachel, but was disturbed before he or she had time to finish. You mark my words, when this case comes to be cleared up you will find that a woman named Rachel has something to do with it. It's all very well for you to laugh, Mr. Sherlock Holmes. You may be very smart and clever, but the old hound is the best, when all is said and done."

"I really beg your pardon!" said my companion, who had ruffled the little man's temper by bursting into an explosion of laughter. "You certainly have the credit of being the first of us to find this out, and,

«Venga aquí», dijo, entrando de nuevo en la habitación, cuya atmósfera se sentía más liviana desde la retirada de su espantoso recluso. «¡Ahora, párese ahí!».

Encendió una cerilla en su bota y la sostuvo contra la pared.

«¡Mire eso!», dijo, triunfante.

Yo había observado que el papel se había desprendido por partes. En este rincón concreto de la habitación se había despegado un gran trozo, dejando un cuadrado amarillo de revoque grueso. A través de este espacio desnudo había garabateada en letras de color rojo sangre una sola palabra:

RACHE.

«¿Qué le parece?», gritó el detective, con el aire de un empresario exhibiendo su espectáculo. «Esto fue pasado por alto porque estaba en el rincón más oscuro de la habitación y a nadie se le ocurrió mirar allí. El asesino lo ha escrito con su propia sangre. ¡Vea esta mancha donde se ha escurrido por la pared! Eso descarta de todos modos la idea del suicidio. ¿Por qué se eligió ese rincón para escribirlo? Se lo diré. Vea esa vela en la repisa de la chimenea. Estaba encendida en ese momento y, si hubiera estado encendida, esta esquina sería la más brillante en lugar de la parte más oscura de la pared».

«¿Y qué significa ahora que lo ha encontrado?», preguntó Gregson con voz depredadora.

«¿"Significa"? Pues significa que el que escribió eso iba a poner el nombre femenino Rachel pero se vio perturbado antes de que le diera tiempo a terminarlo. Fíjese en lo que le digo, cuando se aclare este caso descubrirá que una mujer llamada Rachel tiene algo que ver con él. Está muy bien que se ría, Mr. Sherlock Holmes. Puede que usted sea muy listo e inteligente, pero el viejo sabueso es el mejor, al fin y al cabo».

«¡Le pido perdón sinceramente!», dijo mi compañero, que había alterado el temperamento del hombrecillo al haber estallado en una explosión de risa. «Ciertamente tiene usted el mérito de ser el primero de

as you say, it bears every mark of having been written by the other participant in last night's mystery. I have not had time to examine this room yet, but with your permission I shall do so now."

As he spoke, he whipped a tape measure and a large round magnifying glass from his pocket. With these two implements he trotted noiselessly about the room, sometimes stopping, occasionally kneeling, and once lying flat upon his face. So engrossed was he with his occupation that he appeared to have forgotten our presence, for he chattered away to himself under his breath the whole time, keeping up a running fire of exclamations, groans, whistles, and little cries suggestive of encouragement and of hope. As I watched him I was irresistibly reminded of a pure-blooded well-trained foxhound as it dashes backwards and forwards through the covert, whining in its eagerness, until it comes across the lost scent. For twenty minutes or more he continued his researches, measuring with the most exact care the distance between marks which were entirely invisible to me, and occasionally applying his tape to the walls in an equally incomprehensible manner. In one place he gathered up very carefully a little pile of grey dust from the floor, and packed it away in an envelope. Finally, he examined with his glass the word upon the wall, going over every letter of it with the most minute exactness. This done, he appeared to be satisfied, for he replaced his tape and his glass in his pocket.

"They say that genius is an infinite capacity for taking pains," he remarked with a smile. "It's a very bad definition, but it does apply to detective work."

Gregson and Lestrade had watched the manœuvres of their amateur companion with considerable curiosity and some contempt. They evidently failed to appreciate the fact, which I had begun to realize, that Sherlock Holmes' smallest actions were all directed towards some definite and practical end.

"What do you think of it, sir?" they both asked.

"It would be robbing you of the credit of the case if I was to presume to help you," remarked my friend. "You are doing so well now that it

nosotros en descubrir esto y, como usted dice, lleva todas las marcas de haber sido escrito por el otro participante en el misterio de anoche. Aún no he tenido tiempo de examinar esta habitación, pero con su permiso lo haré ahora».

Mientras hablaba, sacó de su bolsillo una cinta métrica y una gran lupa redonda. Con estos dos utensilios trotó, sin hacer ruido, por la habitación, a veces deteniéndose, en ocasiones arrodillándose y una vez tumbándose de bruces. Tan absorto estaba en su ocupación que parecía haberse olvidado de nuestra presencia, pues charlaba consigo mismo en voz baja todo el tiempo, manteniendo una sarta continua de exclamaciones, gemidos, silbidos y pequeños gritos sugerentes de ánimo y de esperanza. Mientras le observaba me hacía acordar irresistiblemente a un sabueso de pura raza bien adiestrado cuando se lanza hacia adelante y hacia atrás por la espesura, gimiendo en su afán, hasta que da con el rastro perdido. Durante veinte minutos o más continuó sus pesquisas, midiendo con el mayor cuidado la distancia entre marcas que me resultaban totalmente invisibles y aplicando de vez en cuando su cinta a las paredes de forma igualmente incomprensible. En un lugar recogió con sumo cuidado un montoncito de polvo gris del suelo y lo guardó en un sobre. Por último, examinó con su lupa la palabra que había en la pared, repasando cada una de sus letras con la más minuciosa exactitud. Hecho esto, pareció quedar satisfecho, pues volvió a guardar la cinta y la lupa en el bolsillo.

«Dicen que el genio consiste en una capacidad infinita para tomarse molestias», comentó con una sonrisa. «Es una definición muy mala pero se aplica al trabajo de detective».

Gregson y Lestrade habían observado las maniobras de su compañero aficionado con considerable curiosidad y cierto desprecio. Evidentemente no apreciaban el hecho del que yo había empezado a darme cuenta, de que las más pequeñas acciones de Sherlock Holmes estaban todas dirigidas hacia algún fin definido y práctico.

«¿Qué le parece, señor?», preguntaron ambos.

«Sería robarles el mérito del caso si me atreviera a ayudarles», comentó mi amigo. «Lo están haciendo tan bien ahora que sería una pena

would be a pity for anyone to interfere." There was a world of sarcasm in his voice as he spoke. "If you will let me know how your investigations go," he continued, "I shall be happy to give you any help I can. In the meantime I should like to speak to the constable who found the body. Can you give me his name and address?"

Lestrade glanced at his note-book. "John Rance," he said. "He is off duty now. You will find him at 46, Audley Court, Kennington Park Gate."

Holmes took a note of the address.

"Come along, Doctor," he said; "we shall go and look him up. I'll tell you one thing which may help you in the case," he continued, turning to the two detectives. "There has been murder done, and the murderer was a man. He was more than six feet high, was in the prime of life, had small feet for his height, wore coarse, square-toed boots and smoked a Trichinopoly cigar. He came here with his victim in a four-wheeled cab, which was drawn by a horse with three old shoes and one new one on his off fore leg. In all probability the murderer had a florid face, and the finger-nails of his right hand were remarkably long. These are only a few indications, but they may assist you."

Lestrade and Gregson glanced at each other with an incredulous smile.

"If this man was murdered, how was it done?" asked the former.

"Poison," said Sherlock Holmes curtly, and strode off. "One other thing, Lestrade," he added, turning round at the door: "'Rache,' is the German for 'revenge;' so don't lose your time looking for Miss Rachel."

With which Parthian shot he walked away, leaving the two rivals open-mouthed behind him.

que alguien interfiriera». Había un mundo de sarcasmo en su voz mientras hablaba. «Si me hacen saber cómo van sus investigaciones», continuó, «estaré encantado de prestarle toda la ayuda que pueda. Mientras tanto, me gustaría hablar con el agente que encontró el cadáver. ¿Pueden darme su nombre y dirección?».

Lestrade echó un vistazo a su cuaderno de notas. «John Rance», dijo. «Ahora está fuera de servicio. Le encontrará en el 46 de Audley Court, Kennington Park Gate».

Holmes tomó nota de la dirección.

«Venga, doctor», dijo; «iremos a verle. Les diré una cosa que puede ayudarles en el caso», continuó, volviéndose hacia los dos detectives. «Se ha cometido un asesinato y el asesino era un hombre. Medía más de seis pies, estaba en la flor de la vida, tenía los pies pequeños para su estatura, calzaba botas toscas de punta cuadrada y fumaba un cigarro Trichinopoly. Llegó con su víctima en un carruaje de cuatro ruedas tirado por un caballo con tres herraduras viejas y una nueva en la pata delantera. Con toda probabilidad, el asesino tenía un rostro rubicundo y las uñas de su mano derecha eran notablemente largas. Estos son sólo algunos indicios pero pueden servirle de ayuda».

Lestrade y Gregson se miraron con una sonrisa incrédula.

«Si este hombre fue asesinado, ¿cómo se hizo?», preguntó el primero.

«Veneno», dijo Sherlock Holmes secamente y se alejó. «Otra cosa, Lestrade», añadió, volviéndose hacia la puerta: «"Rache" significa "venganza" en alemán; así que no pierda el tiempo buscando a Miss Rachel».

Con este disparo parto se alejó, dejando a los dos rivales boquiabiertos tras él.

It was one o'clock when we left No. 3, Lauriston Gardens. Sherlock Holmes led me to the nearest telegraph office, whence he dispatched a long telegram. He then hailed a cab, and ordered the driver to take us to the address given us by Lestrade.

"There is nothing like first hand evidence," he remarked; "as a matter of fact, my mind is entirely made up upon the case, but still we may as well learn all that is to be learned."

"You amaze me, Holmes," said I. "Surely you are not as sure as you pretend to be of all those particulars which you gave."

"There's no room for a mistake," he answered. "The very first thing which I observed on arriving there was that a cab had made two ruts with its wheels close to the curb. Now, up to last night, we have had no rain for a week, so that those wheels which left such a deep impression must have been there during the night. There were the marks of the horse's hoofs, too, the outline of one of which was far more clearly cut than that of the other three, showing that that was a new shoe. Since the cab was there after the rain began, and was not there at any time during the morning—I have Gregson's word for that—it follows that it must have been there during the night, and, therefore, that it brought those two individuals to the house."

"That seems simple enough," said I; "but how about the other man's height?"

"Why, the height of a man, in nine cases out of ten, can be told from the length of his stride. It is a simple calculation enough, though there is no use my boring you with figures. I had this fellow's stride both on the clay outside and on the dust within. Then I had a way of checking my calculation. When a man writes on a wall, his instinct leads him to write about the level of his own eyes. Now that writing was just over six feet from the ground. It was child's play."

"And his age?" I asked.

Era la una cuando salimos del número 3 de Lauriston Gardens. Sherlock Holmes me condujo a la oficina de telégrafos más cercana, desde donde despachó un largo telegrama. Luego llamó a un taxi y ordenó al conductor que nos llevara a la dirección que nos había dado Lestrade.

«No hay nada como las pruebas de primera mano», comentó; «de hecho, mi opinión está totalmente formada sobre el caso pero aun así podemos aprender todo lo que hay para aprender».

«Me asombra, Holmes», le dije. «Seguro que no está tan seguro como pretende de todos esos detalles que ha dado».

«No hay lugar para el error», respondió. «Lo primero que observé al llegar allí fue que un taxi había hecho dos surcos con sus ruedas cerca del bordillo. Ahora bien, hasta anoche no había llovido en una semana, de modo que esas ruedas que dejaron una huella tan profunda debían de haber estado allí en algún momento durante la noche. También estaban las marcas de los cascos del caballo, el contorno de uno de los cuales estaba mucho más claramente recortado que el de los otros tres, lo que demostraba que se trataba de una herradura nueva. Puesto que el taxi estaba allí después de que empezara a llover y no estuvo en ningún momento durante la mañana —tengo la palabra de Gregson al respecto— se deduce que debió de estar allí durante la noche y, por lo tanto, que llevó a esos dos individuos a la casa.»

«Eso parece bastante sencillo», dije yo; «pero, ¿qué me dice de la estatura del otro hombre?».

«Pues bien, la estatura de un hombre, en nueve de cada diez casos, puede deducirse de la longitud de su zancada. Es un cálculo bastante sencillo, aunque es inútil que le aburra con cifras. Tenía la zancada de este hombre tanto en el barro del exterior como en el polvo del interior. Luego tuve una forma de comprobar mi cálculo. Cuando un hombre escribe en una pared, su instinto le lleva a escribir más o menos a la altura de sus propios ojos. Ahora bien, esa escritura estaba a poco más de seis pies del suelo. Era un juego de niños».

«¿Y su edad?», pregunté.

"Well, if a man can stride four and a-half feet without the smallest effort, he can't be quite in the sere and yellow. That was the breadth of a puddle on the garden walk which he had evidently walked across. Patent-leather boots had gone round, and Square-toes had hopped over. There is no mystery about it at all. I am simply applying to ordinary life a few of those precepts of observation and deduction which I advocated in that article. Is there anything else that puzzles you?"

"The finger nails and the Trichinopoly," I suggested.

"The writing on the wall was done with a man's forefinger dipped in blood. My glass allowed me to observe that the plaster was slightly scratched in doing it, which would not have been the case if the man's nail had been trimmed. I gathered up some scattered ash from the floor. It was dark in colour and flakey—such an ash as is only made by a Trichinopoly. I have made a special study of cigar ashes—in fact, I have written a monograph upon the subject. I flatter myself that I can distinguish at a glance the ash of any known brand, either of cigar or of tobacco. It is just in such details that the skilled detective differs from the Gregson and Lestrade type."

"And the florid face?" I asked.

"Ah, that was a more daring shot, though I have no doubt that I was right. You must not ask me that at the present state of the affair."

I passed my hand over my brow. "My head is in a whirl," I remarked; "the more one thinks of it the more mysterious it grows. How came these two men—if there were two men—into an empty house? What has become of the cabman who drove them? How could one man compel another to take poison? Where did the blood come from? What was the object of the murderer, since robbery had no part in it? How came the woman's ring there? Above all, why should the second man write up the German word RACHE before decamping? I confess that I cannot see any possible way of reconciling all these facts."

My companion smiled approvingly.

"You sum up the difficulties of the situation succinctly and well,"

«Bueno, si un hombre puede dar zancadas de cuatro pies y medio sin el menor esfuerzo, no puede estar a un paso del ataúd. Esa era la anchura de un charco en el paseo del jardín que evidentemente había atravesado. Las botas de charol habían dado la vuelta y las de los dedos cuadrados habían saltado por encima. No hay ningún misterio. Simplemente estoy aplicando a la vida ordinaria algunos de esos preceptos de observación y deducción que defendí en aquel artículo. ¿Hay algo más que le intrigue?».

«Las uñas y el Trichinopoly», sugerí.

«La escritura en la pared fue hecha con el dedo índice de un hombre, mojado en sangre. Mi lupa me permitió observar que el yeso fue arañado ligeramente al hacerlo, lo que no habría ocurrido si la uña del hombre hubiera estado recortada. Recogí un poco de ceniza esparcida por el suelo. Era de color oscuro y en escamas... una ceniza como la que sólo produce un Trichinopoly. He hecho un estudio especial de las cenizas de puros... de hecho, he escrito una monografía sobre el tema. Me halago de poder distinguir de un vistazo la ceniza de cualquier marca conocida, ya sea de puro o de tabaco. Es justo en esos detalles en los que el detective experto se diferencia de aquellos como Gregson y Lestrade».

«¿Y el rostro rubicundo?», pregunté.

«Ah, eso fue una conjetura aventurada, aunque no dudo de que tenga razón. No debe preguntarme eso en el estado actual del asunto».

Me pasé la mano por la frente. «Mi cabeza está en un torbellino», comenté; «cuanto más piensa uno en ello más misterioso se vuelve. ¿Cómo llegaron estos dos hombres —si es que había dos hombres— a una casa vacía? ¿Qué ha sido del taxista que los llevó? ¿Cómo pudo un hombre obligar a otro a tomar veneno? ¿De dónde procedía la sangre? ¿Cuál era el objetivo del asesino, ya que el robo no tuvo nada que ver? ¿Cómo llegó allí el anillo de la mujer? Sobre todo, ¿por qué el segundo hombre escribió la palabra alemana RACHE antes de retirarse? Confieso que no veo ninguna manera posible de conciliar todos estos hechos».

Mi compañero sonrió con aprobación.

«Usted resume las dificultades de la situación sucintamente y de la

he said. "There is much that is still obscure, though I have quite made up my mind on the main facts. As to poor Lestrade's discovery it was simply a blind intended to put the police upon a wrong track, by suggesting Socialism and secret societies. It was not done by a German. The A, if you noticed, was printed somewhat after the German fashion. Now, a real German invariably prints in the Latin character, so that we may safely say that this was not written by one, but by a clumsy imitator who overdid his part. It was simply a ruse to divert inquiry into a wrong channel. I'm not going to tell you much more of the case, Doctor. You know a conjuror gets no credit when once he has explained his trick, and if I show you too much of my method of working, you will come to the conclusion that I am a very ordinary individual after all."

"I shall never do that," I answered; "you have brought detection as near an exact science as it ever will be brought in this world."

My companion flushed up with pleasure at my words, and the earnest way in which I uttered them. I had already observed that he was as sensitive to flattery on the score of his art as any girl could be of her beauty.

"I'll tell you one other thing," he said. "Patent-leathers and Square-toes came in the same cab, and they walked down the pathway together as friendly as possible—arm-in-arm, in all probability. When they got inside they walked up and down the room—or rather, Patent-leathers stood still while Square-toes walked up and down. I could read all that in the dust; and I could read that as he walked he grew more and more excited. That is shown by the increased length of his strides. He was talking all the while, and working himself up, no doubt, into a fury. Then the tragedy occurred. I've told you all I know myself now, for the rest is mere surmise and conjecture. We have a good working basis, however, on which to start. We must hurry up, for I want to go to Halle's concert to hear Norman Neruda this afternoon."

This conversation had occurred while our cab had been threading its way through a long succession of dingy streets and dreary byways. In the dingiest and dreariest of them our driver suddenly came

manera correcta», dijo. «Hay muchas cosas que siguen siendo oscuras, aunque ya me he hecho una idea sobre los hechos principales. En cuanto al descubrimiento del pobre Lestrade, fue simplemente un artificio destinado a poner a la policía sobre una pista equivocada, al sugerir socialismo y sociedades secretas. No lo hizo un alemán. La "A", si se ha dado cuenta, estaba dibujada un poco a la manera alemana. Ahora bien, un verdadero alemán escribe invariablemente en caracteres latinos, por lo que podemos decir con seguridad que esto no fue escrito por uno, sino por un torpe imitador que se excedió en su papel. Fue simplemente una treta para desviar la investigación por un cauce equivocado. No voy a contarle mucho más del caso, doctor. Sabe que un prestidigitador no obtiene crédito una vez que ha explicado su truco y, si le muestro demasiado de mi método de trabajo, llegará a la conclusión de que, después de todo, soy un individuo muy ordinario».

«Nunca lo haré», le contesté; «usted ha llevado la detección tan cerca de una ciencia exacta como nunca se llevará en este mundo».

Mi compañero enrojeció de placer ante mis palabras y la seriedad con que las pronuncié. Ya había observado que era tan sensible a los halagos sobre su arte como cualquier muchacha lo es sobre su belleza.

«Le diré otra cosa», dijo. «Charol y Dedos Cuadrados vinieron en el mismo taxi y caminaron juntos por el sendero lo más amistosamente posible... tomados del brazo, con toda probabilidad. Cuando llegaron dentro caminaron arriba y abajo por la habitación... o mejor dicho, Charol se quedó quieto mientras Dedos Cuadrados caminaba arriba y abajo. Pude leer todo eso en el polvo; y pude leer que mientras caminaba se excitaba cada vez más. Eso lo demuestra la mayor longitud de sus zancadas. Hablaba todo el tiempo y se puso furioso, sin duda. Entonces ocurrió la tragedia. Ya le he dicho todo lo que sé pues el resto son meras conjeturas y suposiciones. Sin embargo, tenemos una buena base de trabajo sobre la que empezar. Debemos darnos prisa, pues quiero ir al concierto de Halle para escuchar a Norman-Neruda esta tarde».

Esta conversación había tenido lugar mientras nuestro taxi se abría paso a través de una larga sucesión de lúgubres calles y lóbregos callejones. En la más sucia y lúgubre de ellas, nuestro conductor se detuvo de

to a stand. "That's Audley Court in there," he said, pointing to a narrow slit in the line of dead-coloured brick. "You'll find me here when you come back."

Audley Court was not an attractive locality. The narrow passage led us into a quadrangle paved with flags and lined by sordid dwellings. We picked our way among groups of dirty children, and through lines of discoloured linen, until we came to Number 46, the door of which was decorated with a small slip of brass on which the name Rance was engraved. On enquiry we found that the constable was in bed, and we were shown into a little front parlour to await his coming.

He appeared presently, looking a little irritable at being disturbed in his slumbers. "I made my report at the office," he said.

Holmes took a half-sovereign from his pocket and played with it pensively. "We thought that we should like to hear it all from your own lips," he said.

"I shall be most happy to tell you anything I can," the constable answered with his eyes upon the little golden disk.

"Just let us hear it all in your own way as it occurred."

Rance sat down on the horsehair sofa, and knitted his brows as though determined not to omit anything in his narrative.

"I'll tell it ye from the beginning," he said. "My time is from ten at night to six in the morning. At eleven there was a fight at the 'White Hart'; but bar that all was quiet enough on the beat. At one o'clock it began to rain, and I met Harry Murcher—him who has the Holland Grove beat—and we stood together at the corner of Henrietta Street a-talkin'. Presently—maybe about two or a little after—I thought I would take a look round and see that all was right down the Brixton Road. It was precious dirty and lonely. Not a soul did I meet all the way down, though a cab or two went past me. I was a strollin' down, thinkin' between ourselves how uncommon handy a four of gin hot would be, when suddenly the glint of a light caught my eye in the window of that same house. Now, I knew that them two houses in Lauris-

repente. «Eso ahí es Audley Court», dijo, señalando una estrecha rendija en la línea de ladrillos de colores muertos. «Me encontrará aquí cuando vuelva».

Audley Court no era un lugar atractivo. El estrecho pasadizo nos condujo a un cuadrilátero, con piso enlosado y bordeado por sórdidas viviendas. Nos abrimos paso entre grupos de niños sucios y a través de hileras de sábanas descoloridas, hasta que llegamos al número 46, cuya puerta estaba decorada con un pequeño trozo de latón en el que estaba grabado el nombre de Rance. Al preguntar, descubrimos que el alguacil estaba en la cama y nos hicieron pasar a un pequeño salón delantero para esperar su llegada.

Apareció enseguida, con aspecto un poco irritado por haber sido molestado en sus sueños. «Ya hice mi informe en la oficina», dijo.

Holmes sacó medio soberano de su bolsillo y jugó con él pensativamente. «Pensamos que nos gustaría oírlo todo de sus propios labios», dijo.

«Estaré encantado de decirle todo lo que pueda», respondió el alguacil con los ojos fijos en el pequeño disco dorado.

«Déjenos oírlo todo a su manera, tal y como ocurrió».

Rance se sentó en el sofá de crin de caballo y frunció el ceño como si estuviera decidido a no omitir nada en su relato.

«Se los contaré desde el principio», dijo. «Mi horario es de diez de la noche a seis de la mañana. A las once hubo una pelea en el "El ciervo blanco"; pero aparte de eso todo estaba bastante tranquilo en la ronda. A la una empezó a llover y me encontré con Harry Murcher —el que tiene la ronda de Holland Grove— y estuvimos juntos hablando en la esquina de Henrietta Street. En ese momento —quizá hacia las dos o poco después— pensé en echar un vistazo y comprobar que todo iba bien en Brixton Road. Estaba totalmente sucio y solitario. No me encontré ni un alma en todo el camino, aunque un taxi o dos pasaron junto a mí. Avanzaba tranquilamente, pensando, entre nosotros, en lo bien que vendría una copa de ginebra caliente, cuando de repente el destello de una luz me llamó la atención en la ventana de esa misma casa. Sabía que las

ton Gardens was empty on account of him that owns them who won't have the drains seen to, though the very last tenant what lived in one of them died o' typhoid fever. I was knocked all in a heap therefore at seeing a light in the window, and I suspected as something was wrong. When I got to the door——"

"You stopped, and then walked back to the garden gate," my companion interrupted. "What did you do that for?"

Rance gave a violent jump, and stared at Sherlock Holmes with the utmost amazement upon his features.

"Why, that's true, sir," he said; "though how you come to know it, Heaven only knows. Ye see, when I got up to the door it was so still and so lonesome, that I thought I'd be none the worse for some one with me. I ain't afeared of anything on this side o' the grave; but I thought that maybe it was him that died o' the typhoid inspecting the drains what killed him. The thought gave me a kind o' turn, and I walked back to the gate to see if I could see Murcher's lantern, but there wasn't no sign of him nor of anyone else."

"There was no one in the street?"

"Not a livin' soul, sir, nor as much as a dog. Then I pulled myself together and went back and pushed the door open. All was quiet inside, so I went into the room where the light was a-burnin'. There was a candle flickerin' on the mantelpiece—a red wax one—and by its light I saw——"

"Yes, I know all that you saw. You walked round the room several times, and you knelt down by the body, and then you walked through and tried the kitchen door, and then——"

John Rance sprang to his feet with a frightened face and suspicion in his eyes. "Where was you hid to see all that?" he cried. "It seems to me that you knows a deal more than you should."

Holmes laughed and threw his card across the table to the constable. "Don't get arresting me for the murder," he said. "I am one of the hounds and not the wolf; Mr. Gregson or Mr. Lestrade will answer for

dos casas de Lauriston Gardens estaban vacías porque su propietario no quería arreglar los desagües, aunque el último inquilino que vivió en una de ellas murió de fiebre tifoidea. Por eso me sobresalté al ver una luz en la ventana y sospeché que algo iba mal. Cuando llegué a la puerta...».

«Se detuvo y luego regresó a la puerta del jardín», interrumpió mi acompañante. «¿Por qué hizo eso?».

Rance dio un violento respingo y se quedó mirando a Sherlock Holmes con el mayor asombro en sus facciones.

«Pues es verdad, señor», dijo; «aunque cómo ha llegado a saberlo, sólo Dios lo sabe. Verá, cuando llegué a la puerta estaba tan quieto y tan solo, que pensé que sería mejor si alguien estuviera conmigo. No temo a nada de este lado de la tumba pero pensé que tal vez fuera el que murió de tifus inspeccionando los desagües lo que lo mató. El pensamiento me dio una especie de inquietud y caminé de vuelta a la puerta para ver si podía ver la linterna de Murcher, pero no había ni rastro de él ni de nadie más».

«¿No había nadie en la calle?».

«Ni un alma viviente, señor, ni siquiera un perro. Entonces tomé coraje y volví y empujé la puerta para abrirla. Todo estaba tranquilo dentro, así que entré en la habitación donde ardía la luz. Había una vela parpadeando en la repisa de la chimenea —una de cera roja— y a su luz vi...».

«Sí, sé todo lo que vio. Dio varias vueltas por la habitación y se arrodilló junto al cuerpo y luego atravesó la habitación y probó la puerta de la cocina, y luego...».

John Rance se puso en pie de un salto con el rostro asustado y sospechas en los ojos. «¿Dónde estaba escondido para ver todo eso?», gritó. «Me parece que sabe mucho más de lo que debería».

Holmes se rió y lanzó su tarjeta al otro lado de la mesa al alguacil. «No vaya a arrestarme por asesinato», dijo. «Soy uno de los sabuesos y no el lobo; de eso responderán Mr. Gregson o Mr. Lestrade. Continúe, sin

that. Go on, though. What did you do next?"

Rance resumed his seat, without however losing his mystified expression. "I went back to the gate and sounded my whistle. That brought Murcher and two more to the spot."

"Was the street empty then?"

"Well, it was, as far as anybody that could be of any good goes."

"What do you mean?"

The constable's features broadened into a grin. "I've seen many a drunk chap in my time," he said, "but never anyone so cryin' drunk as that cove. He was at the gate when I came out, a-leanin' up agin the railings, and a-singin' at the pitch o' his lungs about Columbine's New-fangled Banner, or some such stuff. He couldn't stand, far less help."

"What sort of a man was he?" asked Sherlock Holmes.

John Rance appeared to be somewhat irritated at this digression. "He was an uncommon drunk sort o' man," he said. "He'd ha' found hisself in the station if we hadn't been so took up."

"His face—his dress—didn't you notice them?" Holmes broke in impatiently.

"I should think I did notice them, seeing that I had to prop him up— me and Murcher between us. He was a long chap, with a red face, the lower part muffled round——"

"That will do," cried Holmes. "What became of him?"

"We'd enough to do without lookin' after him," the policeman said, in an aggrieved voice. "I'll wager he found his way home all right."

"How was he dressed?"

embargo. ¿Qué hizo después?».

Rance retomó su asiento, sin perder por ello su expresión desconcertada. «Volví a la puerta y toqué mi silbato. Eso atrajo a Murcher y a dos más al lugar».

«¿Estaba la calle vacía entonces?».

«Bueno, lo estaba, en la medida en que no había nadie que pudiera servir de algo».

«¿Qué quiere decir?».

Las facciones del alguacil se ensancharon en una sonrisa. «He visto a muchos borrachos en mi vida», dijo, «pero nunca a nadie tan borracho como ese tipo. Estaba en la puerta cuando salí, apoyado contra la barandilla y cantando a pleno pulmón sobre la «Bandera de Colón», o algo así. No podía mantenerse en pie y mucho menos ayudar».

«¿Qué clase de hombre era?», preguntó Sherlock Holmes.

John Rance parecía algo irritado por esta digresión. «Era un borracho poco común», dijo. «Lo habríamos llevado detenido a la estación si no hubiéramos estado tan ocupados».

«Su cara... su vestimenta... ¿no se fijó en ello?», interrumpió Holmes con impaciencia.

«Creo que sí me fijé, porque tuve que sostenerle, yo y Murcher, entre los dos. Era un tipo alto, con la cara roja, la parte inferior embozada...».

«Con eso basta», gritó Holmes. «¿Qué fue de él?».

«Ya teníamos bastante que hacer sin ocuparnos de él», dijo el policía, con voz afligida. «Apuesto a que encontró el camino a casa».

«¿Cómo iba vestido?».

"A brown overcoat."

"Had he a whip in his hand?"

"A whip—no."

"He must have left it behind," muttered my companion. "You didn't happen to see or hear a cab after that?"

"No."

"There's a half-sovereign for you," my companion said, standing up and taking his hat. "I am afraid, Rance, that you will never rise in the force. That head of yours should be for use as well as ornament. You might have gained your sergeant's stripes last night. The man whom you held in your hands is the man who holds the clue of this mystery, and whom we are seeking. There is no use of arguing about it now; I tell you that it is so. Come along, Doctor."

We started off for the cab together, leaving our informant incredulous, but obviously uncomfortable.

"The blundering fool," Holmes said, bitterly, as we drove back to our lodgings. "Just to think of his having such an incomparable bit of good luck, and not taking advantage of it."

"I am rather in the dark still. It is true that the description of this man tallies with your idea of the second party in this mystery. But why should he come back to the house after leaving it? That is not the way of criminals."

"The ring, man, the ring: that was what he came back for. If we have no other way of catching him, we can always bait our line with the ring. I shall have him, Doctor—I'll lay you two to one that I have him. I must thank you for it all. I might not have gone but for you, and so have missed the finest study I ever came across: a study in scarlet, eh? Why shouldn't we use a little art jargon. There's the scarlet thread of murder running through the colourless skein of life, and our duty is to unravel it, and isolate it, and expose every inch of it. And now for lunch, and then for Norman Neruda. Her attack and her bowing

«Un abrigo marrón».

«¿Tenía un látigo en la mano?».

«Un látigo... no».

«Debe de haberlo dejado atrás», murmuró mi acompañante. «¿Por casualidad no vio ni oyó un taxi después de eso?».

«No».

«Aquí tiene medio soberano», dijo mi compañero, poniéndose en pie y cogiendo su sombrero. «Me temo, Rance, que nunca ascenderá en la fuerza. Esa cabeza suya serviría tanto si la usara como adorno. Anoche podría haberse ganado los galones de sargento. El hombre que tenía en sus manos es el que tiene la clave de este misterio y al que estamos buscando. No sirve de nada discutirlo ahora; le digo que es así. Venga, doctor».

Partimos juntos hacia el taxi, dejando a nuestro informante incrédulo pero obviamente incómodo.

«El tonto torpe», dijo Holmes, amargamente, mientras regresábamos a nuestro alojamiento. «Sólo de pensar que tuviera tan incomparable buena suerte y no la aprovechara».

«Estoy bastante confundido todavía. Es cierto que la descripción de este hombre concuerda con su idea de la segunda parte en este misterio. Pero, ¿por qué iba a volver a la casa después de haberla abandonado? Esa no es la forma de actuar de los criminales».

«El anillo, hombre, el anillo... por eso volvió. Si no tenemos otra forma de atraparlo, siempre podemos usar el anillo como anzuelo. Lo atraparé, doctor... lo atraparé... dos a uno a que lo atrapo. Debo darle las gracias por todo. Podría no haber ido de no ser por usted y así haberme perdido el mejor estudio con el que me he topado: un estudio en escarlata, ¿eh? ¿Por qué no usamos un poco de jerga artística? Está el hilo escarlata del asesinato corriendo a través de la madeja incolora de la vida, y nuestro deber es desenredarlo, y aislarlo, y exponer cada pulgada de él. Y ahora a comer y después a Norman-Neruda. Su ataque y su arqueo son

are splendid. What's that little thing of Chopin's she plays so magnif-icently: Tra-la-la-lira-lira-lay."

Leaning back in the cab, this amateur bloodhound carolled away like a lark while I meditated upon the many-sidedness of the human mind.

espléndidos. ¿Qué piecita de Chopin toca tan magníficamente? Tra-la-la-lira-lira-la».

Recostado en el taxi, este sabueso aficionado canturreaba como una alondra mientras yo meditaba sobre las múltiples facetas de la mente humana.

CHAPTER V — OUR ADVERTISEMENT BRINGS A VISITOR

Our morning's exertions had been too much for my weak health, and I was tired out in the afternoon. After Holmes' departure for the concert, I lay down upon the sofa and endeavoured to get a couple of hours' sleep. It was a useless attempt. My mind had been too much excited by all that had occurred, and the strangest fancies and surmises crowded into it. Every time that I closed my eyes I saw before me the distorted baboon-like countenance of the murdered man. So sinister was the impression which that face had produced upon me that I found it difficult to feel anything but gratitude for him who had removed its owner from the world. If ever human features bespoke vice of the most malignant type, they were certainly those of Enoch J. Drebber, of Cleveland. Still I recognized that justice must be done, and that the depravity of the victim was no condonement in the eyes of the law.

The more I thought of it the more extraordinary did my companion's hypothesis, that the man had been poisoned, appear. I remembered how he had sniffed his lips, and had no doubt that he had detected something which had given rise to the idea. Then, again, if not poison, what had caused the man's death, since there was neither wound nor marks of strangulation? But, on the other hand, whose blood was that which lay so thickly upon the floor? There were no signs of a struggle, nor had the victim any weapon with which he might have wounded an antagonist. As long as all these questions were unsolved, I felt that sleep would be no easy matter, either for Holmes or myself. His quiet self-confident manner convinced me that he had already formed a theory which explained all the facts, though what it was I could not for an instant conjecture.

He was very late in returning—so late, that I knew that the concert could not have detained him all the time. Dinner was on the table before he appeared.

"It was magnificent," he said, as he took his seat. "Do you remember what Darwin says about music? He claims that the power of producing and appreciating it existed among the human race long before the power of speech was arrived at. Perhaps that is why we are so subtly influenced by it. There are vague memories in our souls of

CAPÍTULO V — NUESTRO ANUNCIO TRAE UN VISITANTE

Los esfuerzos de la mañana habían ido demasiado lejos para mi débil salud y por la tarde estaba agotado. Tras la marcha de Holmes al concierto, me tumbé en el sofá y me esforcé por dormir un par de horas. Fue un intento inútil. Mi mente estaba demasiado excitada por todo lo que había ocurrido y en ella se agolpaban las más extrañas fantasías y conjeturas. Cada vez que cerraba los ojos veía ante mí el rostro distorsionado, como el de un simio, del hombre asesinado. Tan siniestra era la impresión que aquel rostro había producido en mí que me resultaba difícil sentir otra cosa que gratitud por quien había apartado del mundo a su dueño. Si alguna vez los rasgos humanos denotaban vicio del tipo más maligno, eran sin duda los de Enoch J. Drebber, de Cleveland. Aun así, reconocí que debía hacerse justicia y que la depravación de la víctima no era ninguna condonación a los ojos de la ley.

Cuanto más pensaba en ello, más extraordinaria me parecía la hipótesis de mi compañero de que el hombre había sido envenenado. Recordé cómo había olfateado sus labios y no dudé de que había detectado algo que había dado pie a la idea. Entonces, de nuevo, si no era veneno, ¿qué había causado la muerte del hombre, ya que no había ni herida ni marcas de estrangulamiento? Pero, por otra parte, ¿de quién era la sangre que yacía tan espesa en el suelo? No había señales de lucha, ni la víctima tenía ningún arma con la que pudiera haber herido a un antagonista. Mientras todas estas preguntas estuvieran sin resolver, sentí que dormir no sería tarea fácil, ni para Holmes ni para mí. Su actitud tranquila y su seguridad en sí mismo me convenció de que ya se había formado una teoría que explicaba todos los hechos, aunque no me fuera posible conjeturarla ni por un instante.

Él tardó mucho en volver, tanto que supe que el concierto no podía haberle demorado todo el tiempo. La cena estaba en la mesa antes de que él apareciera.

«Fue magnífico», dijo, mientras tomaba asiento. «¿Recuerda lo que dice Darwin sobre la música? Afirma que el poder de producirla y apreciarla existía en la raza humana mucho antes de que se llegara al poder del habla. Quizá por eso estamos tan sutilmente influidos por ella. Hay vagos recuerdos en nuestras almas de aquellos siglos brumosos en los

those misty centuries when the world was in its childhood."

"That's rather a broad idea," I remarked.

"One's ideas must be as broad as Nature if they are to interpret Nature," he answered. "What's the matter? You're not looking quite yourself. This Brixton Road affair has upset you."

"To tell the truth, it has," I said. "I ought to be more case-hardened after my Afghan experiences. I saw my own comrades hacked to pieces at Maiwand without losing my nerve."

"I can understand. There is a mystery about this which stimulates the imagination; where there is no imagination there is no horror. Have you seen the evening paper?"

"No."

"It gives a fairly good account of the affair. It does not mention the fact that when the man was raised up, a woman's wedding ring fell upon the floor. It is just as well it does not."

"Why?"

"Look at this advertisement," he answered. "I had one sent to every paper this morning immediately after the affair."

He threw the paper across to me and I glanced at the place indicated. It was the first announcement in the "Found" column. "In Brixton Road, this morning," it ran, "a plain gold wedding ring, found in the roadway between the 'White Hart' Tavern and Holland Grove. Apply Dr. Watson, 221B, Baker Street, between eight and nine this evening."

"Excuse my using your name," he said. "If I used my own some of these dunderheads would recognize it, and want to meddle in the affair."

"That is all right," I answered. "But supposing anyone applies, I have no ring."

que el mundo estaba en su infancia».

«Es una idea bastante amplia», comenté.

«Las ideas de uno deben ser tan amplias como la Naturaleza si se quiere interpretar a la Naturaleza», respondió. «¿Qué ocurre? No tiene el mismo aspecto de siempre. Este asunto de Brixton Road le ha trastornado».

«A decir verdad, sí», le dije. «Debería estar más curtido después de mis experiencias afganas. Vi a mis propios camaradas despedazados en Maiwand sin perder los nervios».

«Puedo entenderlo. Hay un misterio en todo esto que estimula la imaginación; donde no hay imaginación no hay horror. ¿Ha visto el periódico de la tarde?».

«No».

«Relata bastante bien el asunto. No menciona el hecho de que cuando el hombre fue levantado, el anillo de boda de la mujer cayó al suelo. Es mejor que no lo haga».

«¿Por qué?».

«Mire este anuncio», respondió. «Hice enviar uno a todos los periódicos esta mañana, inmediatamente después del asunto».

Me lanzó el periódico y eché un vistazo al lugar indicado. Era el primer anuncio de la columna «Encontrado». «En Brixton Road, esta mañana», decía, «una alianza de oro lisa, encontrada en la calzada entre la taberna "El ciervo blanco" y Holland Grove. Dirigirse al Dr. Watson, 221B, Baker Street, entre las ocho y las nueve de esta noche».

«Perdone que use su nombre», dijo. «Si usara el mío, algunos de estos imbéciles lo reconocerían y querrían entrometerse en el asunto».

«Está bien», respondí. «Pero suponiendo que alguien lo solicite, no tengo anillo».

"Oh yes, you have," said he, handing me one. "This will do very well. It is almost a facsimile."

"And who do you expect will answer this advertisement."

"Why, the man in the brown coat—our florid friend with the square toes. If he does not come himself he will send an accomplice."

"Would he not consider it as too dangerous?"

"Not at all. If my view of the case is correct, and I have every reason to believe that it is, this man would rather risk anything than lose the ring. According to my notion he dropped it while stooping over Drebber's body, and did not miss it at the time. After leaving the house he discovered his loss and hurried back, but found the police already in possession, owing to his own folly in leaving the candle burning. He had to pretend to be drunk in order to allay the suspicions which might have been aroused by his appearance at the gate. Now put yourself in that man's place. On thinking the matter over, it must have occurred to him that it was possible that he had lost the ring in the road after leaving the house. What would he do, then? He would eagerly look out for the evening papers in the hope of seeing it among the articles found. His eye, of course, would light upon this. He would be overjoyed. Why should he fear a trap? There would be no reason in his eyes why the finding of the ring should be connected with the murder. He would come. He will come. You shall see him within an hour?"

"And then?" I asked.

"Oh, you can leave me to deal with him then. Have you any arms?"

"I have my old service revolver and a few cartridges."

"You had better clean it and load it. He will be a desperate man, and though I shall take him unawares, it is as well to be ready for anything."

I went to my bedroom and followed his advice. When I returned

«Oh, sí que lo tiene», dijo, entregándome uno. «Este le vendrá muy bien. Es casi un facsímil».

«Y quién espera que responda a este anuncio».

«El hombre del abrigo marrón… nuestro rubicundo amigo de los dedos cuadrados. Si no viene él mismo enviará a un cómplice».

«¿No consideraría que venir es demasiado peligroso?».

«En absoluto. Si mi opinión es correcta —y tengo motivos para creer que lo es— este hombre preferiría arriesgar cualquier cosa antes que perder el anillo. Según mi opinión, se le cayó mientras se inclinaba sobre el cuerpo de Drebber y no se dio cuenta en ese momento. Al salir de la casa descubrió su pérdida y regresó a toda prisa pero se encontró con que la policía ya estaba allí, debido a su propia insensatez al dejar la vela encendida. Tuvo que fingir estar borracho para disipar las sospechas que podría haber despertado su aparición en la puerta. Póngase ahora en el lugar de ese hombre. Al reflexionar sobre el asunto, se le debió ocurrir que era posible que hubiera perdido el anillo en el camino después de salir de la casa. ¿Qué haría entonces? Buscaría ansiosamente los periódicos de la tarde con la esperanza de verlo entre los artículos encontrados. Su ojo, por supuesto, se iluminaría al verlo. Se alegraría enormemente. ¿Por qué iba a temer una trampa? No habría ninguna razón a sus ojos para que el hallazgo del anillo estuviera relacionado con el asesinato. Él vendría. Vendrá. ¿Lo verá dentro de una hora?».

«¿Y después?», pregunté.

«Oh, puede dejarme que me ocupe de él en ese momento. ¿Tiene armas?».

«Tengo mi viejo revólver de servicio y algunos cartuchos».

«Será mejor que lo limpie y lo cargue. Él será un hombre desesperado y, aunque le coja desprevenido, es mejor estar preparado para todo».

Fui a mi dormitorio y seguí su consejo. Cuando regresé con la pistola,

with the pistol the table had been cleared, and Holmes was engaged in his favourite occupation of scraping upon his violin.

"The plot thickens," he said, as I entered; "I have just had an answer to my American telegram. My view of the case is the correct one."

"And that is?" I asked eagerly.

"My fiddle would be the better for new strings," he remarked. "Put your pistol in your pocket. When the fellow comes speak to him in an ordinary way. Leave the rest to me. Don't frighten him by looking at him too hard."

"It is eight o'clock now," I said, glancing at my watch.

"Yes. He will probably be here in a few minutes. Open the door slightly. That will do. Now put the key on the inside. Thank you! This is a queer old book I picked up at a stall yesterday—*De Jure inter Gentes*—published in Latin at Liege in the Lowlands, in 1642. Charles' head was still firm on his shoulders when this little brown-backed volume was struck off."

"Who is the printer?"

"Philippe de Croy, whoever he may have been. On the fly-leaf, in very faded ink, is written 'Ex libris Guliolmi Whyte.' I wonder who William Whyte was. Some pragmatical seventeenth century lawyer, I suppose. His writing has a legal twist about it. Here comes our man, I think."

As he spoke there was a sharp ring at the bell. Sherlock Holmes rose softly and moved his chair in the direction of the door. We heard the servant pass along the hall, and the sharp click of the latch as she opened it.

"Does Dr. Watson live here?" asked a clear but rather harsh voice. We could not hear the servant's reply, but the door closed, and some one began to ascend the stairs. The footfall was an uncertain and shuffling one. A look of surprise passed over the face of my compan-

la mesa había sido recogida y Holmes se dedicaba a su ocupación favorita: rasguear las cuerdas de su violín.

«La trama se complica», dijo, cuando entré; «Acabo de recibir una respuesta a mi telegrama a Norteamérica. Mi opinión sobre el caso es la correcta».

«¿Y cuál es?», pregunté con impaciencia.

«Mi violín estaría mejor con cuerdas nuevas», comentó. «Métase la pistola en el bolsillo. Cuando venga el tipo háblele de forma ordinaria. Déjeme el resto a mí. No le asuste mirándole con fijeza».

«Ya son las ocho», dije, echando un vistazo a mi reloj.

«Sí. Probablemente llegará en unos minutos. Abra un poco la puerta. Con eso bastará. Ahora ponga la llave en el interior. ¡Gracias! Este es un viejo y extraño libro que recogí ayer en un puesto... *De Jure inter Gentes*... publicado en latín en Lieja en las Tierras Bajas, en 1642. La cabeza de Carlos aún estaba firme sobre sus hombros cuando este pequeño volumen de lomo marrón fue impreso».

«¿Quién es el editor?».

«Philippe de Croy, quienquiera que haya sido. En la guarda, en tinta muy desvaída, está escrito "Ex libris Guliolmi Whyte". Me pregunto quién era William Whyte. Algún abogado pragmático del siglo XVII, supongo. Su escritura tiene un toque jurídico. Aquí viene nuestro hombre, creo».

Mientras hablaba se oyó un agudo toque en el timbre. Sherlock Holmes se levantó con suavidad y movió su silla en dirección a la puerta. Oímos pasar a la criada por el vestíbulo y el agudo chasquido del pestillo al abrirla.

«¿Vive aquí el Dr. Watson?», preguntó una voz clara pero bastante áspera. No pudimos oír la respuesta de la criada pero la puerta se cerró y alguien empezó a subir las escaleras. La pisada era insegura y caminaba arrastrando los pies. Una mirada de sorpresa pasó por el rostro de mi

ion as he listened to it. It came slowly along the passage, and there was a feeble tap at the door.

"Come in," I cried.

At my summons, instead of the man of violence whom we expected, a very old and wrinkled woman hobbled into the apartment. She appeared to be dazzled by the sudden blaze of light, and after dropping a curtsey, she stood blinking at us with her bleared eyes and fumbling in her pocket with nervous, shaky fingers. I glanced at my companion, and his face had assumed such a disconsolate expression that it was all I could do to keep my countenance.

The old crone drew out an evening paper, and pointed at our advertisement. "It's this as has brought me, good gentlemen," she said, dropping another curtsey; "a gold wedding ring in the Brixton Road. It belongs to my girl Sally, as was married only this time twelve-month, which her husband is steward aboard a Union boat, and what he'd say if he come 'ome and found her without her ring is more than I can think, he being short enough at the best o' times, but more especially when he has the drink. If it please you, she went to the circus last night along with——"

"Is that her ring?" I asked.

"The Lord be thanked!" cried the old woman; "Sally will be a glad woman this night. That's the ring."

"And what may your address be?" I inquired, taking up a pencil.

"13, Duncan Street, Houndsditch. A weary way from here."

"The Brixton Road does not lie between any circus and Houndsditch," said Sherlock Holmes sharply.

The old woman faced round and looked keenly at him from her little red-rimmed eyes. "The gentleman asked me for *my* address," she said. "Sally lives in lodgings at 3, Mayfield Place, Peckham."

"And your name is——?"

acompañante mientras la escuchaba. Avanzaba lentamente por el pasillo y se oyó un débil golpecito en la puerta.

«Entre», grité.

A mi llamada, en lugar del hombre violento que esperábamos, entró cojeando en el apartamento una mujer muy vieja y arrugada. Parecía deslumbrada por el repentino resplandor de la luz y, tras hacer una reverencia, se quedó parpadeando ante nosotros con sus ojos entrecerrados y hurgando en su bolsillo con dedos nerviosos y temblorosos. Miré a mi acompañante y su rostro había adoptado una expresión tan desconsolada que hice todo lo posible para mantener el semblante.

La vieja arpía sacó un periódico vespertino y señaló nuestro anuncio. «Es esto lo que me ha traído, buenos caballeros», dijo, haciendo otra reverencia; «una alianza de oro en Brixton Road. Pertenece a mi chica Sally, que se casó hace apenas un mes y su marido es camarero a bordo de un barco de la Unión, y lo que diría si viniera y la encontrara sin su anillo es más de lo que puedo pensar, ya que es bastante corto de genio en los mejores momentos, pero especialmente cuando bebe. Si le place, ella fue al circo anoche junto con...».

«¿Es este su anillo?», le pregunté.

«¡Gracias a Dios!», gritó la anciana; «Sally será una mujer alegre esta noche. Ese es el anillo».

«¿Y cuál puede ser la dirección de usted?», inquirí, cogiendo un lápiz.

«13, Duncan Street, Houndsditch. Un largo camino desde aquí».

«Brixton Road no está entre ningún circo y Houndsditch», dijo Sherlock Holmes secamente.

La anciana se dio la vuelta y le miró agudamente con sus pequeños ojos enrojecidos. «El caballero me pidió *mi* dirección», dijo. «Sally se aloja en el número 3 de Mayfield Place, Peckham».

«¿Y su nombre es...?».

"My name is Sawyer—her's is Dennis, which Tom Dennis married her—and a smart, clean lad, too, as long as he's at sea, and no steward in the company more thought of; but when on shore, what with the women and what with liquor shops——"

"Here is your ring, Mrs. Sawyer," I interrupted, in obedience to a sign from my companion; "it clearly belongs to your daughter, and I am glad to be able to restore it to the rightful owner."

With many mumbled blessings and protestations of gratitude the old crone packed it away in her pocket, and shuffled off down the stairs. Sherlock Holmes sprang to his feet the moment that she was gone and rushed into his room. He returned in a few seconds enveloped in an ulster and a cravat. "I'll follow her," he said, hurriedly; "she must be an accomplice, and will lead me to him. Wait up for me." The hall door had hardly slammed behind our visitor before Holmes had descended the stair. Looking through the window I could see her walking feebly along the other side, while her pursuer dogged her some little distance behind. "Either his whole theory is incorrect," I thought to myself, "or else he will be led now to the heart of the mystery." There was no need for him to ask me to wait up for him, for I felt that sleep was impossible until I heard the result of his adventure.

It was close upon nine when he set out. I had no idea how long he might be, but I sat stolidly puffing at my pipe and skipping over the pages of Henri Murger's *Vie de Bohème.* Ten o'clock passed, and I heard the footsteps of the maid as they pattered off to bed. Eleven, and the more stately tread of the landlady passed my door, bound for the same destination. It was close upon twelve before I heard the sharp sound of his latch-key. The instant he entered I saw by his face that he had not been successful. Amusement and chagrin seemed to be struggling for the mastery, until the former suddenly carried the day, and he burst into a hearty laugh.

"I wouldn't have the Scotland Yarders know it for the world," he cried, dropping into his chair; "I have chaffed them so much that they would never have let me hear the end of it. I can afford to laugh, because I know that I will be even with them in the long run."

"What is it then?" I asked.

«Mi nombre es Sawyer... el de ella es Dennis, casada con Tom Dennis... y es un muchacho inteligente y limpio, también, mientras está en el mar, y no hay marinero en la compañía más considerado... pero cuando está en tierra, qué decir con las mujeres y qué decir con los bares...».

«Aquí tiene su anillo, Mrs. Sawyer», interrumpí, obedeciendo a una señal de mi compañero; «está claro que pertenece a su hija y me alegro de poder devolvérselo a su legítima propietaria».

Con muchas bendiciones murmuradas y expresiones de gratitud, la vieja arpía se lo guardó en el bolsillo y se alejó arrastrando los pies escaleras abajo. Sherlock Holmes se levantó de un salto en cuanto ella se hubo marchado y corrió a su habitación. Regresó a los pocos segundos envuelto en un ulster y un corbatón. «La seguiré», dijo, apresuradamente; «debe de ser una cómplice y me conducirá hasta él. Espéreme». Apenas se había cerrado la puerta del vestíbulo tras nuestro visitante cuando Holmes ya había bajado la escalera. Mirando por la ventana pude verla caminar débilmente por el otro lado, mientras su perseguidor la acechaba a cierta distancia por detrás. «O toda su teoría es incorrecta», pensé para mis adentros, «o ahora se verá conducido al corazón del misterio». No hubo necesidad de que me pidiera que le esperara despierto, pues sentía que el sueño era imposible hasta que oyera el resultado de su aventura.

Eran cerca de las nueve cuando se puso en camino. No tenía noción acerca de cuánto tiempo podría tardar, pero me quedé sentado dando caladas a mi pipa y hojeando las páginas de la *Vie de Bohème* de Henri Murger. Pasaron las diez y oí los pasos de la criada que se iba a la cama. A las once, la pisada más señorial de la casera pasó por delante de mi puerta, con el mismo destino. Eran cerca de las doce cuando oí el agudo sonido de su llave. En el instante en que entró vi por su rostro que no había tenido éxito. La diversión y el disgusto parecían luchar por el dominio, hasta que la primera se impuso de repente y estalló en una carcajada.

«Por nada del mundo querría que los de Scotland Yard lo supieran», gritó, dejándose caer en su silla; «les he fastidiado tanto que nunca me habrían dejado oír el final del asunto. Puedo permitirme reír, porque sé que a la larga estaré a mano con ellos».

«¿Qué es entonces?», pregunté.

"Oh, I don't mind telling a story against myself. That creature had gone a little way when she began to limp and show every sign of being foot-sore. Presently she came to a halt, and hailed a four-wheeler which was passing. I managed to be close to her so as to hear the address, but I need not have been so anxious, for she sang it out loud enough to be heard at the other side of the street, 'Drive to 13, Duncan Street, Houndsditch,' she cried. This begins to look genuine, I thought, and having seen her safely inside, I perched myself behind. That's an art which every detective should be an expert at. Well, away we rattled, and never drew rein until we reached the street in question. I hopped off before we came to the door, and strolled down the street in an easy, lounging way. I saw the cab pull up. The driver jumped down, and I saw him open the door and stand expectantly. Nothing came out though. When I reached him he was groping about frantically in the empty cab, and giving vent to the finest assorted collection of oaths that ever I listened to. There was no sign or trace of his passenger, and I fear it will be some time before he gets his fare. On inquiring at Number 13 we found that the house belonged to a respectable paperhanger, named Keswick, and that no one of the name either of Sawyer or Dennis had ever been heard of there."

"You don't mean to say," I cried, in amazement, "that that tottering, feeble old woman was able to get out of the cab while it was in motion, without either you or the driver seeing her?"

"Old woman be damned!" said Sherlock Holmes, sharply. "We were the old women to be so taken in. It must have been a young man, and an active one, too, besides being an incomparable actor. The get-up was inimitable. He saw that he was followed, no doubt, and used this means of giving me the slip. It shows that the man we are after is not as lonely as I imagined he was, but has friends who are ready to risk something for him. Now, Doctor, you are looking done-up. Take my advice and turn in."

I was certainly feeling very weary, so I obeyed his injunction. I left Holmes seated in front of the smouldering fire, and long into the watches of the night I heard the low, melancholy wailings of his violin, and knew that he was still pondering over the strange problem which he had set himself to unravel.

«Oh, no me importa contar una historia contra mí mismo. Aquella criatura había recorrido un trecho cuando empezó a cojear y a mostrar todos los signos de estar dolorida de los pies. Al poco se detuvo y llamó a un vehículo de cuatro ruedas que pasaba por allí. Conseguí estar cerca de ella como para oír la dirección, pero no tenía por qué haberme preocupado tanto, porque la vociferó lo bastante alto como para que la oyeran al otro lado de la calle: "Conduzca hasta el 13 de Duncan Street, Houndsditch", gritó. Esto empieza a parecer auténtico, pensé, y tras verla a salvo dentro, me encaramé detrás. Ese es un arte en el que todo detective debería ser un experto. Bien, nos pusimos en marcha y no soltamos rienda hasta que llegamos a la calle en cuestión. Me apeé antes de que llegáramos a la puerta y paseé por la calle de forma fácil y holgazana. Vi que el taxi se detenía. El conductor bajó de un salto y vi que abría la puerta y se quedaba expectante. Sin embargo, no salió nada. Cuando llegué hasta él, andaba a tientas, frenéticamente, en el taxi vacío y dando rienda suelta a la mejor colección variada de juramentos que jamás he escuchado. No había ni rastro de su pasajera y me temo que pasará algún tiempo antes de que cobre por su viaje. Al preguntar en el número 13 descubrimos que la casa pertenecía a un respetable papelero, llamado Keswick, y que nunca se había oído hablar allí de nadie con el nombre ni de Sawyer ni de Dennis.»

«¿No querrá decir», grité, asombrado, «que esa anciana tambaleante y débil fue capaz de salir del taxi mientras estaba en marcha, sin que ni usted ni el conductor la vieran?».

«¡Maldita sea la vieja!», dijo Sherlock Holmes, bruscamente. «Fuimos nostros las viejas, dejándonos embaucar de ese modo. Debía de ser un hombre joven y además activo, además de un actor incomparable. Su atuendo era inimitable. Vio que le seguían, sin duda, y utilizó este medio para darme esquinazo. Demuestra que el hombre que buscamos no está tan solo como yo imaginaba, sino que tiene amigos dispuestos a arriesgar algo por él. Ahora, doctor, parece usted acabado. Siga mi consejo y acuéstese».

Ciertamente me sentía muy cansado, así que obedecí su pedido. Dejé a Holmes sentado frente al fuego humeante y hasta bien entrada la noche oí los lamentos graves y melancólicos de su violín y supe que seguía cavilando sobre el extraño problema que se había propuesto desentrañar.

CHAPTER VI — TOBIAS GREGSON SHOWS WHAT HE CAN DO

The papers next day were full of the "Brixton Mystery," as they termed it. Each had a long account of the affair, and some had leaders upon it in addition. There was some information in them which was new to me. I still retain in my scrap-book numerous clippings and extracts bearing upon the case. Here is a condensation of a few of them:—

The *Daily Telegraph* remarked that in the history of crime there had seldom been a tragedy which presented stranger features. The German name of the victim, the absence of all other motive, and the sinister inscription on the wall, all pointed to its perpetration by political refugees and revolutionists. The Socialists had many branches in America, and the deceased had, no doubt, infringed their unwritten laws, and been tracked down by them. After alluding airily to the Vehmgericht, aqua tofana, Carbonari, the Marchioness de Brinvilliers, the Darwinian theory, the principles of Malthus, and the Ratcliff Highway murders, the article concluded by admonishing the Government and advocating a closer watch over foreigners in England.

The *Standard* commented upon the fact that lawless outrages of the sort usually occurred under a Liberal Administration. They arose from the unsettling of the minds of the masses, and the consequent weakening of all authority. The deceased was an American gentleman who had been residing for some weeks in the Metropolis. He had stayed at the boarding-house of Madame Charpentier, in Torquay Terrace, Camberwell. He was accompanied in his travels by his private secretary, Mr. Joseph Stangerson. The two bade adieu to their landlady upon Tuesday, the 4th inst., and departed to Euston Station with the avowed intention of catching the Liverpool express. They were afterwards seen together upon the platform. Nothing more is known of them until Mr. Drebber's body was, as recorded, discovered in an empty house in the Brixton Road, many miles from Euston. How he came there, or how he met his fate, are questions which are still involved in mystery. Nothing is known of the whereabouts of Stangerson. We are glad to learn that Mr. Lestrade and Mr. Gregson, of Scotland Yard, are both engaged upon the case, and it is confidently anticipated that these well-known officers will speedily throw light upon the matter.

CAPÍTULO VI — TOBIAS GREGSON DEMUESTRA DE LO QUE ES CAPAZ

Los periódicos del día siguiente estaban llenos del «Misterio de Brixton», como lo llamaban. Cada uno tenía un largo relato del asunto y algunos tenían además artículos de fondo sobre el mismo. Había en ellos información que era nueva para mí. Aún conservo en mi álbum de recortes numerosos fragmentos y extractos relacionados con el caso. He aquí una condensación de algunos de ellos:

El *Daily Telegraph* comentó que en la historia del crimen rara vez había habido una tragedia que presentara rasgos más extraños. El nombre alemán de la víctima, la ausencia de cualquier otro motivo y la siniestra inscripción en la pared, todo apuntaba a que había sido perpetrado por refugiados políticos y revolucionarios. Los socialistas tenían muchas ramas en Estados Unidos y el fallecido, sin duda, había infringido sus leyes no escritas y había sido localizado por ellos. Tras aludir aireadamente al Vehmgericht, al aqua tofana, a Carbonari, a la Marquesa de Brinvilliers, a la teoría darwiniana, a los principios de Malthus y a los asesinatos de Ratcliff Highway, el artículo concluía amonestando al Gobierno y abogando por una vigilancia más estrecha de los extranjeros en Inglaterra.

El *Standard* comentó el hecho de que este tipo de atropellos anárquicos solían producirse bajo una administración liberal. Surgían de la inquietud de las mentes de las masas y del consiguiente debilitamiento de toda autoridad. El fallecido era un caballero estadounidense que llevaba algunas semanas residiendo en la Metrópoli. Se había alojado en la pensión de Madame Charpentier, en Torquay Terrace, Camberwell. Le acompañaba en sus viajes su secretario privado, Mr. Joseph Stangerson. Ambos se despidieron de su casera el martes 4 y partieron hacia la estación de Euston con la intención declarada de tomar el tren expreso a Liverpool. Posteriormente fueron vistos juntos en el andén. Nada más se supo de ellos hasta que el cuerpo de Mr. Drebber fue descubierto, según consta, en una casa vacía de Brixton Road, a muchas millas de Euston. Cómo llegó allí o cómo encontró su destino son cuestiones que siguen envueltas en el misterio. Nada se sabe del paradero de Stangerson. Nos alegra saber que Mr. Lestrade y Mr. Gregson, de Scotland Yard, están ocupados en el caso y se espera con confianza que estos conocidos oficiales arrojen rápidamente luz sobre el asunto.

The *Daily News* observed that there was no doubt as to the crime being a political one. The despotism and hatred of Liberalism which animated the Continental Governments had had the effect of driving to our shores a number of men who might have made excellent citizens were they not soured by the recollection of all that they had undergone. Among these men there was a stringent code of honour, any infringement of which was punished by death. Every effort should be made to find the secretary, Stangerson, and to ascertain some particulars of the habits of the deceased. A great step had been gained by the discovery of the address of the house at which he had boarded—a result which was entirely due to the acuteness and energy of Mr. Gregson of Scotland Yard.

Sherlock Holmes and I read these notices over together at breakfast, and they appeared to afford him considerable amusement.

"I told you that, whatever happened, Lestrade and Gregson would be sure to score."

"That depends on how it turns out."

"Oh, bless you, it doesn't matter in the least. If the man is caught, it will be *on account* of their exertions; if he escapes, it will be *in spite* of their exertions. It's heads I win and tails you lose. Whatever they do, they will have followers. 'Un sot trouve toujours un plus sot qui l'admire.'"

"What on earth is this?" I cried, for at this moment there came the pattering of many steps in the hall and on the stairs, accompanied by audible expressions of disgust upon the part of our landlady.

"It's the Baker Street division of the detective police force," said my companion, gravely; and as he spoke there rushed into the room half a dozen of the dirtiest and most ragged street Arabs that ever I clapped eyes on.

"'Tention!" cried Holmes, in a sharp tone, and the six dirty little scoundrels stood in a line like so many disreputable statuettes. "In future you shall send up Wiggins alone to report, and the rest of you must wait in the street. Have you found it, Wiggins?"

El *Daily News* observó que no había duda de que el crimen era político. El despotismo y el odio al liberalismo que animaban a los gobiernos continentales habían tenido el efecto de conducir a nuestras costas a un número de hombres que podrían haber sido excelentes ciudadanos si no hubieran estado amargados por el recuerdo de todo lo que habían sufrido. Entre estos hombres existía un estricto código de honor, cuya infracción se castigaba con la muerte. Había que hacer todo lo posible por encontrar al secretario, Stangerson, y averiguar algunos detalles de las costumbres del difunto. Se había dado un gran paso al descubrir la dirección de la casa en la que se había alojado, un resultado que se debía enteramente a la agudeza y energía de Mr. Gregson, de Scotland Yard.

Sherlock Holmes y yo leímos juntos estas noticias durante el desayuno y al parecer le proporcionaron una considerable diversión.

«Le dije que, pasara lo que pasara, Lestrade y Gregson seguro que anotarían».

«Eso depende de cómo resulte».

«Oh, bendita sea, no importa lo más mínimo. Si atrapan al hombre, será *gracias* a sus esfuerzos; si escapa, será *a pesar* de sus esfuerzos. Es cara gano yo y cruz pierde usted. Hagan lo que hagan, tendrán seguidores. *"Un sot trouve toujours un plus sot qui l'admire"*».

«¿Qué demonios es esto?», grité, pues en ese momento se oyó el repiqueteo de muchos pasos en el vestíbulo y en las escaleras, acompañado de audibles expresiones de disgusto por parte de nuestra casera.

«Es la división de Baker Street del cuerpo de detectives de la policía», dijo mi compañero, gravemente... y mientras hablaba entraron corriendo en la habitación media docena de los árabes callejeros más sucios y harapientos a los que jamás he echado el ojo.

«¡Atención!», gritó Holmes, en tono cortante, y los seis sucios canallas se pusieron en fila como si fueran estatuillas de mala reputación. «En el futuro enviarán a Wiggins solo a informar, y los demás deberán esperar en la calle. ¿Lo han encontrado, Wiggins?».

"No, sir, we hain't," said one of the youths.

"I hardly expected you would. You must keep on until you do. Here are your wages." He handed each of them a shilling.

"Now, off you go, and come back with a better report next time."

He waved his hand, and they scampered away downstairs like so many rats, and we heard their shrill voices next moment in the street.

"There's more work to be got out of one of those little beggars than out of a dozen of the force," Holmes remarked. "The mere sight of an official-looking person seals men's lips. These youngsters, however, go everywhere and hear everything. They are as sharp as needles, too; all they want is organisation."

"Is it on this Brixton case that you are employing them?" I asked.

"Yes; there is a point which I wish to ascertain. It is merely a matter of time. Hullo! we are going to hear some news now with a vengeance! Here is Gregson coming down the road with beatitude written upon every feature of his face. Bound for us, I know. Yes, he is stopping. There he is!"

There was a violent peal at the bell, and in a few seconds the fair-haired detective came up the stairs, three steps at a time, and burst into our sitting-room.

"My dear fellow," he cried, wringing Holmes' unresponsive hand, "congratulate me! I have made the whole thing as clear as day."

A shade of anxiety seemed to me to cross my companion's expressive face.

"Do you mean that you are on the right track?" he asked.

"The right track! Why, sir, we have the man under lock and key."

"And his name is?"

«No, señor, no lo hemos encontrado», dijo uno de los jóvenes.

«No esperaba que fuera así. Deben seguir hasta que lo encuentren. Aquí está su paga». Les entregó un chelín a cada uno.

«Ahora, váyanse, y vuelvan con un informe mejor la próxima vez».

Él hizo un gesto con la mano y ellos se alejaron corriendo escaleras abajo como si fueran ratas y al momento siguiente oímos sus estridentes voces en la calle.

«Se puede sacar más trabajo de uno de esos pequeños mendigos que de una docena de la fuerza», comentó Holmes. «La mera visión de una persona de aspecto oficial sella los labios de los hombres. Estos jóvenes, sin embargo, van a todas partes y lo oyen todo. Además, son agudos como agujas; lo único que necesitan es organización».

«¿Es por este caso de Brixton por lo que les contrata?», pregunté.

«Sí; hay un punto que deseo averiguar. Es simplemente una cuestión de tiempo. ¡Vaya! ¡Ahora vamos a oír algunas noticias vengativas! Aquí está Gregson viniendo por la calle con la beatitud escrita en cada rasgo de su rostro. Viene hacia nosotros, lo sé. Sí, se está deteniendo. ¡Ahí está!».

Se oyó un violento tañido en el timbre y en unos segundos el detective rubio subió las escaleras, de tres en tres, e irrumpió en nuestro salón.

«Mi querido amigo», gritó, retorciendo la lánguida mano de Holmes, «¡felicíteme! He hecho que todo quede tan claro como el agua».

Me pareció que un matiz de ansiedad cruzaba el expresivo rostro de mi compañero.

«¿Quiere decir que está en la pista correcta?», preguntó.

«¡La pista correcta! Señor, tenemos al hombre bajo llave».

«¿Y cómo se llama?».

"Arthur Charpentier, sub-lieutenant in Her Majesty's navy," cried Gregson, pompously, rubbing his fat hands and inflating his chest.

Sherlock Holmes gave a sigh of relief, and relaxed into a smile.

"Take a seat, and try one of these cigars," he said. "We are anxious to know how you managed it. Will you have some whiskey and water?"

"I don't mind if I do," the detective answered. "The tremendous exertions which I have gone through during the last day or two have worn me out. Not so much bodily exertion, you understand, as the strain upon the mind. You will appreciate that, Mr. Sherlock Holmes, for we are both brain-workers."

"You do me too much honour," said Holmes, gravely. "Let us hear how you arrived at this most gratifying result."

The detective seated himself in the arm-chair, and puffed complacently at his cigar. Then suddenly he slapped his thigh in a paroxysm of amusement.

"The fun of it is," he cried, "that that fool Lestrade, who thinks himself so smart, has gone off upon the wrong track altogether. He is after the secretary Stangerson, who had no more to do with the crime than the babe unborn. I have no doubt that he has caught him by this time."

The idea tickled Gregson so much that he laughed until he choked.

"And how did you get your clue?"

"Ah, I'll tell you all about it. Of course, Doctor Watson, this is strictly between ourselves. The first difficulty which we had to contend with was the finding of this American's antecedents. Some people would have waited until their advertisements were answered, or until parties came forward and volunteered information. That is not Tobias Gregson's way of going to work. You remember the hat beside the dead man?"

«Arthur Charpentier, subteniente de la Marina de Su Majestad», gritó Gregson, pomposamente, frotándose sus gordas manos e inflando el pecho.

Sherlock Holmes dio un suspiro de alivio y se relajó en una sonrisa.

«Tome asiento y pruebe uno de estos puros», dijo. «Estamos ansiosos por saber cómo lo ha conseguido. ¿Quiere un poco de whisky y agua?».

«No importa si tomo», respondió el detective. «Los tremendos esfuerzos a los que me he sometido durante los últimos uno o dos días me han agotado. No tanto el esfuerzo corporal, comprenderá, como la tensión sobre la mente. Usted sabrá apreciarlo, Mr. Sherlock Holmes, pues ambos somos trabajadores del cerebro».

«Me hace usted demasiado honor», dijo Holmes, gravemente. «Déjenos oír cómo ha llegado a este resultado tan gratificante».

El detective se sentó en el sillón y dio una calada complaciente a su puro. Entonces, de repente, se golpeó el muslo en un paroxismo de felicidad.

«Lo divertido de esto es», gritó, «que ese tonto de Lestrade, que se cree tan listo, se ha equivocado por completo de pista. Va tras el secretario Stangerson, que no tuvo más que ver con el crimen que un bebé nonato. No me cabe duda de que a estas horas ya lo habrá atrapado».

La idea divirtió tanto a Gregson que se rió hasta atragantarse.

«¿Y cómo consiguió su pista?».

«Ah, se lo contaré todo. Por supuesto, Dr. Watson, esto es estrictamente entre nosotros. La primera dificultad con la que tuvimos que lidiar fue la búsqueda de los antecedentes de este norteamericano. Algunas personas habrían esperado a que se respondiera a sus anuncios o a que las partes se presentaran y ofrecieran información. Ésa no es la forma de trabajar de Tobias Gregson. ¿Recuerda el sombrero que había junto al muerto?».

"Yes," said Holmes; "by John Underwood and Sons, 129, Camberwell Road."

Gregson looked quite crest-fallen.

"I had no idea that you noticed that," he said. "Have you been there?"

"No."

"Ha!" cried Gregson, in a relieved voice; "you should never neglect a chance, however small it may seem."

"To a great mind, nothing is little," remarked Holmes, sententiously.

"Well, I went to Underwood, and asked him if he had sold a hat of that size and description. He looked over his books, and came on it at once. He had sent the hat to a Mr. Drebber, residing at Charpentier's Boarding Establishment, Torquay Terrace. Thus I got at his address."

"Smart—very smart!" murmured Sherlock Holmes.

"I next called upon Madame Charpentier," continued the detective. "I found her very pale and distressed. Her daughter was in the room, too—an uncommonly fine girl she is, too; she was looking red about the eyes and her lips trembled as I spoke to her. That didn't escape my notice. I began to smell a rat. You know the feeling, Mr. Sherlock Holmes, when you come upon the right scent—a kind of thrill in your nerves. 'Have you heard of the mysterious death of your late boarder Mr. Enoch J. Drebber, of Cleveland?' I asked.

"The mother nodded. She didn't seem able to get out a word. The daughter burst into tears. I felt more than ever that these people knew something of the matter.

"'At what o'clock did Mr. Drebber leave your house for the train?' I asked.

"'At eight o'clock,' she said, gulping in her throat to keep down her

«Sí», dijo Holmes; «hecho por John Underwood e Hijos, 129, Camberwell Road».

Gregson parecía bastante cabizbajo.

«No tenía noción que usted se hubiera fijado en eso», dijo. «¿Ha estado allí?».

«No».

«¡Ja!», gritó Gregson, con voz aliviada; «nunca hay que despreciar una oportunidad, por pequeña que parezca».

«Para una gran mente, nada es poco», comentó Holmes, sentenciosamente.

«Bueno, fui a Underwood y le pregunté si había vendido un sombrero de ese tamaño y descripción. Echó un vistazo a sus libros y lo encontré enseguida. Había enviado el sombrero a un tal Mr. Drebber, residente en la pensión Charpentier, Torquay Terrace. Así llegué a su dirección».

«¡Inteligente... muy inteligente!», murmuró Sherlock Holmes.

«A continuación visité a Madame Charpentier», continuó el detective. «La encontré muy pálida y angustiada. Su hija también estaba en la habitación... una chica extraordinariamente guapa; tenía los ojos enrojecidos y le temblaban los labios cuando le hablé. Eso no me pasó desapercibido. Empecé a oler algo raro. Ya conoce esa sensación, Mr. Sherlock Holmes, cuando da con el olor adecuado: una especie de estremecimiento en los nervios. "¿Ha oído hablar de la misteriosa muerte de su difunto huésped, Mr. Enoch J. Drebber, de Cleveland?", le pregunté.

«La madre asintió. No parecía capaz de articular palabra. La hija rompió a llorar. Sentí más que nunca que aquella gente sabía algo del asunto.

«"¿A qué hora salió Mr. Drebber de su casa para tomar el tren?", le pregunté.

«"A las ocho", dijo, tragando saliva para contener su agitación. "Su se-

agitation. 'His secretary, Mr. Stangerson, said that there were two trains—one at 9.15 and one at 11. He was to catch the first.'

"'And was that the last which you saw of him?'

"A terrible change came over the woman's face as I asked the question. Her features turned perfectly livid. It was some seconds before she could get out the single word 'Yes'—and when it did come it was in a husky unnatural tone.

"There was silence for a moment, and then the daughter spoke in a calm clear voice.

"'No good can ever come of falsehood, mother,' she said. 'Let us be frank with this gentleman. We *did* see Mr. Drebber again.'

"'God forgive you!' cried Madame Charpentier, throwing up her hands and sinking back in her chair. 'You have murdered your brother.'

"'Arthur would rather that we spoke the truth,' the girl answered firmly.

"'You had best tell me all about it now,' I said. 'Half-confidences are worse than none. Besides, you do not know how much we know of it.'

"'On your head be it, Alice!' cried her mother; and then, turning to me, 'I will tell you all, sir. Do not imagine that my agitation on behalf of my son arises from any fear lest he should have had a hand in this terrible affair. He is utterly innocent of it. My dread is, however, that in your eyes and in the eyes of others he may appear to be compromised. That however is surely impossible. His high character, his profession, his antecedents would all forbid it.'

"'Your best way is to make a clean breast of the facts,' I answered. 'Depend upon it, if your son is innocent he will be none the worse.'

"'Perhaps, Alice, you had better leave us together,' she said, and her daughter withdrew. 'Now, sir,' she continued, 'I had no intention of

cretario, Mr. Stangerson, dijo que había dos trenes: uno a las 9:15 y otro a las 11. Él debía coger el primero".

«"¿Y fue eso lo último que vio de él?".

«Un cambio terrible se produjo en el rostro de la mujer cuando le hice la pregunta. Sus rasgos se tornaron perfectamente lívidos. Pasaron unos segundos antes de que pudiera pronunciar una única palabra, "sí", y cuando lo hizo fue en un tono ronco y antinatural.

«Hubo un momento de silencio y luego la hija habló con voz tranquila y clara.

«"Nada bueno puede salir de la falsedad, madre", dijo ella. "Seamos francas con este caballero. Volvimos a ver a Mr. Drebber".

«"¡Dios te perdone!", gritó Madame Charpentier, levantando las manos y hundiéndose en su silla. "Has asesinado a tu hermano".

«"Arthur preferiría que dijéramos la verdad", respondió la muchacha con firmeza.

«"Será mejor que me lo cuente todo ahora", le dije. "Hacer medias confidencias es peor que no hacer ninguna. Además, usted no sabe cuánto sabemos ya nosotros".

«"¡Que caiga sobre tu cabeza, Alice!", gritó su madre; y luego, volviéndose hacia mí, "se lo contaré todo, señor. No imagine que mi agitación en favor de mi hijo se debe a ningún temor de que haya tenido algo que ver en este terrible asunto. Es totalmente inocente de ello. Mi temor es, sin embargo, que a sus ojos y a los de los demás pueda parecer que está comprometido. Sin embargo, eso es seguramente imposible. Su elevado carácter, su profesión, sus antecedentes, todo lo prohibiría".

«"Su mejor camino es confesar todos los hechos", le contesté. "Créalo, si su hijo es inocente no estará peor a causa de esto".

«"Tal vez, Alice, sea mejor que nos dejes a solas", dijo, y su hija se retiró. "Ahora, señor", continuó, "no tenía intención de contarle todo esto,

telling you all this, but since my poor daughter has disclosed it I have no alternative. Having once decided to speak, I will tell you all without omitting any particular.'

"'It is your wisest course,' said I.

"'Mr. Drebber has been with us nearly three weeks. He and his secretary, Mr. Stangerson, had been travelling on the Continent. I noticed a "Copenhagen" label upon each of their trunks, showing that that had been their last stopping place. Stangerson was a quiet reserved man, but his employer, I am sorry to say, was far otherwise. He was coarse in his habits and brutish in his ways. The very night of his arrival he became very much the worse for drink, and, indeed, after twelve o'clock in the day he could hardly ever be said to be sober. His manners towards the maid-servants were disgustingly free and familiar. Worst of all, he speedily assumed the same attitude towards my daughter, Alice, and spoke to her more than once in a way which, fortunately, she is too innocent to understand. On one occasion he actually seized her in his arms and embraced her—an outrage which caused his own secretary to reproach him for his unmanly conduct.'

"'But why did you stand all this,' I asked. 'I suppose that you can get rid of your boarders when you wish.'

"Mrs. Charpentier blushed at my pertinent question. 'Would to God that I had given him notice on the very day that he came,' she said. 'But it was a sore temptation. They were paying a pound a day each—fourteen pounds a week, and this is the slack season. I am a widow, and my boy in the Navy has cost me much. I grudged to lose the money. I acted for the best. This last was too much, however, and I gave him notice to leave on account of it. That was the reason of his going.'

"'Well?'

"'My heart grew light when I saw him drive away. My son is on leave just now, but I did not tell him anything of all this, for his temper is violent, and he is passionately fond of his sister. When I closed the door behind them a load seemed to be lifted from my mind. Alas, in less than an hour there was a ring at the bell, and I learned that Mr. Drebber had returned. He was much excited, and evidently the

pero ya que mi pobre hija lo ha revelado no tengo alternativa. Una vez decidida a hablar, se lo contaré todo sin omitir ningún detalle en particular".

«"Es el camino más sabio", le dije.

«"Mr. Drebber estuvo con nosotros casi tres semanas. Él y su secretario, Mr. Stangerson, habían estado viajando por el continente. Noté una etiqueta que decía 'Copenhague' en cada uno de sus baúles, mostrando que ése había sido su último lugar de escala. Stangerson era un hombre tranquilo y reservado, pero su jefe, lamento decirlo, era muy distinto. Era tosco en sus costumbres y bruto en sus maneras. La misma noche de su llegada se puso mucho peor por la bebida y, de hecho, después de las doce del día casi nunca podía decirse que estuviera sobrio. Sus modales con las criadas eran asquerosamente liberales y familiares. Lo peor de todo es que enseguida asumió la misma actitud hacia mi hija, Alice, y le habló más de una vez de una manera que, afortunadamente, ella es demasiado inocente para comprender. En una ocasión, de hecho, la cogió en brazos y la abrazó, un ultraje que hizo que su propia secretario le reprochara su conducta poco viril".

«"Pero, ¿por qué ha soportado todo eso?", le pregunté. "Supongo que puede deshacerse de sus huéspedes cuando lo desee".

«Mrs. Charpentier se ruborizó ante mi pertinente pregunta. "Ojalá le hubiera dicho que se vaya desde el primer día", dijo. "Pero era una gran tentación. Pagaban una libra al día a cada uno... catorce libras a la semana... y ésta es la temporada baja. Soy viuda y mi hijo en la Marina me ha costado mucho. Me resistí a perder el dinero. Actué como me parecía mejor. Sin embargo, esto último fue demasiado y le di un preaviso para que se marchara a causa de ello. Esa fue la razón por la que se marchó».

«"¿Y bien?".

«"Mi corazón se alivió cuando le vi alejarse. Mi hijo está de permiso en este momento pero no le conté nada de todo esto, pues su temperamento es violento y está apasionadamente encariñado con su hermana. Cuando cerré la puerta tras ellos pareció que me quitaba un peso de encima. Desgraciadamente, en menos de una hora sonó el timbre y me enteré de que Mr. Drebber había regresado. Estaba muy excitado y

worse for drink. He forced his way into the room, where I was sitting with my daughter, and made some incoherent remark about having missed his train. He then turned to Alice, and before my very face, proposed to her that she should fly with him. "You are of age," he said, "and there is no law to stop you. I have money enough and to spare. Never mind the old girl here, but come along with me now straight away. You shall live like a princess." Poor Alice was so frightened that she shrunk away from him, but he caught her by the wrist and endeavoured to draw her towards the door. I screamed, and at that moment my son Arthur came into the room. What happened then I do not know. I heard oaths and the confused sounds of a scuffle. I was too terrified to raise my head. When I did look up I saw Arthur standing in the doorway laughing, with a stick in his hand. "I don't think that fine fellow will trouble us again," he said. "I will just go after him and see what he does with himself." With those words he took his hat and started off down the street. The next morning we heard of Mr. Drebber's mysterious death.'

"This statement came from Mrs. Charpentier's lips with many gasps and pauses. At times she spoke so low that I could hardly catch the words. I made shorthand notes of all that she said, however, so that there should be no possibility of a mistake."

"It's quite exciting," said Sherlock Holmes, with a yawn. "What happened next?"

"When Mrs. Charpentier paused," the detective continued, "I saw that the whole case hung upon one point. Fixing her with my eye in a way which I always found effective with women, I asked her at what hour her son returned.

"'I do not know,' she answered.

"'Not know?'

"'No; he has a latch-key, and he let himself in.'

"'After you went to bed?'

"'Yes.'

evidentemente peor porque había bebido. Entró por la fuerza en la habitación, donde yo estaba sentada con mi hija, e hizo algún comentario incoherente sobre que había perdido el tren. Entonces se volvió hacia Alice y, ante mi propia cara, le propuso que se fugara con él. 'Eres mayor de edad', le dijo, 'y no hay ninguna ley que te lo impida. Tengo dinero suficiente y de sobra. No te preocupes por la vieja, ven conmigo ahora mismo. Vivirás como una princesa'. La pobre Alice estaba tan asustada que se apartó de él, pero él la agarró por la muñeca e hizo un esfuerzo arrastrándola hacia la puerta. Grité, y en ese momento mi hijo Arthur entró en la habitación. Lo que ocurrió entonces no lo sé. Oí juramentos y los sonidos confusos de una pelea. Estaba demasiado aterrorizada para levantar la cabeza. Cuando levanté la vista vi a Arthur de pie en la puerta riendo, con un palo en la mano. «No creo que ese buen tipo vuelva a molestarnos», dijo. «Iré tras él y veré lo que hace consigo mismo». Con estas palabras cogió su sombrero y se marchó calle abajo. A la mañana siguiente nos enteramos de la misteriosa muerte de Mr. Drebber".

«Esta declaración salió de los labios de Mrs. Charpentier entre muchos jadeos y pausas. A veces hablaba tan bajo que apenas podía captar las palabras. Sin embargo, tomé notas taquigráficas de todo lo que dijo, para que no hubiera posibilidad de error».

«Es bastante emocionante», dijo Sherlock Holmes, con un bostezo. «¿Qué ocurrió después?».

«Cuando Mrs. Charpentier hizo una pausa», continuó el detective, «vi que todo el caso pendía de un punto. Fijándola con la mirada de un modo que siempre me resultó eficaz con las mujeres, le pregunté a qué hora regresó su hijo.

«"No lo sé", respondió ella.

«"¿No lo sabe?".

«"No; él tiene una llave propia".

«"¿Usted ya se había acostado?".

«"Sí".

"'When did you go to bed?'

"'About eleven.'

"'So your son was gone at least two hours?'

"'Yes.'

"'Possibly four or five?'

"'Yes.'

"'What was he doing during that time?'

"'I do not know,' she answered, turning white to her very lips.

"Of course after that there was nothing more to be done. I found out where Lieutenant Charpentier was, took two officers with me, and arrested him. When I touched him on the shoulder and warned him to come quietly with us, he answered us as bold as brass, 'I suppose you are arresting me for being concerned in the death of that scoundrel Drebber,' he said. We had said nothing to him about it, so that his alluding to it had a most suspicious aspect."

"Very," said Holmes.

"He still carried the heavy stick which the mother described him as having with him when he followed Drebber. It was a stout oak cudgel."

"What is your theory, then?"

"Well, my theory is that he followed Drebber as far as the Brixton Road. When there, a fresh altercation arose between them, in the course of which Drebber received a blow from the stick, in the pit of the stomach, perhaps, which killed him without leaving any mark. The night was so wet that no one was about, so Charpentier dragged the body of his victim into the empty house. As to the candle, and the blood, and the writing on the wall, and the ring, they may all be so many tricks to throw the police on to the wrong scent."

«"¿A qué hora se acostó?".

«"A eso de las once".

«"¿Así que su hijo estuvo fuera al menos dos horas?".

«"Sí".

«"¿Posiblemente cuatro o cinco?".

«"Sí".

«"¿Qué hacía durante ese tiempo?".

«"No lo sé", respondió ella, poniéndose blanca hasta los labios.

«Por supuesto, después de eso no había nada más que hacer. Averigüé dónde estaba el Teniente Charpentier, me llevé a dos oficiales conmigo y le arresté. Cuando le toqué en el hombro y le advertí que viniera tranquilamente con nosotros nos contestó de forma audaz: "Supongo que me están arrestando por estar implicado en la muerte de ese canalla de Drebber", dijo. No le habíamos dicho nada al respecto, por lo que su alusión tenía un aspecto de lo más sospechoso».

«Mucho», dijo Holmes.

«Aún llevaba el pesado bastón que la madre describió que llevaba consigo cuando siguió a Drebber. Era un robusto garrote de roble».

«¿Cuál es su teoría, entonces?».

«Mi teoría es que siguió a Drebber hasta Brixton Road. Una vez allí, surgió un nuevo altercado entre ellos, en el curso del cual Drebber recibió un golpe con el bastón, en la boca del estómago, tal vez, que le mató sin dejarle ninguna marca. La noche era tan húmeda que no había nadie, así que Charpentier arrastró el cuerpo de su víctima al interior de la casa vacía. En cuanto a la vela, y la sangre, y la escritura en la pared, y el anillo, pueden ser todos trucos para despistar a la policía».

"Well done!" said Holmes in an encouraging voice. "Really, Gregson, you are getting along. We shall make something of you yet."

"I flatter myself that I have managed it rather neatly," the detective answered proudly. "The young man volunteered a statement, in which he said that after following Drebber some time, the latter perceived him, and took a cab in order to get away from him. On his way home he met an old shipmate, and took a long walk with him. On being asked where this old shipmate lived, he was unable to give any satisfactory reply. I think the whole case fits together uncommonly well. What amuses me is to think of Lestrade, who had started off upon the wrong scent. I am afraid he won't make much of it. Why, by Jove, here's the very man himself!"

It was indeed Lestrade, who had ascended the stairs while we were talking, and who now entered the room. The assurance and jauntiness which generally marked his demeanour and dress were, however, wanting. His face was disturbed and troubled, while his clothes were disarranged and untidy. He had evidently come with the intention of consulting with Sherlock Holmes, for on perceiving his colleague he appeared to be embarrassed and put out. He stood in the centre of the room, fumbling nervously with his hat and uncertain what to do. "This is a most extraordinary case," he said at last—"a most incomprehensible affair."

"Ah, you find it so, Mr. Lestrade!" cried Gregson, triumphantly. "I thought you would come to that conclusion. Have you managed to find the Secretary, Mr. Joseph Stangerson?"

"The Secretary, Mr. Joseph Stangerson," said Lestrade gravely, "was murdered at Halliday's Private Hotel about six o'clock this morning."

«¡Bien hecho!», dijo Holmes con voz alentadora. «De verdad, Gregson, está progresando. Acabaremos por hacer que tenga una buena carrera».

«Me halago de haberlo manejado con bastante pulcritud», respondió el detective con orgullo. «El joven hizo una declaración voluntaria, en la que dijo que después de seguir a Drebber durante algún tiempo, éste lo percibió y tomó un taxi para alejarse de él. De camino a casa se encontró con un viejo compañero de barco, con el que dio un largo paseo. Al preguntarle dónde vivía este viejo compañero de barco fue incapaz de dar una respuesta satisfactoria. Creo que todo el caso encaja extraordinariamente bien. Lo que me divierte es pensar en Lestrade, que había seguido la pista equivocada. Me temo que no le sacará mucho partido. ¡Por Dios, aquí está el hombre mismo!».

Era, en efecto, Lestrade, que había subido las escaleras mientras hablábamos y que ahora entraba en la habitación. Sin embargo, le faltaban la seguridad y la jovialidad que generalmente marcaban su porte y su forma de vestir. Su rostro estaba turbado y preocupado, mientras que sus ropas estaban desarregladas y desaliñadas. Evidentemente había venido con la intención de consultar con Sherlock Holmes, pues al percibir a su colega pareció sentirse avergonzado y desanimado. Se quedó de pie en el centro de la sala, tanteando nerviosamente con su sombrero y sin saber qué hacer. «Este es un caso de lo más extraordinario», dijo por fin, «un asunto de lo más incomprensible».

«¡Ah, lo encuentra así, Mr. Lestrade!», gritó Gregson, triunfante. «Pensé que llegaría a esa conclusión. ¿Ha conseguido encontrar al Secretario, Mr. Joseph Stangerson?».

«El Secretario, Mr. Joseph Stangerson», dijo Lestrade con gravedad, «fue asesinado en el Private Hotel de Halliday a eso de las seis de esta mañana».

The intelligence with which Lestrade greeted us was so momentous and so unexpected, that we were all three fairly dumfoundered. Gregson sprang out of his chair and upset the remainder of his whiskey and water. I stared in silence at Sherlock Holmes, whose lips were compressed and his brows drawn down over his eyes.

"Stangerson too!" he muttered. "The plot thickens."

"It was quite thick enough before," grumbled Lestrade, taking a chair. "I seem to have dropped into a sort of council of war."

"Are you—are you sure of this piece of intelligence?" stammered Gregson.

"I have just come from his room," said Lestrade. "I was the first to discover what had occurred."

"We have been hearing Gregson's view of the matter," Holmes observed. "Would you mind letting us know what you have seen and done?"

"I have no objection," Lestrade answered, seating himself. "I freely confess that I was of the opinion that Stangerson was concerned in the death of Drebber. This fresh development has shown me that I was completely mistaken. Full of the one idea, I set myself to find out what had become of the Secretary. They had been seen together at Euston Station about half-past eight on the evening of the third. At two in the morning Drebber had been found in the Brixton Road. The question which confronted me was to find out how Stangerson had been employed between 8.30 and the time of the crime, and what had become of him afterwards. I telegraphed to Liverpool, giving a description of the man, and warning them to keep a watch upon the American boats. I then set to work calling upon all the hotels and lodging-houses in the vicinity of Euston. You see, I argued that if Drebber and his companion had become separated, the natural course for the latter would be to put up somewhere in the vicinity for the night, and then to hang about the station again next morning."

CAPÍTULO VII — LUZ EN LA OSCURIDAD

La información con la que Lestrade nos recibió fue tan trascendental y tan inesperada que los tres nos quedamos boquiabiertos. Gregson se levantó de su silla de un salto y derramó el resto de su whisky con agua. Yo miraba en silencio a Sherlock Holmes, que tenía los labios comprimidos y las cejas fruncidas sobre los ojos.

«¡Stangerson también!», murmuró. «La trama se complica».

«Ya era bastante complicada antes», refunfuñó Lestrade, tomando una silla. «Parece que he caído en una especie de consejo de guerra».

«¿Está... está seguro de esta información?», tartamudeó Gregson.

«Acabo de llegar de su habitación», dijo Lestrade. «Fui el primero en descubrir lo que había ocurrido».

«Hemos estado escuchando la opinión de Gregson sobre el asunto», observó Holmes. «¿Le importaría hacernos saber lo que ha visto y hecho?».

«No tengo nada que objetar a ello», respondió Lestrade, sentándose. «Confieso voluntariamente que yo era de la opinión de que Stangerson estaba implicado en la muerte de Drebber. Este nuevo acontecimiento me ha demostrado que estaba completamente equivocado. Lleno de una única idea, me propuse averiguar qué había sido del secretario. Se les había visto juntos en la estación de Euston hacia las ocho y media de la tarde del día tres. A las dos de la madrugada habían encontrado a Drebber en Brixton Road. La cuestión que se me planteaba era averiguar cómo había empleado su tiempo Stangerson entre las ocho y media y la hora del crimen y qué había sido de él después. Telegrafié a Liverpool, dando una descripción del hombre y advirtiéndoles que vigilaran los barcos norteamericanos. Entonces me puse manos a la obra llamando a todos los hoteles y casas de hospedaje de los alrededores de Euston. Como ven, mi argumento era que si Drebber y su acompañante se habían separado, el curso natural para este último sería alojarse en algún lugar de los alrededores durante la noche y volver a merodear por la estación a la mañana siguiente».

"They would be likely to agree on some meeting-place before-hand," remarked Holmes.

"So it proved. I spent the whole of yesterday evening in making enquiries entirely without avail. This morning I began very early, and at eight o'clock I reached Halliday's Private Hotel, in Little George Street. On my enquiry as to whether a Mr. Stangerson was living there, they at once answered me in the affirmative.

"'No doubt you are the gentleman whom he was expecting,' they said. 'He has been waiting for a gentleman for two days.'

"'Where is he now?' I asked.

"'He is upstairs in bed. He wished to be called at nine.'

"'I will go up and see him at once,' I said.

"It seemed to me that my sudden appearance might shake his nerves and lead him to say something unguarded. The Boots volunteered to show me the room: it was on the second floor, and there was a small corridor leading up to it. The Boots pointed out the door to me, and was about to go downstairs again when I saw something that made me feel sickish, in spite of my twenty years' experience. From under the door there curled a little red ribbon of blood, which had meandered across the passage and formed a little pool along the skirting at the other side. I gave a cry, which brought the Boots back. He nearly fainted when he saw it. The door was locked on the inside, but we put our shoulders to it, and knocked it in. The window of the room was open, and beside the window, all huddled up, lay the body of a man in his nightdress. He was quite dead, and had been for some time, for his limbs were rigid and cold. When we turned him over, the Boots recognized him at once as being the same gentleman who had engaged the room under the name of Joseph Stangerson. The cause of death was a deep stab in the left side, which must have penetrated the heart. And now comes the strangest part of the affair. What do you suppose was above the murdered man?"

I felt a creeping of the flesh, and a presentiment of coming horror, even before Sherlock Holmes answered.

«Es probable que hayan acordado de antemano algún lugar de encuentro», comentó Holmes.

«Así es. Pasé toda la tarde de ayer haciendo averiguaciones totalmente inútiles. Esta mañana empecé muy temprano y a las ocho llegué al Private Hotel de Halliday, en Little George Street. A mi pregunta de si se alojaba allí un tal Mr. Stangerson, me respondieron enseguida afirmativamente.

«"Sin duda usted es el caballero al que esperaba", dijeron. "Lleva dos días esperando a un caballero".

«"¿Dónde está ahora?", le pregunté.

«"Está arriba, en la cama. Pidió que le despertaran a las nueve".

«"Subiré a verle enseguida", dije.

«Me pareció que mi repentina aparición podría sacudir sus nervios y llevarle a decir algo imprudente. El botones se ofreció a enseñarme la habitación… estaba en el segundo piso y había un pequeño pasillo que conducía a ella. El botones me señaló la puerta y estaba a punto de bajar de nuevo cuando vi algo que me dio náuseas, a pesar de mis veinte años de experiencia. Por debajo de la puerta se colaba una pequeña cinta roja de sangre, que había serpenteado por el pasadizo y formado un pequeño charco a lo largo del zócalo del otro lado. Di un grito, que hizo volver al botones. Casi se desmaya cuando lo vio. La puerta estaba cerrada por dentro pero golpeamos con nuestros hombros y la derribamos. La ventana de la habitación estaba abierta y junto a ella, todo acurrucado, yacía el cuerpo de un hombre en camisón. Estaba muerto, sin dudas, y lo había estado durante algún tiempo, pues sus miembros estaban rígidos y fríos. Cuando le dimos la vuelta, el botones lo reconoció enseguida como el mismo caballero que había contratado la habitación con el nombre de Joseph Stangerson. La causa de la muerte fue una profunda puñalada en el costado izquierdo, que debió penetrar en el corazón. Y ahora viene la parte más extraña del asunto. ¿Qué suponen que había encima del hombre asesinado?».

Sentí un escalofrío en la carne y un presentimiento del horror que se avecinaba, incluso antes de que Sherlock Holmes respondiera.

"The word RACHE, written in letters of blood," he said.

"That was it," said Lestrade, in an awe-struck voice; and we were all silent for a while.

There was something so methodical and so incomprehensible about the deeds of this unknown assassin, that it imparted a fresh ghastliness to his crimes. My nerves, which were steady enough on the field of battle tingled as I thought of it.

"The man was seen," continued Lestrade. "A milk boy, passing on his way to the dairy, happened to walk down the lane which leads from the mews at the back of the hotel. He noticed that a ladder, which usually lay there, was raised against one of the windows of the second floor, which was wide open. After passing, he looked back and saw a man descend the ladder. He came down so quietly and openly that the boy imagined him to be some carpenter or joiner at work in the hotel. He took no particular notice of him, beyond thinking in his own mind that it was early for him to be at work. He has an impression that the man was tall, had a reddish face, and was dressed in a long, brownish coat. He must have stayed in the room some little time after the murder, for we found blood-stained water in the basin, where he had washed his hands, and marks on the sheets where he had deliberately wiped his knife."

I glanced at Holmes on hearing the description of the murderer, which tallied so exactly with his own. There was, however, no trace of exultation or satisfaction upon his face.

"Did you find nothing in the room which could furnish a clue to the murderer?" he asked.

"Nothing. Stangerson had Drebber's purse in his pocket, but it seems that this was usual, as he did all the paying. There was eighty odd pounds in it, but nothing had been taken. Whatever the motives of these extraordinary crimes, robbery is certainly not one of them. There were no papers or memoranda in the murdered man's pocket, except a single telegram, dated from Cleveland about a month ago, and containing the words, 'J. H. is in Europe.' There was no name ap-

«La palabra RACHE, escrita con letras de sangre», dijo.

«Así es», dijo Lestrade, con voz atónita; y todos guardamos silencio durante un rato.

Había algo tan metódico y tan incomprensible en los actos de este asesino desconocido que impartía un nuevo morbo a sus crímenes. Mis nervios, que eran suficientemente firmes en el campo de batalla, hormigueaban al pensar en ello.

«El hombre fue visto», continuó Lestrade. «Un lechero, que pasaba de camino a la lechería, pasó por casualidad por el callejón que sale de las callejuelas de la parte trasera del hotel. Se dio cuenta de que una escalera, que habitualmente yacía allí, estaba levantada contra una de las ventanas del segundo piso, que estaba abierta de par en par. Tras pasar, miró hacia atrás y vio a un hombre descender por la escalera. Bajó tan silenciosa y tranquilamente que el muchacho pensó que se trataba de algún carpintero o ebanista que trabajaba en el hotel. No se fijó especialmente en él, más allá de pensar para sí que era temprano para que estuviera trabajando. Le dio la impresión de que el hombre era alto, tenía la cara rojiza y vestía un abrigo largo y parduzco. Debió de quedarse en la habitación algún tiempo después del asesinato, porque encontramos agua manchada de sangre en la palangana, donde se había lavado las manos, y marcas en las sábanas donde había limpiado deliberadamente su cuchillo».

Miré a Holmes al oír la descripción del asesino, que coincidía tan exactamente con la suya. No había, sin embargo, ningún rastro de júbilo o satisfacción en su rostro.

«¿No encontró nada en la habitación que pudiera proporcionar una pista sobre el asesino?», preguntó.

«Nada. Stangerson llevaba el monedero de Drebber en el bolsillo, pero parece que eso era lo habitual, ya que era él quien pagaba. Había en ella poco más de ochenta libras, pero no se habían llevado nada. Cualesquiera que sean los motivos de estos extraordinarios crímenes, el robo no es ciertamente uno de ellos. No había papeles ni memorándums en el bolsillo del hombre asesinado, excepto un único telegrama, fechado en Cleveland hacía aproximadamente un mes y que contenía las pala-

pended to this message."

"And there was nothing else?" Holmes asked.

"Nothing of any importance. The man's novel, with which he had read himself to sleep was lying upon the bed, and his pipe was on a chair beside him. There was a glass of water on the table, and on the window-sill a small chip ointment box containing a couple of pills."

Sherlock Holmes sprang from his chair with an exclamation of delight.

"The last link," he cried, exultantly. "My case is complete."

The two detectives stared at him in amazement.

"I have now in my hands," my companion said, confidently, "all the threads which have formed such a tangle. There are, of course, details to be filled in, but I am as certain of all the main facts, from the time that Drebber parted from Stangerson at the station, up to the discovery of the body of the latter, as if I had seen them with my own eyes. I will give you a proof of my knowledge. Could you lay your hand upon those pills?"

"I have them," said Lestrade, producing a small white box; "I took them and the purse and the telegram, intending to have them put in a place of safety at the Police Station. It was the merest chance my taking these pills, for I am bound to say that I do not attach any importance to them."

"Give them here," said Holmes. "Now, Doctor," turning to me, "are those ordinary pills?"

They certainly were not. They were of a pearly grey colour, small, round, and almost transparent against the light. "From their lightness and transparency, I should imagine that they are soluble in water," I remarked.

"Precisely so," answered Holmes. "Now would you mind going

bras: «J. H. está en Europa». No había ningún nombre adjunto a este mensaje».

«¿Y no había nada más?», preguntó Holmes.

«Nada de importancia. La novela del hombre, que había leído hasta quedarse dormido, estaba tendida sobre la cama, y su pipa estaba en una silla a su lado. Había un vaso de agua sobre la mesa y en el alféizar de la ventana una cajita de ungüento que contenía un par de píldoras».

Sherlock Holmes saltó de su silla con una exclamación de placer.

«El último eslabón», gritó, con júbilo. «Mi caso está completo».

Los dos detectives le miraron asombrados.

«Tengo ahora en mis manos», dijo mi compañero, con confianza, «todos los hilos que han formado semejante maraña. Hay, por supuesto, detalles que completar, pero estoy tan seguro de todos los hechos principales, desde el momento en que Drebber se separó de Stangerson en la estación, hasta el descubrimiento del cuerpo de este último, como si los hubiera visto con mis propios ojos. Les daré una prueba de mis conocimientos. ¿Podría hacerse de esas píldoras?».

«Las tengo aquí», dijo Lestrade, sacando una cajita blanca, «las cogí junto con el monedero y el telegrama con la intención de ponerlos a buen recaudo en la comisaría. Fue una mera casualidad que me llevara estas píldoras pues, debo decir, que no les doy ninguna importancia».

«Démelas», dijo Holmes. «Ahora, doctor», volviéndose hacia mí, «¿son píldoras ordinarias?».

Ciertamente no lo eran. Eran de un color gris nacarado, pequeñas, redondas y casi transparentes a contraluz. «Por su ligereza y transparencia, me imagino que son solubles en agua», comenté.

«Precisamente», respondió Holmes. «Ahora bien, ¿le importaría ba-

down and fetching that poor little devil of a terrier which has been bad so long, and which the landlady wanted you to put out of its pain yesterday."

I went downstairs and carried the dog upstairs in my arms. Its laboured breathing and glazing eye showed that it was not far from its end. Indeed, its snow-white muzzle proclaimed that it had already exceeded the usual term of canine existence. I placed it upon a cushion on the rug.

"I will now cut one of these pills in two," said Holmes, and drawing his penknife he suited the action to the word. "One half we return into the box for future purposes. The other half I will place in this wine glass, in which is a teaspoonful of water. You perceive that our friend, the Doctor, is right, and that it readily dissolves."

"This may be very interesting," said Lestrade, in the injured tone of one who suspects that he is being laughed at, "I cannot see, however, what it has to do with the death of Mr. Joseph Stangerson."

"Patience, my friend, patience! You will find in time that it has everything to do with it. I shall now add a little milk to make the mixture palatable, and on presenting it to the dog we find that he laps it up readily enough."

As he spoke he turned the contents of the wine glass into a saucer and placed it in front of the terrier, who speedily licked it dry. Sherlock Holmes' earnest demeanour had so far convinced us that we all sat in silence, watching the animal intently, and expecting some startling effect. None such appeared, however. The dog continued to lie stretched upon the cushion, breathing in a laboured way, but apparently neither the better nor the worse for its draught.

Holmes had taken out his watch, and as minute followed minute without result, an expression of the utmost chagrin and disappointment appeared upon his features. He gnawed his lip, drummed his fingers upon the table, and showed every other symptom of acute impatience. So great was his emotion, that I felt sincerely sorry for him, while the two detectives smiled derisively, by no means displeased at

jar a buscar a ese pobre diablillo de terrier que ha estado mal tanto tiempo y al que la casera quería que librara ayer de su dolor?».

Bajé las escaleras y subí al perro en brazos. Su respiración agitada y sus ojos vidriosos mostraban que no estaba lejos de su fin. De hecho, su hocico blanco como la nieve proclamaba que ya había superado el plazo habitual de la existencia canina. Lo coloqué sobre un cojín en la alfombra.

«Ahora cortaré una de estas píldoras en dos», dijo Holmes, y sacando su cortaplumas adecuó la acción a la palabra. «Una mitad la devolveremos a la caja para futuros propósitos. La otra mitad la colocaré en esta copa de vino, en la que hay una cucharadita de agua. Percibirá que nuestro amigo, el doctor, tiene razón, y que se disuelve fácilmente».

«Esto puede ser muy interesante», dijo Lestrade, en el tono herido de quien sospecha que se están riendo de él, «sin embargo, no veo qué tiene que ver con la muerte de Mr. Joseph Stangerson».

«¡Paciencia, amigo mío, paciencia! Con el tiempo descubrirá que tiene todo que ver. Ahora añadiré un poco de leche para hacer la mezcla apetecible y, al presentársela al perro, comprobamos que la lame con bastante facilidad».

Mientras hablaba, volcó el contenido de la copa de vino en un platillo y lo colocó delante del terrier, que rápidamente lo lamió hasta secarlo. La seriedad de Sherlock Holmes nos había convencido hasta tal punto que todos nos sentamos en silencio, observando atentamente al animal y esperando algún efecto sorprendente. Sin embargo, no se produjo ninguno. El perro continuó tendido sobre el cojín, respirando de forma agitada pero, aparentemente, ni mejor ni peor de lo que estaba antes de tomar el líquido.

Holmes había sacado su reloj y, a medida que se sucedían los minutos sin resultado, una expresión de máxima desazón y decepción aparecía en sus facciones. Se mordía el labio, tamborileaba con los dedos sobre la mesa y mostraba cualquier otro síntoma de impaciencia aguda. Tan grande era su emoción que sentí sincera lástima por él, mientras los dos detectives sonreían burlonamente, en absoluto disgustados por el

this check which he had met.

"It can't be a coincidence," he cried, at last springing from his chair and pacing wildly up and down the room; "it is impossible that it should be a mere coincidence. The very pills which I suspected in the case of Drebber are actually found after the death of Stangerson. And yet they are inert. What can it mean? Surely my whole chain of reasoning cannot have been false. It is impossible! And yet this wretched dog is none the worse. Ah, I have it! I have it!" With a perfect shriek of delight he rushed to the box, cut the other pill in two, dissolved it, added milk, and presented it to the terrier. The unfortunate creature's tongue seemed hardly to have been moistened in it before it gave a convulsive shiver in every limb, and lay as rigid and lifeless as if it had been struck by lightning.

Sherlock Holmes drew a long breath, and wiped the perspiration from his forehead. "I should have more faith," he said; "I ought to know by this time that when a fact appears to be opposed to a long train of deductions, it invariably proves to be capable of bearing some other interpretation. Of the two pills in that box one was of the most deadly poison, and the other was entirely harmless. I ought to have known that before ever I saw the box at all."

This last statement appeared to me to be so startling, that I could hardly believe that he was in his sober senses. There was the dead dog, however, to prove that his conjecture had been correct. It seemed to me that the mists in my own mind were gradually clearing away, and I began to have a dim, vague perception of the truth.

"All this seems strange to you," continued Holmes, "because you failed at the beginning of the inquiry to grasp the importance of the single real clue which was presented to you. I had the good fortune to seize upon that, and everything which has occurred since then has served to confirm my original supposition, and, indeed, was the logical sequence of it. Hence things which have perplexed you and made the case more obscure, have served to enlighten me and to strengthen my conclusions. It is a mistake to confound strangeness with mystery. The most commonplace crime is often the most mysterious because it presents no new or special features from which deductions

fracaso que presenciaban.

«No puede ser una coincidencia», gritó, saltando al fin de su silla y paseándose alocadamente arriba y abajo por la habitación; «es imposible que sea una mera coincidencia. Las mismas píldoras que yo sospechaba en el caso de Drebber se encuentran en realidad tras la muerte de Stangerson. Y sin embargo son inertes. ¿Qué puede significar? Seguramente toda mi cadena de razonamientos no puede haber sido falsa. ¡Es imposible! Y sin embargo, este desdichado perro no está peor. ¡Ah, lo tengo! ¡Lo tengo!». Con un perfecto grito de placer corrió hacia la caja, cortó la otra píldora en dos, disolvió una mitad, añadió leche y se la presentó al terrier. La lengua de la desafortunada criatura apenas parecía haberse humedecido en ella antes de que diera un estremecimiento convulsivo en cada extremidad y quedara tan rígida y sin vida como si la hubiera partido un rayo.

Sherlock Holmes dio un largo suspiro y se secó el sudor de la frente. «Debería tener más fe», dijo. «A estas alturas ya debería saber que cuando un hecho parece oponerse a una larga serie de deducciones, invariablemente resulta ser capaz de soportar alguna otra interpretación. De las dos píldoras que había en aquella caja, una contenía el veneno más mortífero y la otra era totalmente inofensiva. Debería haberlo sabido antes de haber visto la caja».

Esta última afirmación me pareció tan sorprendente que apenas podía creer que estuviera en sus cabales. Sin embargo, ahí estaba el perro muerto para demostrar que su conjetura había sido correcta. Me pareció que las brumas de mi propia mente se iban despejando poco a poco, y empecé a tener una percepción tenue y vaga de la verdad.

«Todo esto les parece extraño», continuó Holmes, «porque al principio de la investigación no supo captar la importancia de la única pista real que se nos presentó. Yo tuve la suerte de aprovecharla y todo lo que ha ocurrido desde entonces ha servido para confirmar mi suposición original y, de hecho, era la secuencia lógica de la misma. De ahí que las cosas que les han dejado perplejo y han hecho el caso más oscuro, han servido para iluminarme y reforzar mis conclusiones. Es un error confundir extrañeza con misterio. El crimen más banal es a menudo el más misterioso porque no presenta ningún rasgo nuevo o especial del que puedan extraerse deducciones. Este asesinato habría sido infinitamen-

may be drawn. This murder would have been infinitely more difficult to unravel had the body of the victim been simply found lying in the roadway without any of those *outré* and sensational accompaniments which have rendered it remarkable. These strange details, far from making the case more difficult, have really had the effect of making it less so."

Mr. Gregson, who had listened to this address with considerable impatience, could contain himself no longer. "Look here, Mr. Sherlock Holmes," he said, "we are all ready to acknowledge that you are a smart man, and that you have your own methods of working. We want something more than mere theory and preaching now, though. It is a case of taking the man. I have made my case out, and it seems I was wrong. Young Charpentier could not have been engaged in this second affair. Lestrade went after his man, Stangerson, and it appears that he was wrong too. You have thrown out hints here, and hints there, and seem to know more than we do, but the time has come when we feel that we have a right to ask you straight how much you do know of the business. Can you name the man who did it?"

"I cannot help feeling that Gregson is right, sir," remarked Lestrade. "We have both tried, and we have both failed. You have remarked more than once since I have been in the room that you had all the evidence which you require. Surely you will not withhold it any longer."

"Any delay in arresting the assassin," I observed, "might give him time to perpetrate some fresh atrocity."

Thus pressed by us all, Holmes showed signs of irresolution. He continued to walk up and down the room with his head sunk on his chest and his brows drawn down, as was his habit when lost in thought.

"There will be no more murders," he said at last, stopping abruptly and facing us. "You can put that consideration out of the question. You have asked me if I know the name of the assassin. I do. The mere knowing of his name is a small thing, however, compared with the power of laying our hands upon him. This I expect very shortly to do. I have good hopes of managing it through my own arrangements; but

te más difícil de desentrañar si el cuerpo de la víctima se hubiera encontrado simplemente tendido en la calzada sin ninguno de esos acompañamientos extravagantes y sensacionales que lo han hecho notable. Estos extraños detalles, lejos de dificultar el caso, han tenido realmente el efecto de hacerlo menos difícil.»

Mr. Gregson, que había escuchado este discurso con considerable impaciencia, no pudo contenerse más. «Mire, Mr. Sherlock Holmes», dijo, «todos estamos dispuestos a reconocer que es usted un hombre inteligente y que tiene sus propios métodos de trabajo. Sin embargo, ahora queremos algo más que mera teoría y sermones. Se trata de atrapar al hombre. He expuesto mi caso y parece que estaba equivocado. El joven Charpentier no podía estar implicado en este segundo asunto. Lestrade fue tras su hombre, Stangerson, y parece que también se equivocó. Usted ha lanzado indirectas aquí y allá y parece saber más que nosotros, pero ha llegado el momento en que sentimos que tenemos derecho a preguntarle directamente cuánto sabe del asunto. ¿Puede nombrar al hombre que lo hizo?».

«No puedo evitar pensar que Gregson tiene razón, señor», comentó Lestrade. «Ambos lo hemos intentado y ambos hemos fracasado. Usted ha comentado más de una vez desde que estoy en la sala que tenía todas las pruebas que necesitaba. Seguramente no retendrá esto por más tiempo».

«Cualquier retraso en detener al asesino», observé, «podría darle tiempo para perpetrar alguna nueva atrocidad».

Presionado así por todos nosotros, Holmes dio muestras de irresolución. Siguió caminando arriba y abajo por la habitación con la cabeza hundida en el pecho y las cejas fruncidas, como era su costumbre cuando estaba perdido en sus pensamientos.

«No habrá más asesinatos», dijo al fin, deteniéndose bruscamente y mirándonos de frente. «Pueden descartar esa consideración. Me han preguntado si conozco el nombre del asesino. Lo conozco. Sin embargo, el mero conocimiento de su nombre es poca cosa comparado con el poder de poner nuestras manos sobre él. Esto espero hacerlo muy pronto. Tengo buenas esperanzas de conseguirlo mediante mis propios

it is a thing which needs delicate handling, for we have a shrewd and desperate man to deal with, who is supported, as I have had occasion to prove, by another who is as clever as himself. As long as this man has no idea that anyone can have a clue there is some chance of securing him; but if he had the slightest suspicion, he would change his name, and vanish in an instant among the four million inhabitants of this great city. Without meaning to hurt either of your feelings, I am bound to say that I consider these men to be more than a match for the official force, and that is why I have not asked your assistance. If I fail I shall, of course, incur all the blame due to this omission; but that I am prepared for. At present I am ready to promise that the instant that I can communicate with you without endangering my own combinations, I shall do so."

Gregson and Lestrade seemed to be far from satisfied by this assurance, or by the depreciating allusion to the detective police. The former had flushed up to the roots of his flaxen hair, while the other's beady eyes glistened with curiosity and resentment. Neither of them had time to speak, however, before there was a tap at the door, and the spokesman of the street Arabs, young Wiggins, introduced his insignificant and unsavoury person.

"Please, sir," he said, touching his forelock, "I have the cab downstairs."

"Good boy," said Holmes, blandly. "Why don't you introduce this pattern at Scotland Yard?" he continued, taking a pair of steel handcuffs from a drawer. "See how beautifully the spring works. They fasten in an instant."

"The old pattern is good enough," remarked Lestrade, "if we can only find the man to put them on."

"Very good, very good," said Holmes, smiling. "The cabman may as well help me with my boxes. Just ask him to step up, Wiggins."

I was surprised to find my companion speaking as though he were about to set out on a journey, since he had not said anything to me about it. There was a small portmanteau in the room, and this he

arreglos pero es una cosa que requiere un manejo delicado, porque tenemos que tratar con un hombre astuto y desesperado, que cuenta con el apoyo, como he tenido ocasión de comprobar, de otro que es tan astuto como él. Mientras este hombre no tenga sospechas de que alguien puede tener una pista, hay alguna posibilidad de atraparlo pero si tuviera la más mínima sospecha, cambiaría de nombre y desaparecería en un instante entre los cuatro millones de habitantes de esta gran ciudad. Sin ánimo de herir los sentimientos de ninguno de los dos debo decir que considero que estos hombres son más que rivales para la fuerza oficial y por eso no he pedido su ayuda. Si fracaso, incurriré, por supuesto, en toda la culpa debida a esta omisión; pero estoy preparado para eso. Por el momento estoy dispuesto a prometerles que en el instante en que pueda comunicarme con ustedes sin poner en peligro mis propios planes, lo haré».

Gregson y Lestrade parecían estar lejos de sentirse satisfechos por esta garantía o por la alusión y el desprecio a los detectives de la policía. El primero se había sonrojado hasta las raíces de su pelo rubio, mientras que los ojos saltones del otro brillaban de curiosidad y resentimiento. Sin embargo, ninguno de los dos tuvo tiempo de hablar antes de que se oyera un golpecito en la puerta y el portavoz de los árabes de la calle, el joven Wiggins, presentara su insignificante y desagradable persona.

«Por favor, señor», dijo, tocándose el copete, «tengo el taxi abajo».

«Buen chico», dijo Holmes, con indiferencia. «¿Por qué no presenta este modelo en Scotland Yard?», continuó, sacando un par de esposas de acero de un cajón. «Vea qué bien funciona el resorte. Se abrochan en un instante».

«El viejo modelo es suficientemente bueno», comentó Lestrade, «si sólo podemos encontrar al hombre al que hay que ponérselas».

«Muy bien, muy bien», dijo Holmes, sonriendo. «El taxista podría ayudarme con mis cajas. Pídale que suba, Wiggins».

Me sorprendió que mi compañero hablara como si estuviera a punto de emprender un viaje, ya que no me había dicho nada al respecto. Había un pequeño portamaletas en la habitación y él lo sacó y empezó a

pulled out and began to strap. He was busily engaged at it when the cabman entered the room.

"Just give me a help with this buckle, cabman," he said, kneeling over his task, and never turning his head.

The fellow came forward with a somewhat sullen, defiant air, and put down his hands to assist. At that instant there was a sharp click, the jangling of metal, and Sherlock Holmes sprang to his feet again.

"Gentlemen," he cried, with flashing eyes, "let me introduce you to Mr. Jefferson Hope, the murderer of Enoch Drebber and of Joseph Stangerson."

The whole thing occurred in a moment—so quickly that I had no time to realize it. I have a vivid recollection of that instant, of Holmes' triumphant expression and the ring of his voice, of the cabman's dazed, savage face, as he glared at the glittering handcuffs, which had appeared as if by magic upon his wrists. For a second or two we might have been a group of statues. Then, with an inarticulate roar of fury, the prisoner wrenched himself free from Holmes's grasp, and hurled himself through the window. Woodwork and glass gave way before him; but before he got quite through, Gregson, Lestrade, and Holmes sprang upon him like so many staghounds. He was dragged back into the room, and then commenced a terrific conflict. So powerful and so fierce was he, that the four of us were shaken off again and again. He appeared to have the convulsive strength of a man in an epileptic fit. His face and hands were terribly mangled by his passage through the glass, but loss of blood had no effect in diminishing his resistance. It was not until Lestrade succeeded in getting his hand inside his neckcloth and half-strangling him that we made him realize that his struggles were of no avail; and even then we felt no security until we had pinioned his feet as well as his hands. That done, we rose to our feet breathless and panting.

"We have his cab," said Sherlock Holmes. "It will serve to take him to Scotland Yard. And now, gentlemen," he continued, with a pleasant smile, "we have reached the end of our little mystery. You are very welcome to put any questions that you like to me now, and there is no danger that I will refuse to answer them."

atarlo. Estaba afanosamente ocupado en ello cuando el taxista entró en la habitación.

«Ayúdeme con esta hebilla, taxista», dijo, arrodillándose sobre su tarea y sin volver la cabeza.

El tipo se acercó con aire algo hosco y desafiante y bajó las manos para ayudarle. En ese instante se oyó un chasquido agudo, el tintineo de un metal, y Sherlock Holmes volvió a ponerse en pie de un salto.

«Caballeros», gritó, con ojos fulgurantes, «permítanme presentarles a Mr. Jefferson Hope, el asesino de Enoch Drebber y de Joseph Stangerson».

Todo ocurrió en un momento, tan rápidamente que no tuve tiempo de darme cuenta. Tengo un vívido recuerdo de aquel instante, de la expresión triunfante de Holmes y del timbre de su voz, del rostro aturdido y salvaje del taxista, mientras miraba las relucientes esposas, que habían aparecido como por arte de magia en sus muñecas. Durante uno o dos segundos podríamos haber sido un grupo de estatuas. Entonces, con un rugido inarticulado de furia, el prisionero se zafó de las garras de Holmes y se lanzó hacia la ventana. La carpintería y el cristal cedieron ante él pero, antes de que atravesara la ventana, Gregson, Lestrade y Holmes se abalanzaron sobre él como sabuesos. Lo arrastraron de vuelta a la habitación y comenzó una terrible pelea. Tan poderoso y tan feroz era él que los cuatro fuimos sacudidos una y otra vez. Parecía tener la fuerza convulsiva de un hombre en un ataque epiléptico. Tenía la cara y las manos terriblemente destrozadas por sus golpes contra el cristal pero la pérdida de sangre no tuvo ningún efecto en disminuir su resistencia. No fue hasta que Lestrade consiguió meter la mano dentro de su pañoleta y casi estrangularlo completamente que le hicimos comprender que sus forcejeos no servían de nada; e incluso entonces no sentimos ninguna seguridad hasta que le hubimos inmovilizado tanto los pies como las manos. Hecho esto, nos pusimos en pie sin aliento y jadeantes.

«Tenemos su taxi», dijo Sherlock Holmes. «Servirá para llevarle a Scotland Yard. Y ahora, caballeros», continuó él, con una agradable sonrisa, «hemos llegado al final de nuestro pequeño misterio. Son ustedes muy bienvenidos a hacerme ahora las preguntas que quieran y no hay peligro de que me niegue a contestarlas».

PART II — *The Country of the Saints*

CHAPTER I — ON THE GREAT ALKALI PLAIN

In the central portion of the great North American Continent there lies an arid and repulsive desert, which for many a long year served as a barrier against the advance of civilisation. From the Sierra Nevada to Nebraska, and from the Yellowstone River in the north to the Colorado upon the south, is a region of desolation and silence. Nor is Nature always in one mood throughout this grim district. It comprises snow-capped and lofty mountains, and dark and gloomy valleys. There are swift-flowing rivers which dash through jagged cañons; and there are enormous plains, which in winter are white with snow, and in summer are grey with the saline alkali dust. They all preserve, however, the common characteristics of barrenness, inhospitality, and misery.

There are no inhabitants of this land of despair. A band of Pawnees or of Blackfeet may occasionally traverse it in order to reach other hunting-grounds, but the hardiest of the braves are glad to lose sight of those awesome plains, and to find themselves once more upon their prairies. The coyote skulks among the scrub, the buzzard flaps heavily through the air, and the clumsy grizzly bear lumbers through the dark ravines, and picks up such sustenance as it can amongst the rocks. These are the sole dwellers in the wilderness.

In the whole world there can be no more dreary view than that from the northern slope of the Sierra Blanco. As far as the eye can reach stretches the great flat plain-land, all dusted over with patches of alkali, and intersected by clumps of the dwarfish chaparral bushes. On the extreme verge of the horizon lie a long chain of mountain peaks, with their rugged summits flecked with snow. In this great stretch of country there is no sign of life, nor of anything appertaining to life. There is no bird in the steel-blue heaven, no movement upon the dull, grey earth—above all, there is absolute silence. Listen as one may, there is no shadow of a sound in all that mighty wilderness; nothing but silence—complete and heart-subduing silence.

It has been said there is nothing appertaining to life upon the broad plain. That is hardly true. Looking down from the Sierra Blanco, one

PARTE II — *La tierra de los santos*

CAPÍTULO I — EN LA GRAN LLANURA ALCALINA

En la parte central del gran continente norteamericano se extiende un desierto árido y tenebroso que durante muchos y largos años sirvió de barrera contra el avance de la civilización. Desde Sierra Nevada hasta Nebraska, y desde el río Yellowstone en el norte hasta el Colorado en el sur, es una región de desolación y silencio. Ni siquiera la naturaleza está siempre de un mismo humor en todo este sombrío distrito. Comprende montañas nevadas y elevadas y valles oscuros y sombríos. Hay ríos caudalosos que se precipitan por cañones dentados y hay enormes llanuras que en invierno están blancas de nieve y en verano grises por el salino polvo alcalino. Todos conservan, sin embargo, las características comunes de la esterilidad, la inhospitalidad y la miseria.

No hay habitantes en esta tierra de desesperación. Una banda de pawnees o de pies negros puede atravesarla ocasionalmente para llegar a otros cotos de caza pero los más valientes se alegran de perder de vista aquellas imponentes llanuras y de encontrarse de nuevo en sus praderas. El coyote merodea entre los matorrales, el águila ratonera aletea pesadamente por el aire y el torpe oso pardo se arrastra por los oscuros barrancos y recoge el sustento que puede entre las rocas. Estos son los únicos moradores del páramo.

En todo el mundo no puede haber una vista más lúgubre que la que se tiene desde la ladera norte de la Sierra Blanca. Hasta donde alcanza la vista se extiende la gran llanura, cubierta de manchas de álcali y surcada por matorrales de chaparral enano. En el extremo del horizonte se extiende una larga cadena de picos montañosos con sus escarpadas cumbres salpicadas de nieve. En esta gran extensión de terreno no hay señales de vida ni de nada que pertenezca a la vida. No hay ningún pájaro en el cielo azul acero, ningún movimiento sobre la tierra gris y apagada; sobre todo, hay un silencio absoluto. Por más que uno escuche, no hay ni la sombra de un sonido en todo ese poderoso páramo... nada más que silencio... un silencio completo y que subyuga el corazón.

Se ha dicho que no hay nada que pertenezca a la vida en la amplia llanura. Eso no es cierto. Mirando hacia abajo desde la Sierra Blanca,

sees a pathway traced out across the desert, which winds away and is lost in the extreme distance. It is rutted with wheels and trodden down by the feet of many adventurers. Here and there there are scattered white objects which glisten in the sun, and stand out against the dull deposit of alkali. Approach, and examine them! They are bones: some large and coarse, others smaller and more delicate. The former have belonged to oxen, and the latter to men. For fifteen hundred miles one may trace this ghastly caravan route by these scattered remains of those who had fallen by the wayside.

Looking down on this very scene, there stood upon the fourth of May, eighteen hundred and forty-seven, a solitary traveller. His appearance was such that he might have been the very genius or demon of the region. An observer would have found it difficult to say whether he was nearer to forty or to sixty. His face was lean and haggard, and the brown parchment-like skin was drawn tightly over the projecting bones; his long, brown hair and beard were all flecked and dashed with white; his eyes were sunken in his head, and burned with an unnatural lustre; while the hand which grasped his rifle was hardly more fleshy than that of a skeleton. As he stood, he leaned upon his weapon for support, and yet his tall figure and the massive framework of his bones suggested a wiry and vigorous constitution. His gaunt face, however, and his clothes, which hung so baggily over his shrivelled limbs, proclaimed what it was that gave him that senile and decrepit appearance. The man was dying—dying from hunger and from thirst.

He had toiled painfully down the ravine, and on to this little elevation, in the vain hope of seeing some signs of water. Now the great salt plain stretched before his eyes, and the distant belt of savage mountains, without a sign anywhere of plant or tree, which might indicate the presence of moisture. In all that broad landscape there was no gleam of hope. North, and east, and west he looked with wild questioning eyes, and then he realised that his wanderings had come to an end, and that there, on that barren crag, he was about to die. "Why not here, as well as in a feather bed, twenty years hence," he muttered, as he seated himself in the shelter of a boulder.

Before sitting down, he had deposited upon the ground his useless

se ve un camino trazado a través del desierto que serpentea y se pierde en la extrema distancia. Está surcado por ruedas y hollado por los pies de muchos aventureros. Aquí y allá hay esparcidos objetos blancos que brillan al sol y destacan sobre el opaco depósito de álcali. ¡Acérquese y examínelos! Son huesos... algunos grandes y toscos, otros más pequeños y delicados. Los primeros han pertenecido a bueyes y los segundos a hombres. A lo largo de mil quinientas millas se puede seguir el rastro de esta espantosa ruta de caravanas por medio de los restos dispersos de los caídos en el camino.

Contemplando esta misma escena, se encontraba el 4 de mayo de 1847 un viajero solitario. Su aspecto era tal que podría haber sido el mismísimo genio o demonio de la región. A un observador le habría resultado difícil decir si estaba más cerca de los cuarenta o de los sesenta. Su rostro era delgado y demacrado y la piel marrón apergaminada se dibujaba tirante sobre los huesos salientes; sus cabellos largos y castaños y su barba estaban todos moteados y salpicados de blanco; sus ojos estaban hundidos en la cabeza y ardían con un brillo antinatural; mientras que la mano que empuñaba su rifle tenía apenas más carne que la de un esqueleto. Cuando estaba de pie se apoyaba en su arma para sostenerse y, sin embargo, su alta figura y el macizo armazón de sus huesos sugerían una constitución enjuta y vigorosa. Su rostro demacrado, sin embargo, y sus ropas, que colgaban tan holgadamente sobre sus miembros resecos, proclamaban qué era lo que le daba ese aspecto senil y decrépito. El hombre se estaba muriendo... muriendo de hambre y de sed.

Había descendido penosamente por el barranco, hasta esta pequeña elevación, con la vana esperanza de ver alguna señal de agua. Ahora la gran llanura salada se extendía ante sus ojos y el lejano cinturón de montañas salvajes, sin una señal en ninguna parte de planta o árbol, no indicaba la presencia de humedad. En todo aquel amplio paisaje no había ningún atisbo de esperanza. Hacia el norte, el este y el oeste miró con ojos salvajes e interrogantes, y entonces comprendió que sus andanzas habían llegado a su fin y que allí, en aquel árido peñasco, estaba a punto de morir. «¿Por qué no aquí en vez de un lecho de plumas, dentro de veinte años?», murmuró, mientras se sentaba al abrigo de un peñasco.

Antes de sentarse había depositado en el suelo su rifle inútil y tam-

rifle, and also a large bundle tied up in a grey shawl, which he had carried slung over his right shoulder. It appeared to be somewhat too heavy for his strength, for in lowering it, it came down on the ground with some little violence. Instantly there broke from the grey parcel a little moaning cry, and from it there protruded a small, scared face, with very bright brown eyes, and two little speckled, dimpled fists.

"You've hurt me!" said a childish voice reproachfully.

"Have I though," the man answered penitently, "I didn't go for to do it." As he spoke he unwrapped the grey shawl and extricated a pretty little girl of about five years of age, whose dainty shoes and smart pink frock with its little linen apron all bespoke a mother's care. The child was pale and wan, but her healthy arms and legs showed that she had suffered less than her companion.

"How is it now?" he answered anxiously, for she was still rubbing the towsy golden curls which covered the back of her head.

"Kiss it and make it well," she said, with perfect gravity, showing the injured part up to him. "That's what mother used to do. Where's mother?"

"Mother's gone. I guess you'll see her before long."

"Gone, eh!" said the little girl. "Funny, she didn't say good-bye; she 'most always did if she was just goin' over to Auntie's for tea, and now she's been away three days. Say, it's awful dry, ain't it? Ain't there no water, nor nothing to eat?"

"No, there ain't nothing, dearie. You'll just need to be patient awhile, and then you'll be all right. Put your head up agin me like that, and then you'll feel bullier. It ain't easy to talk when your lips is like leather, but I guess I'd best let you know how the cards lie. What's that you've got?"

"Pretty things! fine things!" cried the little girl enthusiastically, holding up two glittering fragments of mica. "When we goes back to home I'll give them to brother Bob."

bién un gran fardo atado con un chal gris que llevaba colgado del hombro derecho. Parecía ser algo demasiado pesado para sus fuerzas, pues, al bajarlo, cayó al suelo con cierta violencia. Instantáneamente brotó del bulto gris un pequeño grito quejumbroso y de él asomó un rostro pequeño y asustado, con unos ojos marrones muy brillantes y dos pequeños puños pecosos y regordetes.

«¡Me has hecho daño!», dijo con reproche una voz infantil.

«Aunque lo haya hecho», contestó el hombre penitentemente, «no quise hacerlo». Mientras hablaba desenvolvió el chal gris y sacó a una bonita niña de unos cinco años, cuyos delicados zapatos y elegante vestido rosa con su pequeño delantal de lino denotaban los cuidados de una madre. La niña estaba pálida y mustia pero sus brazos y piernas sanos demostraban que había sufrido menos que su compañero.

«¿Cómo está ahora?», respondió él con ansiedad, pues ella seguía frotándose los rizos dorados que le cubrían la nuca.

«Bésalo y haz que se ponga bien», dijo ella, con perfecta gravedad, mostrándole la parte herida. «Eso es lo que solía hacer mamá. ¿Dónde está mamá?».

«Mamá se ha ido. Supongo que la verás dentro de poco».

«¡Se ha ido, eh!», dijo la niña. «Qué raro, no se despidió... casi siempre lo hacía, aún si sólo iba a casa de la tía a tomar el té y ahora lleva tres días fuera. Oye, está todo muy seco, ¿verdad? ¿No hay agua ni nada para comer?».

«No, no hay nada, querida. Sólo tienes que ser paciente un rato y estarás bien. Pon tu cabeza contra mí, así, y entonces te sentirás más fuerte. No es fácil hablar cuando tienes los labios como si fueran un cuero pero supongo que será mejor que te diga cómo están las cosas. ¿Qué es eso que tienes?».

«¡Cosas bonitas! ¡Cosas bonitas!», gritó la niña con entusiasmo, sosteniendo en alto dos relucientes fragmentos de mica. «Cuando volvamos a casa se las daré a mi hermano Bob».

"You'll see prettier things than them soon," said the man confidently. "You just wait a bit. I was going to tell you though—you remember when we left the river?"

"Oh, yes."

"Well, we reckoned we'd strike another river soon, d'ye see. But there was somethin' wrong; compasses, or map, or somethin', and it didn't turn up. Water ran out. Just except a little drop for the likes of you and—and——"

"And you couldn't wash yourself," interrupted his companion gravely, staring up at his grimy visage.

"No, nor drink. And Mr. Bender, he was the fust to go, and then Indian Pete, and then Mrs. McGregor, and then Johnny Hones, and then, dearie, your mother."

"Then mother's a deader too," cried the little girl dropping her face in her pinafore and sobbing bitterly.

"Yes, they all went except you and me. Then I thought there was some chance of water in this direction, so I heaved you over my shoulder and we tramped it together. It don't seem as though we've improved matters. There's an almighty small chance for us now!"

"Do you mean that we are going to die too?" asked the child, checking her sobs, and raising her tear-stained face.

"I guess that's about the size of it."

"Why didn't you say so before?" she said, laughing gleefully. "You gave me such a fright. Why, of course, now as long as we die we'll be with mother again."

"Yes, you will, dearie."

"And you too. I'll tell her how awful good you've been. I'll bet she meets us at the door of Heaven with a big pitcher of water, and a lot

«Pronto verás cosas más bonitas que éstas», dijo el hombre con confianza. «Sólo tienes que esperar un poco. Iba a decirte, sin embargo, ¿recuerdas cuando salimos del río?».

«Oh, sí».

«Bueno, creíamos que pronto daríamos con otro río, ya ves. Pero algo estaba mal; brújulas o mapa o algo, y no apareció. Se acabó el agua. Sólo salvo una gotita para los que son como tú y... y...».

«Y no pudiste lavarte», interrumpió gravemente su compañera, observando su rostro mugriento.

«No, ni beber. Y Mr. Bender, él fue el primero en irse, y luego el indio Pete y luego Mrs. McGregor y luego Johnny Hones y luego, querida, tu madre».

«Entonces mamá también es una muerta», gritó la niña hundiendo la cara en su jumper y sollozando amargamente.

«Sí, se fueron todos menos tú y yo. Entonces pensé que había alguna posibilidad de agua en esta dirección, así que te cargué sobre mis hombros y lo recorrimos juntos. No parece que hayan mejorado las cosas. Ahora tenemos muy pocas posibilidades».

«¿Quieres decir que nosotros también vamos a morir?», preguntó la niña, conteniendo sus sollozos y levantando el rostro manchado de lágrimas.

«Supongo que así es».

«¿Por qué no lo dijiste antes?», dijo ella, riendo alegremente. «Me diste un buen susto. Por supuesto, está bien, mientras muramos volveremos a estar con mamá».

«Sí, estarás con ella, querida».

«Y tú también. Le diré lo bueno que has sido. Seguro que nos recibe en la puerta del cielo con una gran jarra de agua y un montón de tortas de

of buckwheat cakes, hot, and toasted on both sides, like Bob and me was fond of. How long will it be first?"

"I don't know—not very long." The man's eyes were fixed upon the northern horizon. In the blue vault of the heaven there had appeared three little specks which increased in size every moment, so rapidly did they approach. They speedily resolved themselves into three large brown birds, which circled over the heads of the two wanderers, and then settled upon some rocks which overlooked them. They were buzzards, the vultures of the west, whose coming is the forerunner of death.

"Cocks and hens," cried the little girl gleefully, pointing at their ill-omened forms, and clapping her hands to make them rise. "Say, did God make this country?"

"In course He did," said her companion, rather startled by this unexpected question.

"He made the country down in Illinois, and He made the Missouri," the little girl continued. "I guess somebody else made the country in these parts. It's not nearly so well done. They forgot the water and the trees."

"What would ye think of offering up prayer?" the man asked diffidently.

"It ain't night yet," she answered.

"It don't matter. It ain't quite regular, but He won't mind that, you bet. You say over them ones that you used to say every night in the waggon when we was on the Plains."

"Why don't you say some yourself?" the child asked, with wondering eyes.

"I disremember them," he answered. "I hain't said none since I was half the height o' that gun. I guess it's never too late. You say them out, and I'll stand by and come in on the choruses."

trigo sarraceno, calientes y tostadas por ambos lados, como nos gustaba a Bob y a mí. ¿Cuánto tiempo pasará antes de que...?».

«No lo sé... no mucho tiempo». Los ojos del hombre estaban fijos en el horizonte septentrional. En la bóveda azul del cielo habían aparecido tres pequeñas motas que aumentaban de tamaño a cada momento, tan rápido se acercaban. Rápidamente se convirtieron en tres grandes pájaros marrones, que volaron en círculos sobre las cabezas de los dos vagabundos y luego se posaron sobre unas rocas que miraban hacia ellos. Eran águilas ratoneras, los buitres del oeste, cuya llegada es precursora de la muerte.

«Gallos y gallinas», gritó alegremente la niña, señalando sus formas de mal agüero y dando palmadas para que se levantaran. «Dime, ¿hizo Dios este país?».

«A su tiempo lo hizo», dijo su compañero, bastante sobresaltado por esta pregunta inesperada.

«Él hizo el campo en Illinois y Él hizo el Missouri», continuó la niña. «Supongo que alguien más hizo el campo en estas partes. No está tan bien hecho. Se olvidaron del agua y de los árboles».

«¿Qué te parecería ofrecer una oración?», preguntó el hombre con timidez.

«Aún no es de noche», respondió ella.

«No importa. No es del todo la usanza pero a Él no le importará, seguro. Dices la oración que solías decir cada noche en el vagón cuando estábamos en las llanuras».

«¿Por qué no la dices tú mismo?», preguntó la niña, con ojos asombrados.

«No la recuerdo», respondió él. «No he dicho ninguna oración desde que tenía la mitad de la altura de este rifle. Supongo que nunca es demasiado tarde. Dila en voz alta y yo me quedaré calldo y acompañaré en el estribillo».

"Then you'll need to kneel down, and me too," she said, laying the shawl out for that purpose. "You've got to put your hands up like this. It makes you feel kind o' good."

It was a strange sight had there been anything but the buzzards to see it. Side by side on the narrow shawl knelt the two wanderers, the little prattling child and the reckless, hardened adventurer. Her chubby face, and his haggard, angular visage were both turned up to the cloudless heaven in heartfelt entreaty to that dread being with whom they were face to face, while the two voices—the one thin and clear, the other deep and harsh—united in the entreaty for mercy and forgiveness. The prayer finished, they resumed their seat in the shadow of the boulder until the child fell asleep, nestling upon the broad breast of her protector. He watched over her slumber for some time, but Nature proved to be too strong for him. For three days and three nights he had allowed himself neither rest nor repose. Slowly the eyelids drooped over the tired eyes, and the head sunk lower and lower upon the breast, until the man's grizzled beard was mixed with the gold tresses of his companion, and both slept the same deep and dreamless slumber.

Had the wanderer remained awake for another half hour a strange sight would have met his eyes. Far away on the extreme verge of the alkali plain there rose up a little spray of dust, very slight at first, and hardly to be distinguished from the mists of the distance, but gradually growing higher and broader until it formed a solid, well-defined cloud. This cloud continued to increase in size until it became evident that it could only be raised by a great multitude of moving creatures. In more fertile spots the observer would have come to the conclusion that one of those great herds of bisons which graze upon the prairie land was approaching him. This was obviously impossible in these arid wilds. As the whirl of dust drew nearer to the solitary bluff upon which the two castaways were reposing, the canvas-covered tilts of waggons and the figures of armed horsemen began to show up through the haze, and the apparition revealed itself as being a great caravan upon its journey for the West. But what a caravan! When the head of it had reached the base of the mountains, the rear was not yet visible on the horizon. Right across the enormous plain stretched the straggling array, waggons and carts, men on horseback, and men on foot. Innumerable women who staggered along under burdens, and

«Entonces tendrás que arrodillarte y yo también», dijo ella, tendiendo el chal con ese fin. «Tienes que poner las manos así. Te hace sentir bastante bien».

Era un espectáculo extraño si hubiera habido alguien más que las águilas ratoneras para verlo. Uno al lado del otro, sobre el estrecho chal, se arrodillaban los dos vagabundos, la pequeña niña parlanchina y el temerario y endurecido aventurero. La cara regordeta de ella y el rostro ojeroso y anguloso de él estaban ambos vueltos hacia el cielo sin nubes en sentida súplica a aquel temible ser con el que se encontraban cara a cara, mientras las dos voces —la una fina y clara, la otra profunda y áspera— se unían en la súplica de misericordia y perdón. Terminada la oración, volvieron a sentarse a la sombra del peñasco hasta que la niña se durmió, acurrucada sobre el ancho pecho de su protector. Éste veló su sueño durante algún tiempo, pero la Naturaleza resultó ser demasiado fuerte para él. Durante tres días y tres noches no se había permitido ni descanso ni reposo. Lentamente, los párpados cayeron sobre los ojos cansados y la cabeza se hundió cada vez más sobre el pecho, hasta que la barba canosa del hombre se mezcló con los mechones dorados de su compañera y ambos durmieron el mismo sueño profundo y sin sueños.

Si el caminante hubiera permanecido despierto media hora más, una extraña visión se habría cruzado ante sus ojos. Lejos, en el borde extremo de la llanura alcalina, se alzaba una pequeña columna de polvo, muy leve al principio y apenas distinguible de las brumas de la lejanía, pero que poco a poco iba creciendo más alta y más ancha hasta formar una nube sólida y bien definida. Esta nube siguió aumentando de tamaño hasta que se hizo evidente que sólo podía ser levantada por una gran multitud de criaturas en movimiento. En lugares más fértiles, el observador habría llegado a la conclusión de que se le acercaba una de esas grandes manadas de bisontes que pastan en las praderas. Esto era obviamente imposible en estas áridas tierras salvajes. A medida que el remolino de polvo se acercaba al solitario risco sobre el que descansaban los dos forasteros, las lonas de los carromatos y las figuras de jinetes armados empezaron a aparecer a través de la bruma y la aparición se reveló como una gran caravana en su viaje hacia el Oeste. Pero, ¡qué caravana! Cuando el principio de la misma hubo alcanzado la base de las montañas, la retaguardia aún no era visible en el horizonte. A través de la enorme llanura se extendía la rezagada formación, carros y carretas, hombres a caballo y hombres a pie. Innumerables mujeres

children who toddled beside the waggons or peeped out from under the white coverings. This was evidently no ordinary party of immigrants, but rather some nomad people who had been compelled from stress of circumstances to seek themselves a new country. There rose through the clear air a confused clattering and rumbling from this great mass of humanity, with the creaking of wheels and the neighing of horses. Loud as it was, it was not sufficient to rouse the two tired wayfarers above them.

At the head of the column there rode a score or more of grave iron-faced men, clad in sombre homespun garments and armed with rifles. On reaching the base of the bluff they halted, and held a short council among themselves.

"The wells are to the right, my brothers," said one, a hard-lipped, clean-shaven man with grizzly hair.

"To the right of the Sierra Blanco—so we shall reach the Rio Grande," said another.

"Fear not for water," cried a third. "He who could draw it from the rocks will not now abandon His own chosen people."

"Amen! Amen!" responded the whole party.

They were about to resume their journey when one of the youngest and keenest-eyed uttered an exclamation and pointed up at the rugged crag above them. From its summit there fluttered a little wisp of pink, showing up hard and bright against the grey rocks behind. At the sight there was a general reining up of horses and unslinging of guns, while fresh horsemen came galloping up to reinforce the vanguard. The word 'Redskins' was on every lip.

"There can't be any number of Injuns here," said the elderly man who appeared to be in command. "We have passed the Pawnees, and there are no other tribes until we cross the great mountains."

"Shall I go forward and see, Brother Stangerson," asked one of the band.

que avanzaban tambaleándose bajo las cargas y niños que se paseaban junto a los carromatos o asomaban por debajo de las cubiertas blancas. Evidentemente, no se trataba de una partida ordinaria de inmigrantes sino más bien de algún pueblo nómada que se había visto obligado por la tensión de las circunstancias a buscarse un nuevo país. Se elevó a través del aire claro un confuso traqueteo y un retumbar de esta gran masa de humanidad, con el crujir de las ruedas y el relinchar de los caballos. Por muy fuerte que fuera no fue suficiente para despertar a los dos cansados caminantes que se encontraban encima de ellos, sobre las rocas.

A la cabeza de la columna cabalgaban una veintena o más de hombres graves con rostro de hierro, vestidos con sombrías ropas caseras y armados con rifles. Al llegar a la base del acantilado se detuvieron y celebraron un breve consejo entre ellos.

«Los pozos están a la derecha, hermanos míos», dijo uno, un hombre de labios duros, bien afeitado y con el pelo canoso.

«A la derecha de la Sierra Blanco, así llegaremos al Río Grande», dijo otro.

«No teman por el agua», gritó un tercero. «Aquel que pudo sacarla de las rocas no abandonará ahora a su propio pueblo elegido».

«¡Amén! ¡Amén!», respondió todo el grupo.

Estaban a punto de reanudar su camino cuando uno de los más jóvenes y de ojos más agudos lanzó una exclamación y señaló hacia el escarpado peñasco que había sobre ellos. Desde su cima revoloteaba una pequeña brizna de color rosado que se mostraba dura y brillante contra las rocas grises de detrás. Al ver esto se produjo un repliegue general de los caballos y se cargaron las armas, mientras nuevos jinetes llegaban al galope para reforzar la vanguardia. Las palabras «pieles rojas» estaba en todos los labios.

«Aquí no puede haber muchos indios», dijo el anciano que parecía estar al mando. «Hemos pasado a los pawnees y no hay otras tribus hasta que crucemos las grandes montañas».

«¿Me adelanto a ver, Hermano Stangerson?», preguntó uno de la banda.

"And I," "and I," cried a dozen voices.

"Leave your horses below and we will await you here," the Elder answered. In a moment the young fellows had dismounted, fastened their horses, and were ascending the precipitous slope which led up to the object which had excited their curiosity. They advanced rapidly and noiselessly, with the confidence and dexterity of practised scouts. The watchers from the plain below could see them flit from rock to rock until their figures stood out against the skyline. The young man who had first given the alarm was leading them. Suddenly his followers saw him throw up his hands, as though overcome with astonishment, and on joining him they were affected in the same way by the sight which met their eyes.

On the little plateau which crowned the barren hill there stood a single giant boulder, and against this boulder there lay a tall man, long-bearded and hard-featured, but of an excessive thinness. His placid face and regular breathing showed that he was fast asleep. Beside him lay a little child, with her round white arms encircling his brown sinewy neck, and her golden haired head resting upon the breast of his velveteen tunic. Her rosy lips were parted, showing the regular line of snow-white teeth within, and a playful smile played over her infantile features. Her plump little white legs terminating in white socks and neat shoes with shining buckles, offered a strange contrast to the long shrivelled members of her companion. On the ledge of rock above this strange couple there stood three solemn buzzards, who, at the sight of the new comers uttered raucous screams of disappointment and flapped sullenly away.

The cries of the foul birds awoke the two sleepers who stared about them in bewilderment. The man staggered to his feet and looked down upon the plain which had been so desolate when sleep had overtaken him, and which was now traversed by this enormous body of men and of beasts. His face assumed an expression of incredulity as he gazed, and he passed his boney hand over his eyes. "This is what they call delirium, I guess," he muttered. The child stood beside him, holding on to the skirt of his coat, and said nothing but looked all round her with the wondering questioning gaze of childhood.

«Y yo», «y yo», gritaron una docena de voces.

«Dejen sus caballos abajo y les esperaremos aquí», respondió el Anciano. En un instante los jóvenes habían desmontado, sujetado sus caballos y estaban ascendiendo por la escarpada ladera que conducía al objeto que había excitado su curiosidad. Avanzaron rápidamente y sin hacer ruido, con la confianza y la destreza de exploradores experimentados. Los observadores, abajo, en la llanura, pudieron verlos revolotear de roca en roca hasta que sus figuras se destacaron contra la línea del horizonte. El joven que había dado la alarma en primer lugar les guiaba. De repente, sus seguidores le vieron levantar las manos, como sobrecogidos por el asombro, y al unirse a él se sintieron afectados del mismo modo por el espectáculo que encontraron ante sus ojos.

En la pequeña meseta que coronaba la yerma colina había un único peñasco gigante y contra este peñasco yacía un hombre alto, de barba larga y facciones duras, pero de una delgadez excesiva. Su rostro plácido y su respiración regular demostraban que estaba profundamente dormido. A su lado yacía una niña pequeña, con sus redondos brazos blancos rodeando su cuello moreno y nervudo, y su cabeza de cabellos dorados descansando sobre el pecho de su túnica de terciopelo. Sus labios sonrosados estaban entreabiertos, mostrando la línea regular de dientes blancos, como la nieve en su interior, y una sonrisa juguetona jugueteaba sobre sus rasgos infantiles. Sus regordetas piernecitas blancas terminadas en calcetines blancos y zapatos pulcros con hebillas brillantes, ofrecían un extraño contraste con los largos miembros resecos de su compañero. En el saliente de roca sobre esta extraña pareja se alzaban tres solemnes águilas ratoneras que, a la vista de los recién llegados lanzaron estridentes gritos de decepción y se alejaron aleteando hoscamente.

Los gritos de las asquerosas aves despertaron a los dos durmientes que miraron desconcertados a su alrededor. El hombre se puso en pie tambaleándose y contempló la llanura que había estado tan desolada cuando el sueño le había alcanzado y que ahora estaba recorrida por aquel enorme cuerpo de hombres y de bestias. Su rostro adoptó una expresión de incredulidad mientras contemplaba y se pasó la mano huesuda por los ojos. «Esto es lo que llaman delirio, supongo», murmuró. La niña se quedó de pie a su lado, agarrada a la falda de su abrigo, y no dijo nada, sino que miró a su alrededor con la mirada interrogante de la infancia.

The rescuing party were speedily able to convince the two castaways that their appearance was no delusion. One of them seized the little girl, and hoisted her upon his shoulder, while two others supported her gaunt companion, and assisted him towards the waggons.

"My name is John Ferrier," the wanderer explained; "me and that little un are all that's left o' twenty-one people. The rest is all dead o' thirst and hunger away down in the south."

"Is she your child?" asked someone.

"I guess she is now," the other cried, defiantly; "she's mine 'cause I saved her. No man will take her from me. She's Lucy Ferrier from this day on. Who are you, though?" he continued, glancing with curiosity at his stalwart, sunburned rescuers; "there seems to be a powerful lot of ye."

"Nigh upon ten thousand," said one of the young men; "we are the persecuted children of God—the chosen of the Angel Merona."

"I never heard tell on him," said the wanderer. "He appears to have chosen a fair crowd of ye."

"Do not jest at that which is sacred," said the other sternly. "We are of those who believe in those sacred writings, drawn in Egyptian letters on plates of beaten gold, which were handed unto the holy Joseph Smith at Palmyra. We have come from Nauvoo, in the State of Illinois, where we had founded our temple. We have come to seek a refuge from the violent man and from the godless, even though it be the heart of the desert."

The name of Nauvoo evidently recalled recollections to John Ferrier. "I see," he said, "you are the Mormons."

"We are the Mormons," answered his companions with one voice.

"And where are you going?"

"We do not know. The hand of God is leading us under the person

El grupo de rescate pudo convencer rápidamente a los dos forasteros de que su aparición no era un engaño. Uno de ellos cogió a la niña y se la subió al hombro, mientras otros dos sostenían a su demacrado compañero y le ayudaban a acercarse a los carromatos.

«Me llamo John Ferrier», explicó el vagabundo; «yo y esa pequeña somos todo lo que queda de veintiuna personas. El resto murió de sed y hambre allá en el sur».

«¿Es su hija?», preguntó alguien.

«Supongo que ahora lo es», gritó el otro, desafiante; «es mía porque yo la salvé. Ningún hombre me la quitará. Desde hoy es Lucy Ferrier. Pero, ¿quiénes son ustedes?», continuó, mirando con curiosidad a sus salvadores robustos y quemados por el sol; «parece que son muchos y poderosos».

«Casi diez mil», dijo uno de los jóvenes; «somos los hijos perseguidos de Dios, los elegidos del ángel Merona».

«Nunca oí hablar de él», dijo el vagabundo. «Parece que ha elegido una buena multitud entre ustedes».

«No bromee con lo que es sagrado», dijo el otro con severidad. «Somos de los que creen en los escritos sagrados, dibujados en letras egipcias sobre planchas de oro batido, que fueron entregados al santo Joseph Smith en Palmyra. Hemos venido de Nauvoo, en el estado de Illinois, donde habíamos fundado nuestro templo. Hemos venido a buscar un refugio del hombre violento y del impío, aunque sea el corazón del desierto».

El nombre de Nauvoo evidentemente le trajo recuerdos a John Ferrier. «Ya veo», dijo, «ustedes son los mormones».

«Somos los mormones», respondieron sus compañeros con una sola voz.

«¿Y adónde van?».

«No lo sabemos. La mano de Dios nos conduce bajo la persona de

of our Prophet. You must come before him. He shall say what is to be done with you."

They had reached the base of the hill by this time, and were sur-rounded by crowds of the pilgrims—pale-faced meek-looking wom-en, strong laughing children, and anxious earnest-eyed men. Many were the cries of astonishment and of commiseration which arose from them when they perceived the youth of one of the strangers and the destitution of the other. Their escort did not halt, however, but pushed on, followed by a great crowd of Mormons, until they reached a waggon, which was conspicuous for its great size and for the gaud-iness and smartness of its appearance. Six horses were yoked to it, whereas the others were furnished with two, or, at most, four a-piece. Beside the driver there sat a man who could not have been more than thirty years of age, but whose massive head and resolute expression marked him as a leader. He was reading a brown-backed volume, but as the crowd approached he laid it aside, and listened attentively to an account of the episode. Then he turned to the two castaways.

"If we take you with us," he said, in solemn words, "it can only be as believers in our own creed. We shall have no wolves in our fold. Bet-ter far that your bones should bleach in this wilderness than that you should prove to be that little speck of decay which in time corrupts the whole fruit. Will you come with us on these terms?"

"Guess I'll come with you on any terms," said Ferrier, with such emphasis that the grave Elders could not restrain a smile. The leader alone retained his stern, impressive expression.

"Take him, Brother Stangerson," he said, "give him food and drink, and the child likewise. Let it be your task also to teach him our holy creed. We have delayed long enough. Forward! On, on to Zion!"

"On, on to Zion!" cried the crowd of Mormons, and the words rip-pled down the long caravan, passing from mouth to mouth until they died away in a dull murmur in the far distance. With a cracking of whips and a creaking of wheels the great waggons got into motion, and soon the whole caravan was winding along once more. The El-

nuestro Profeta. Deben presentarse ante él. Él dirá lo que hay que hacer con ustedes».

Para entonces ya habían llegado a la base de la colina y estaban rodeados por una multitud de peregrinos... mujeres de rostro pálido y aspecto manso, niños fuertes y risueños y hombres ansiosos y de mirada seria. Muchos fueron los gritos de asombro y de conmiseración que surgieron de ellos cuando percibieron la juventud de uno de los forasteros y la indigencia del otro. Sin embargo, su escolta no se detuvo, sino que siguió adelante, seguida por una gran multitud de mormones, hasta que llegaron a un carromato que llamaba la atención por su gran tamaño y por lo llamativo y elegante de su aspecto. Llevaba seis caballos, mientras que los demás llevaban dos o, como mucho, cuatro cada uno. Junto al conductor se sentaba un hombre que no podía tener más de treinta años pero cuya cabeza maciza y expresión resuelta lo marcaban como un líder. Estaba leyendo un volumen de lomo marrón pero al acercarse la multitud lo dejó a un lado y escuchó atentamente el relato del episodio. Luego se volvió hacia los dos forasteros.

«Si los tomamos entre nosotros», dijo, con palabras solemnes, «sólo podrá ser como creyentes en nuestro propio credo. No tendremos lobos en nuestro redil. Mucho mejor que sus huesos se blanqueen en este desierto a que resulten ser esa pequeña mota de podredumbre que con el tiempo corrompe todo el fruto. ¿Vendrán con nosotros bajo estas condiciones?».

«Supongo que iré con ustedes bajo cualquier condición», dijo Ferrier, con tal énfasis que los graves Ancianos no pudieron contener una sonrisa. Sólo el líder conservó su expresión severa e impresionante.

«Tómelo, Hermano Stangerson», le dijo, «dele de comer y beber y a la niña lo mismo. Que sea también su tarea enseñarles nuestro santo credo. Nos hemos demorado lo suficiente. ¡Hacia delante! ¡Adelante, adelante hacia Sión!».

«¡Adelante, adelante hacia Sión!», gritó la multitud de mormones, y las palabras ondularon por la larga caravana, pasando de boca en boca hasta que se extinguieron en un sordo murmullo en la lejana distancia. Con un chasquido de látigos y un crujir de ruedas, los grandes carromatos se pusieron en marcha y pronto toda la caravana volvió a serpentear.

der to whose care the two waifs had been committed, led them to his waggon, where a meal was already awaiting them.

"You shall remain here," he said. "In a few days you will have recovered from your fatigues. In the meantime, remember that now and for ever you are of our religion. Brigham Young has said it, and he has spoken with the voice of Joseph Smith, which is the voice of God."

El Anciano a cuyo cuidado se habían encomendado las dos personas desamparadas los condujo a su carromato, donde ya les esperaba una comida.

«Permanecerán aquí», dijo. «En unos pocos días se habrán recuperado de sus fatigas. Mientras tanto, recuerden que ahora y para siempre son de nuestra religión. Brigham Young lo ha dicho y ha hablado con la voz de Joseph Smith, que es la voz de Dios».

CHAPTER II — THE FLOWER OF UTAH

This is not the place to commemorate the trials and privations endured by the immigrant Mormons before they came to their final haven. From the shores of the Mississippi to the western slopes of the Rocky Mountains they had struggled on with a constancy almost unparalleled in history. The savage man, and the savage beast, hunger, thirst, fatigue, and disease—every impediment which Nature could place in the way, had all been overcome with Anglo-Saxon tenacity. Yet the long journey and the accumulated terrors had shaken the hearts of the stoutest among them. There was not one who did not sink upon his knees in heartfelt prayer when they saw the broad valley of Utah bathed in the sunlight beneath them, and learned from the lips of their leader that this was the promised land, and that these virgin acres were to be theirs for evermore.

Young speedily proved himself to be a skilful administrator as well as a resolute chief. Maps were drawn and charts prepared, in which the future city was sketched out. All around farms were apportioned and allotted in proportion to the standing of each individual. The tradesman was put to his trade and the artisan to his calling. In the town streets and squares sprang up, as if by magic. In the country there was draining and hedging, planting and clearing, until the next summer saw the whole country golden with the wheat crop. Everything prospered in the strange settlement. Above all, the great temple which they had erected in the centre of the city grew ever taller and larger. From the first blush of dawn until the closing of the twilight, the clatter of the hammer and the rasp of the saw was never absent from the monument which the immigrants erected to Him who had led them safe through many dangers.

The two castaways, John Ferrier and the little girl who had shared his fortunes and had been adopted as his daughter, accompanied the Mormons to the end of their great pilgrimage. Little Lucy Ferrier was borne along pleasantly enough in Elder Stangerson's waggon, a retreat which she shared with the Mormon's three wives and with his son, a headstrong forward boy of twelve. Having rallied, with the elasticity of childhood, from the shock caused by her mother's death, she soon became a pet with the women, and reconciled herself to this new life in her moving canvas-covered home. In the meantime Fer-

Este no es el lugar para conmemorar las pruebas y privaciones soportadas por los inmigrantes mormones antes de llegar a su refugio final. Desde las orillas del Mississippi hasta las laderas occidentales de las Montañas Rocosas habían luchado con una constancia casi sin parangón en la historia. El hombre salvaje y la bestia salvaje, el hambre, la sed, la fatiga y la enfermedad, todos los impedimentos que la Naturaleza podía poner en el camino, habían sido superados con tenacidad anglosajona. Sin embargo, el largo viaje y los terrores acumulados habían sacudido los corazones de los más robustos entre ellos. No hubo ninguno que no se arrodillara para decir una sentida plegaria cuando vieron el amplio valle de Utah bañado por la luz del sol bajo ellos y supieron de labios de su líder que aquella era la tierra prometida y que esas hectáreas vírgenes iban a ser suyas para siempre.

Young demostró rápidamente ser un hábil administrador además de un jefe resuelto. Se trazaron mapas y se prepararon cartas en las que se esbozó la futura ciudad. Las granjas de los alrededores fueron repartidas y asignadas en proporción a la posición de cada individuo. El comerciante fue puesto a su oficio y el artesano a su vocación. En la ciudad surgieron calles y plazas, como por arte de magia. En el campo hubo drenaje y setos, siembra y desbroce, hasta que el verano siguiente vio todo el lugar dorado por la cosecha de trigo. Todo prosperó en el extraño asentamiento. Sobre todo, el gran templo que habían erigido en el centro de la ciudad crecía cada vez más alto y más grande. Desde el primer rubor del amanecer hasta el cierre del crepúsculo, el repiqueteo del martillo y el raspar de la sierra nunca faltaron en el monumento que los inmigrantes erigieron a Aquel que les había guiado a salvo a través de muchos peligros.

Los dos forasteros, John Ferrier y la niña que había compartido su fortuna y había sido adoptada como su hija, acompañaron a los mormones hasta el final de su gran peregrinaje. La pequeña Lucy Ferrier fue transportada de forma bastante agradable en el carromato del Anciano Stangerson, un refugio que compartió con las tres esposas del mormón y con su hijo, precoz y testarudo, de doce años. Habiéndose recuperado —con la elasticidad de la infancia— de la conmoción causada por la muerte de su madre, pronto se convirtió en una mascota para las mujeres y se reconcilió con esta nueva vida en su conmovedor hogar cu-

rier having recovered from his privations, distinguished himself as a useful guide and an indefatigable hunter. So rapidly did he gain the esteem of his new companions, that when they reached the end of their wanderings, it was unanimously agreed that he should be provided with as large and as fertile a tract of land as any of the settlers, with the exception of Young himself, and of Stangerson, Kemball, Johnston, and Drebber, who were the four principal Elders.

On the farm thus acquired John Ferrier built himself a substantial log-house, which received so many additions in succeeding years that it grew into a roomy villa. He was a man of a practical turn of mind, keen in his dealings and skilful with his hands. His iron constitution enabled him to work morning and evening at improving and tilling his lands. Hence it came about that his farm and all that belonged to him prospered exceedingly. In three years he was better off than his neighbours, in six he was well-to-do, in nine he was rich, and in twelve there were not half a dozen men in the whole of Salt Lake City who could compare with him. From the great inland sea to the distant Wahsatch Mountains there was no name better known than that of John Ferrier.

There was one way and only one in which he offended the susceptibilities of his co-religionists. No argument or persuasion could ever induce him to set up a female establishment after the manner of his companions. He never gave reasons for this persistent refusal, but contented himself by resolutely and inflexibly adhering to his determination. There were some who accused him of lukewarmness in his adopted religion, and others who put it down to greed of wealth and reluctance to incur expense. Others, again, spoke of some early love affair, and of a fair-haired girl who had pined away on the shores of the Atlantic. Whatever the reason, Ferrier remained strictly celibate. In every other respect he conformed to the religion of the young settlement, and gained the name of being an orthodox and straight-walking man.

Lucy Ferrier grew up within the log-house, and assisted her adopted father in all his undertakings. The keen air of the mountains and the balsamic odour of the pine trees took the place of nurse and mother to the young girl. As year succeeded to year she grew taller and stronger, her cheek more rudy, and her step more elastic. Many a

bierto de lona. Mientras tanto, Ferrier, recuperado de sus privaciones, se distinguió como guía útil y cazador infatigable. Tan rápidamente se ganó la estima de sus nuevos compañeros que, cuando llegaron al final de su camino, se acordó unánimemente que se le proporcionara una extensión de tierra tan grande y fértil como a cualquiera de los colonos, a excepción del propio Young y de Stangerson, Kemball, Johnston y Drebber, que eran los cuatro Ancianos principales.

En la granja así adquirida, John Ferrier se construyó una importante casa de troncos, que recibió tantas ampliaciones en los años sucesivos que se convirtió en una espaciosa villa. Era un hombre de mentalidad práctica, agudo en sus tratos y hábil con las manos. Su férrea constitución le permitía trabajar mañana y tarde en la mejora y la labranza de sus tierras. De ahí que su granja y todo lo que le pertenecía prosperaran enormemente. En tres años estaba mejor que sus vecinos, en seis estaba en una posición acomodada, en nueve era rico y en doce no había media docena de hombres en todo Salt Lake City que pudieran compararse con él. Desde el gran mar interior hasta las lejanas montañas Wahsatch no había nombre más conocido que el de John Ferrier.

Había una forma y sólo una en la que ofendía las susceptibilidades de sus correligionarios. Ningún argumento o persuasión pudo inducirle jamás a constituir un establecimiento femenino a la manera de sus compañeros. Nunca dio razones para esta persistente negativa, sino que se contentó con adherirse resuelta e inflexiblemente a su determinación. Hubo quien le acusó de tibieza en su religión adoptiva y quien lo achacó a la avaricia de riquezas y a la reticencia a incurrir en gastos. Otros, también, hablaron de alguna aventura amorosa temprana y de una muchacha rubia que había suspirado a orillas del Atlántico. Cualquiera que fuera la razón, Ferrier permaneció estrictamente célibe. En todos los demás aspectos se ajustaba a la religión del joven asentamiento y se ganó la fama de ser un hombre ortodoxo y recto.

Lucy Ferrier creció en el interior de la casa de troncos y ayudó a su padre adoptivo en todos sus emprendimientos. El aire penetrante de las montañas y el olor balsámico de los pinos ocuparon el lugar de nodriza y madre para la joven. A medida que se sucedían los años crecía más alta y fuerte, sus mejillas eran más rubicundas y su paso más elástico.

wayfarer upon the high road which ran by Ferrier's farm felt long-forgotten thoughts revive in their mind as they watched her lithe girlish figure tripping through the wheatfields, or met her mounted upon her father's mustang, and managing it with all the ease and grace of a true child of the West. So the bud blossomed into a flower, and the year which saw her father the richest of the farmers left her as fair a specimen of American girlhood as could be found in the whole Pacific slope.

It was not the father, however, who first discovered that the child had developed into the woman. It seldom is in such cases. That mysterious change is too subtle and too gradual to be measured by dates. Least of all does the maiden herself know it until the tone of a voice or the touch of a hand sets her heart thrilling within her, and she learns, with a mixture of pride and of fear, that a new and a larger nature has awoken within her. There are few who cannot recall that day and remember the one little incident which heralded the dawn of a new life. In the case of Lucy Ferrier the occasion was serious enough in itself, apart from its future influence on her destiny and that of many besides.

It was a warm June morning, and the Latter Day Saints were as busy as the bees whose hive they have chosen for their emblem. In the fields and in the streets rose the same hum of human industry. Down the dusty high roads defiled long streams of heavily-laden mules, all heading to the west, for the gold fever had broken out in California, and the Overland Route lay through the City of the Elect. There, too, were droves of sheep and bullocks coming in from the outlying pasture lands, and trains of tired immigrants, men and horses equally weary of their interminable journey. Through all this motley assemblage, threading her way with the skill of an accomplished rider, there galloped Lucy Ferrier, her fair face flushed with the exercise and her long chestnut hair floating out behind her. She had a commission from her father in the City, and was dashing in as she had done many a time before, with all the fearlessness of youth, thinking only of her task and how it was to be performed. The travel-stained adventurers gazed after her in astonishment, and even the unemotional Indians, journeying in with their pelties, relaxed their accustomed stoicism as they marvelled at the beauty of the pale-faced maiden.

Muchos de los que caminaban por la carretera que pasaba junto a la granja de Ferrier sintieron revivir en su mente recuerdos largamente olvidados al ver su esbelta figura de niña trotando por los campos de trigo, o al encontrársela montada en el mustang de su padre y guiándolo con toda la soltura y gracia de una verdadera niña del Oeste. Así fue como el capullo se convirtió en flor y el año en que su padre se convirtió en el más rico de los granjeros la convirtió a ella en un espécimen tan bello de la niñez americana como podía encontrarse en toda la pendiente del Pacífico.

Sin embargo, no fue el padre quien descubrió por primera vez que la niña se había convertido en mujer. Rara vez lo es en estos casos. Ese misterioso cambio es demasiado sutil y gradual para medirlo con fechas. Menos aún lo sabe la propia doncella hasta que el tono de una voz o el roce de una mano hacen que su corazón se estremezca en su interior y se entera, con una mezcla de orgullo y de temor, de que una naturaleza nueva y más grande ha despertado en ella. Hay pocas personas que no puedan recordar ese día y rememorar el pequeño incidente que anunció el amanecer de una nueva vida. En el caso de Lucy Ferrier, la ocasión fue suficientemente grave en sí misma, aparte de su futura influencia en su destino y en el de muchos otros.

Era una cálida mañana de junio y los Santos de los Últimos Días estaban tan ocupados como las abejas cuya colmena han elegido como emblema. En los campos y en las calles se elevaba el mismo zumbido de la industria humana. Por las polvorientas carreteras secundarias desfilaban largas corrientes de mulas cargadas, todas en dirección al oeste, pues la fiebre del oro había estallado en California y la Overland Route pasaba por la Ciudad de los Elegidos. También había rebaños de ovejas y bueyes que llegaban de los prados adyacentes y trenes de inmigrantes cansados, hombres y caballos igualmente fatigados de su interminable viaje. A través de todo este abigarrado conjunto, abriéndose paso con la destreza de una jinete consumada, galopaba Lucy Ferrier, con su bello rostro ruborizado por el ejercicio y su larga cabellera castaña flotando tras ella. Tenía un encargo de su padre en la Ciudad y se lanzaba a ello como había hecho muchas veces antes, con toda la intrepidez de la juventud, pensando sólo en su tarea y en cómo debía realizarla. Los aventureros sucios por el viaje la contemplaban asombrados e incluso los indios impasibles, que viajaban con sus peleles, relajaron su acostumbrado estoicismo al maravillarse ante la belleza de la doncella de rostro pálido.

She had reached the outskirts of the city when she found the road blocked by a great drove of cattle, driven by a half-dozen wild-looking herdsmen from the plains. In her impatience she endeavoured to pass this obstacle by pushing her horse into what appeared to be a gap. Scarcely had she got fairly into it, however, before the beasts closed in behind her, and she found herself completely imbedded in the moving stream of fierce-eyed, long-horned bullocks. Accustomed as she was to deal with cattle, she was not alarmed at her situation, but took advantage of every opportunity to urge her horse on in the hopes of pushing her way through the cavalcade. Unfortunately the horns of one of the creatures, either by accident or design, came in violent contact with the flank of the mustang, and excited it to madness. In an instant it reared up upon its hind legs with a snort of rage, and pranced and tossed in a way that would have unseated any but a most skilful rider. The situation was full of peril. Every plunge of the excited horse brought it against the horns again, and goaded it to fresh madness. It was all that the girl could do to keep herself in the saddle, yet a slip would mean a terrible death under the hoofs of the unwieldy and terrified animals. Unaccustomed to sudden emergencies, her head began to swim, and her grip upon the bridle to relax. Choked by the rising cloud of dust and by the steam from the struggling creatures, she might have abandoned her efforts in despair, but for a kindly voice at her elbow which assured her of assistance. At the same moment a sinewy brown hand caught the frightened horse by the curb, and forcing a way through the drove, soon brought her to the outskirts.

"You're not hurt, I hope, miss," said her preserver, respectfully.

She looked up at his dark, fierce face, and laughed saucily. "I'm awful frightened," she said, naively; "whoever would have thought that Poncho would have been so scared by a lot of cows?"

"Thank God you kept your seat," the other said earnestly. He was a tall, savage-looking young fellow, mounted on a powerful roan horse, and clad in the rough dress of a hunter, with a long rifle slung over his shoulders. "I guess you are the daughter of John Ferrier," he remarked, "I saw you ride down from his house. When you see him, ask

Había llegado a las afueras de la ciudad cuando encontró el camino bloqueado por un gran rebaño de ganado, conducido por media docena de pastores de aspecto salvaje procedentes de las llanuras. En su impaciencia, se esforzó por pasar este obstáculo empujando su caballo hacia lo que parecía ser un hueco. Sin embargo, apenas se había metido en él cuando las bestias se cerraron tras ella y se encontró completamente inmersa en la corriente en movimiento de bueyes de ojos feroces y largos cuernos. Acostumbrada como estaba a lidiar con el ganado, no se alarmó por su situación, sino que aprovechó cualquier oportunidad para apremiar a su caballo con la esperanza de abrirse paso a través de la cabalgata. Por desgracia, los cuernos de una de las criaturas, ya fuera por accidente o a propósito, entraron en violento contacto con el flanco del mustang y lo excitaron hasta la locura. En un instante se encabritó sobre sus patas traseras con un bufido de rabia y brincó y se sacudió de una forma que habría sacada de la silla a cualquiera, salvo al jinete más hábil. La situación estaba llena de peligro. Cada embestida del caballo excitado lo llevaba de nuevo contra los cuernos y lo incitaba a una nueva locura. Mantenerlo a distancia era todo lo que la muchacha podía hacer para conservar la silla de montar, pero un resbalón significaría una muerte terrible bajo los cascos de aquellos animales inmanejables y aterrorizados. Poco acostumbrada a las emergencias repentinas, su cabeza empezó a desvariar y su agarre a la brida a relajarse. Asfixiada por la nube de polvo que se levantaba y por el vapor de las criaturas que luchaban, podría haber abandonado sus esfuerzos desesperada, de no ser por una amable voz a su lado que le dio su ayuda. En el mismo momento, una mano morena y nervuda agarró al asustado caballo por el freno y, abriéndose paso a través de la manada, pronto la llevó a las afueras de ella.

«No está herida, espero, señorita», dijo su salvador, respetuosamente.

Ella levantó la vista hacia su rostro oscuro y feroz y se rió socarronamente. «Estoy muy asustada», dijo, ingenuamente; «¿quién hubiera pensado que Poncho se asustaría tanto por un montón de vacas?».

«Gracias a Dios que conservó su silla», dijo el otro con seriedad. Era un joven alto y de aspecto salvaje, montado en un poderoso caballo ruano y vestido con el tosco atuendo de un cazador, con un largo rifle colgado de los hombros. «Supongo que usted es la hija de John Ferrier», comentó, «la vi cabalgar desde su casa. Cuando lo vea, pregúntele si re-

him if he remembers the Jefferson Hopes of St. Louis. If he's the same Ferrier, my father and he were pretty thick."

"Hadn't you better come and ask yourself?" she asked, demurely.

The young fellow seemed pleased at the suggestion, and his dark eyes sparkled with pleasure. "I'll do so," he said, "we've been in the mountains for two months, and are not over and above in visiting condition. He must take us as he finds us."

"He has a good deal to thank you for, and so have I," she answered, "he's awful fond of me. If those cows had jumped on me he'd have never got over it."

"Neither would I," said her companion.

"You! Well, I don't see that it would make much matter to you, anyhow. You ain't even a friend of ours."

The young hunter's dark face grew so gloomy over this remark that Lucy Ferrier laughed aloud.

"There, I didn't mean that," she said; "of course, you are a friend now. You must come and see us. Now I must push along, or father won't trust me with his business any more. Good-bye!"

"Good-bye," he answered, raising his broad sombrero, and bending over her little hand. She wheeled her mustang round, gave it a cut with her riding-whip, and darted away down the broad road in a rolling cloud of dust.

Young Jefferson Hope rode on with his companions, gloomy and taciturn. He and they had been among the Nevada Mountains prospecting for silver, and were returning to Salt Lake City in the hope of raising capital enough to work some lodes which they had discovered. He had been as keen as any of them upon the business until this sudden incident had drawn his thoughts into another channel. The sight of the fair young girl, as frank and wholesome as the Sierra breezes, had stirred his volcanic, untamed heart to its very depths.

cuerda a los Jefferson Hope de San Luis. Si es el mismo Ferrier, mi padre y él eran muy amigos».

«¿No sería mejor que viniera y se lo preguntara usted mismo?», preguntó ella, con recato.

El joven pareció complacido por la sugerencia y sus ojos oscuros brillaron de placer. «Así lo haré», dijo, «llevamos dos meses en las montañas y no estamos en condición de hacer visitas. Debe recibirnos como nos encuentre».

«Él tiene mucho que agradecerle y yo también», respondió ella, «me tiene un cariño terrible. Si esas vacas hubieran saltado sobre mí él nunca lo habría superado».

«Yo tampoco lo hubiera hecho», dijo su compañero.

«¡Usted! Bueno, no veo por qué le importaría mucho, de todos modos. Ni siquiera es amigo nuestro».

El oscuro rostro del joven cazador se volvió tan sombrío ante este comentario que Lucy Ferrier rió en voz alta.

«Caramba, no quería decir eso», dijo ella; «por supuesto, usted es ahora un amigo. Debe venir a vernos. Ahora debo irme o mi padre no me confiará más sus asuntos. Adiós».

«Adiós», respondió él, levantando su amplio sombrero e inclinándose sobre su pequeña mano. Ella hizo girar su mustang, le dio un golpe con su fusta y se alejó rápidamente por la ancha carretera en una nube de polvo.

El joven Jefferson Hope cabalgaba con sus compañeros, sombrío y taciturno. Él y ellos habían estado entre las montañas de Nevada buscando plata y regresaban a Salt Lake City con la esperanza de reunir capital suficiente para trabajar algunos filones que habían descubierto. Había estado tan interesado como cualquiera de ellos en el negocio hasta que este incidente repentino había desviado sus pensamientos por otro cauce. La visión de la hermosa joven, tan franca y sana como las brisas de la Sierra, había agitado su volcánico e indómito corazón hasta lo más

When she had vanished from his sight, he realized that a crisis had come in his life, and that neither silver speculations nor any other questions could ever be of such importance to him as this new and all-absorbing one. The love which had sprung up in his heart was not the sudden, changeable fancy of a boy, but rather the wild, fierce passion of a man of strong will and imperious temper. He had been accustomed to succeed in all that he undertook. He swore in his heart that he would not fail in this if human effort and human perseverance could render him successful.

He called on John Ferrier that night, and many times again, until his face was a familiar one at the farm-house. John, cooped up in the valley, and absorbed in his work, had had little chance of learning the news of the outside world during the last twelve years. All this Jefferson Hope was able to tell him, and in a style which interested Lucy as well as her father. He had been a pioneer in California, and could narrate many a strange tale of fortunes made and fortunes lost in those wild, halcyon days. He had been a scout too, and a trapper, a silver explorer, and a ranchman. Wherever stirring adventures were to be had, Jefferson Hope had been there in search of them. He soon became a favourite with the old farmer, who spoke eloquently of his virtues. On such occasions, Lucy was silent, but her blushing cheek and her bright, happy eyes, showed only too clearly that her young heart was no longer her own. Her honest father may not have observed these symptoms, but they were assuredly not thrown away upon the man who had won her affections.

It was a summer evening when he came galloping down the road and pulled up at the gate. She was at the doorway, and came down to meet him. He threw the bridle over the fence and strode up the pathway.

"I am off, Lucy," he said, taking her two hands in his, and gazing tenderly down into her face; "I won't ask you to come with me now, but will you be ready to come when I am here again?"

"And when will that be?" she asked, blushing and laughing.

"A couple of months at the outside. I will come and claim you then, my darling. There's no one who can stand between us."

profundo. Cuando ella hubo desaparecido de su vista, se dio cuenta de que había llegado una crisis a su vida y que ni las especulaciones por la plata ni ninguna otra cuestión podrían tener nunca tanta importancia para él como ésta, nueva y absorbente. El amor que había surgido en su corazón no era la repentina y cambiante fantasía de un muchacho, sino más bien la salvaje y feroz pasión de un hombre de fuerte voluntad y temperamento imperioso. Se había acostumbrado a triunfar en todo lo que emprendía. Juró en su corazón que no fracasaría en esto si el esfuerzo humano y la perseverancia humana podían hacerle triunfar.

Aquella noche visitó a John Ferrier, y muchas veces más, hasta que su rostro resultó familiar en la casa de la granja. John, encerrado en el valle y absorto en su trabajo, había tenido pocas oportunidades de enterarse de las noticias del mundo exterior durante los últimos doce años. Todo esto podía contárselo Jefferson Hope y con un estilo que interesó tanto a Lucy como a su padre. Había sido pionero en California y podía narrar muchas extrañas historias de fortunas ganadas y fortunas perdidas en aquellos días salvajes y halagüeños. También había sido explorador, cazador, buscador de plata y ranchero. Dondequiera que hubiera que vivir aventuras conmovedoras, Jefferson Hope había estado allí en busca de ellas. Pronto se convirtió en el favorito del viejo granjero, que hablaba elocuentemente de sus virtudes. En tales ocasiones, Lucy guardaba silencio, pero su mejilla sonrojada y sus ojos brillantes y alegres, mostraban con demasiada claridad que su joven corazón ya no era suyo. Puede que su honesto padre no observara estos síntomas pero seguro que no se los echaba en cara al hombre que se había ganado su afecto.

Era una tarde de verano cuando él llegó galopando por el camino y se detuvo en la puerta. Ella estaba en la puerta y salió a recibirle. Él arrojó la brida por encima de la valla y subió a grandes zancadas por el camino.

«Me voy, Lucy», le dijo, cogiendo sus dos manos entre las suyas y mirándola tiernamente a la cara; «no te pediré que vengas conmigo ahora, pero ¿estarás dispuesta a venir cuando vuelva a estar aquí?».

«¿Y cuándo será eso?», preguntó ella, sonrojada y riendo.

«Un par de meses fuera. Vendré a reclamarte entonces, querida. No hay nadie que pueda interponerse entre nosotros».

"And how about father?" she asked.

"He has given his consent, provided we get these mines working all right. I have no fear on that head."

"Oh, well; of course, if you and father have arranged it all, there's no more to be said," she whispered, with her cheek against his broad breast.

"Thank God!" he said, hoarsely, stooping and kissing her. "It is settled, then. The longer I stay, the harder it will be to go. They are waiting for me at the cañon. Good-bye, my own darling—good-bye. In two months you shall see me."

He tore himself from her as he spoke, and, flinging himself upon his horse, galloped furiously away, never even looking round, as though afraid that his resolution might fail him if he took one glance at what he was leaving. She stood at the gate, gazing after him until he vanished from her sight. Then she walked back into the house, the happiest girl in all Utah.

«¿Y qué hay de mi padre?», preguntó.

«Ha dado su consentimiento, siempre que consigamos que estas minas funcionen bien. No tengo ningún temor en ese sentido».

«Oh, bueno; por supuesto, si tú y mi padre lo han arreglado todo, no hay más que decir», susurró ella, con la mejilla apoyada en el ancho pecho de él.

«¡Gracias a Dios!», dijo él, roncamente, inclinándose y besándola. «Está decidido, entonces. Cuanto más tiempo me quede, más difícil será irme. Me están esperando en el cañón. Adiós, querida mía, adiós. Dentro de dos meses me verás».

Se separó de ella mientras hablaba y, lanzándose sobre su caballo, se alejó galopando furiosamente, sin mirar siquiera a su alrededor, como si temiera que su resolución pudiera fallarle si echaba una sola mirada a lo que estaba dejando. Ella se quedó en la puerta, mirándole hasta que desapareció de su vista. Entonces volvió a entrar en la casa, la muchacha más feliz de todo Utah.

CHAPTER III — JOHN FERRIER TALKS WITH THE PROPHET

Three weeks had passed since Jefferson Hope and his comrades had departed from Salt Lake City. John Ferrier's heart was sore within him when he thought of the young man's return, and of the impending loss of his adopted child. Yet her bright and happy face reconciled him to the arrangement more than any argument could have done. He had always determined, deep down in his resolute heart, that nothing would ever induce him to allow his daughter to wed a Mormon. Such a marriage he regarded as no marriage at all, but as a shame and a disgrace. Whatever he might think of the Mormon doctrines, upon that one point he was inflexible. He had to seal his mouth on the subject, however, for to express an unorthodox opinion was a dangerous matter in those days in the Land of the Saints.

Yes, a dangerous matter—so dangerous that even the most saintly dared only whisper their religious opinions with bated breath, lest something which fell from their lips might be misconstrued, and bring down a swift retribution upon them. The victims of persecution had now turned persecutors on their own account, and persecutors of the most terrible description. Not the Inquisition of Seville, nor the German Vehmgericht, nor the Secret Societies of Italy, were ever able to put a more formidable machinery in motion than that which cast a cloud over the State of Utah.

Its invisibility, and the mystery which was attached to it, made this organization doubly terrible. It appeared to be omniscient and omnipotent, and yet was neither seen nor heard. The man who held out against the Church vanished away, and none knew whither he had gone or what had befallen him. His wife and his children awaited him at home, but no father ever returned to tell them how he had fared at the hands of his secret judges. A rash word or a hasty act was followed by annihilation, and yet none knew what the nature might be of this terrible power which was suspended over them. No wonder that men went about in fear and trembling, and that even in the heart of the wilderness they dared not whisper the doubts which oppressed them.

At first this vague and terrible power was exercised only upon the

CAPÍTULO III – JOHN FERRIER HABLA CON EL PROFETA

Habían pasado tres semanas desde que Jefferson Hope y sus camaradas habían partido de Salt Lake City. A John Ferrier le dolía el corazón cuando pensaba en el regreso del joven y en la inminente pérdida de su hija adoptiva. Sin embargo, el rostro brillante y feliz de ella le reconciliaba con el acuerdo más de lo que hubiera podido hacerlo cualquier argumento. Siempre había determinado, en lo más profundo de su resuelto corazón, que nada le induciría jamás a permitir que su hija se casara con un mormón. Un matrimonio así no lo consideraba un matrimonio en absoluto, sino una vergüenza y una desgracia. Pensara lo que pensara de las doctrinas mormonas, en ese único punto era inflexible. Sin embargo, tuvo que sellar su boca al respecto, pues expresar una opinión poco ortodoxa era un asunto peligroso en aquellos días en la Tierra de los Santos.

Sí, un asunto peligroso, tan peligroso que incluso los más santos sólo se atrevían a susurrar sus opiniones religiosas con la respiración contenida, no fuera a ser que algo que saliera de sus labios se malinterpretara y trajera sobre ellos un rápido castigo. Las víctimas de la persecución se habían convertido ahora en perseguidores por cuenta propia, y perseguidores de la más terrible descripción. Ni la Inquisición de Sevilla ni el Vehmgericht alemán ni las Sociedades Secretas de Italia fueron nunca capaces de poner en marcha una maquinaria más formidable que la que arrojaba una nube sobre el Estado de Utah.

Su invisibilidad y el misterio que la rodeaba hacían que esta organización fuera doblemente terrible. Parecía ser omnisciente y omnipotente y, sin embargo, ni se la veía ni se la oía. El hombre que se oponía a la Iglesia desaparecía y nadie sabía adónde había ido ni qué le había ocurrido. Su esposa y sus hijos le esperaban en casa pero ningún padre regresaba jamás para contarles cómo le había ido a manos de sus jueces secretos. Una palabra imprudente o un acto precipitado eran seguidos de la aniquilación y, sin embargo, nadie sabía cuál podía ser la naturaleza de este terrible poder que estaba suspendido sobre ellos. No es de extrañar que los hombres anduvieran temerosos y temblorosos y que incluso en el corazón del desierto no se atrevieran a susurrar las dudas que les oprimían.

Al principio este poder vago y terrible se ejercía sólo sobre los recal-

recalcitrants who, having embraced the Mormon faith, wished afterwards to pervert or to abandon it. Soon, however, it took a wider range. The supply of adult women was running short, and polygamy without a female population on which to draw was a barren doctrine indeed. Strange rumours began to be bandied about—rumours of murdered immigrants and rifled camps in regions where Indians had never been seen. Fresh women appeared in the harems of the Elders—women who pined and wept, and bore upon their faces the traces of an unextinguishable horror. Belated wanderers upon the mountains spoke of gangs of armed men, masked, stealthy, and noiseless, who flitted by them in the darkness. These tales and rumours took substance and shape, and were corroborated and re-corroborated, until they resolved themselves into a definite name. To this day, in the lonely ranches of the West, the name of the Danite Band, or the Avenging Angels, is a sinister and an ill-omened one.

Fuller knowledge of the organization which produced such terrible results served to increase rather than to lessen the horror which it inspired in the minds of men. None knew who belonged to this ruthless society. The names of the participators in the deeds of blood and violence done under the name of religion were kept profoundly secret. The very friend to whom you communicated your misgivings as to the Prophet and his mission, might be one of those who would come forth at night with fire and sword to exact a terrible reparation. Hence every man feared his neighbour, and none spoke of the things which were nearest his heart.

One fine morning, John Ferrier was about to set out to his wheatfields, when he heard the click of the latch, and, looking through the window, saw a stout, sandy-haired, middle-aged man coming up the pathway. His heart leapt to his mouth, for this was none other than the great Brigham Young himself. Full of trepidation—for he knew that such a visit boded him little good—Ferrier ran to the door to greet the Mormon chief. The latter, however, received his salutations coldly, and followed him with a stern face into the sitting-room.

"Brother Ferrier," he said, taking a seat, and eyeing the farmer keenly from under his light-coloured eyelashes, "the true believers have been good friends to you. We picked you up when you were

citrantes que, habiendo abrazado la fe mormona, deseaban después pervertirla o abandonarla. Pronto, sin embargo, adquirió un alcance más amplio. El suministro de mujeres adultas se estaba agotando y la poligamia sin una población femenina a la que recurrir era en verdad una doctrina estéril. Empezaron a correr rumores extraños: rumores de inmigrantes asesinados y de campamentos desvalijados en regiones donde nunca se habían visto indios. Aparecieron nuevas mujeres en los harenes de los Ancianos... mujeres que suspiraban y lloraban y llevaban en sus rostros las huellas de un horror inextinguible. Los vagabundos de las montañas hablaban de bandas de hombres armados, enmascarados, sigilosos y silenciosos, que revoloteaban junto a ellos en la oscuridad. Estos cuentos y rumores tomaron sustancia y forma y fueron corroborados una y otra vez, hasta que se resolvieron en un nombre definitivo. Hasta el día de hoy, en los ranchos solitarios del Oeste, el nombre de la Banda Danita, o los Ángeles Vengadores, es siniestro y de mal agüero.

Un conocimiento más completo de la organización que producía tan terribles resultados servía para aumentar en lugar de disminuir el horror que inspiraba en las mentes de los hombres. Nadie sabía quién pertenecía a esta sociedad despiadada. Los nombres de los participantes en los hechos de sangre y violencia cometidos bajo el nombre de la religión se mantenían en profundo secreto. El mismo amigo al que uno comunicaba sus recelos respecto al Profeta y su misión podía ser uno de los que salieran por la noche con fuego y espada para exigir una terrible reparación. Por eso cada hombre temía a su vecino y ninguno hablaba de las cosas que tenía en su corazón.

Una buena mañana, John Ferrier estaba a punto de salir hacia sus campos de trigo cuando oyó el chasquido del picaporte y, al mirar por la ventana, vio a un hombre corpulento, de pelo rubio y mediana edad que subía por el sendero. El corazón le saltó a la boca, pues se trataba nada menos que del gran Brigham Young en persona. Lleno de inquietud —pues sabía que una visita así no le auguraba nada bueno—, Ferrier corrió a la puerta para saludar al jefe mormón. Éste, sin embargo, recibió sus saludos con frialdad y le siguió con rostro severo hasta el salón.

«Hermano Ferrier», dijo, tomando asiento y mirando al granjero con agudeza desde debajo de sus pestañas de color claro, «los verdaderos creyentes hemos sido buenos amigos para usted. Le recogimos cuando

starving in the desert, we shared our food with you, led you safe to the Chosen Valley, gave you a goodly share of land, and allowed you to wax rich under our protection. Is not this so?"

"It is so," answered John Ferrier.

"In return for all this we asked but one condition: that was, that you should embrace the true faith, and conform in every way to its usages. This you promised to do, and this, if common report says truly, you have neglected."

"And how have I neglected it?" asked Ferrier, throwing out his hands in expostulation. "Have I not given to the common fund? Have I not attended at the Temple? Have I not——?"

"Where are your wives?" asked Young, looking round him. "Call them in, that I may greet them."

"It is true that I have not married," Ferrier answered. "But women were few, and there were many who had better claims than I. I was not a lonely man: I had my daughter to attend to my wants."

"It is of that daughter that I would speak to you," said the leader of the Mormons. "She has grown to be the flower of Utah, and has found favour in the eyes of many who are high in the land."

John Ferrier groaned internally.

"There are stories of her which I would fain disbelieve—stories that she is sealed to some Gentile. This must be the gossip of idle tongues. What is the thirteenth rule in the code of the sainted Joseph Smith? 'Let every maiden of the true faith marry one of the elect; for if she wed a Gentile, she commits a grievous sin.' This being so, it is impossible that you, who profess the holy creed, should suffer your daughter to violate it."

John Ferrier made no answer, but he played nervously with his riding-whip.

estaba hambriento en el desierto, compartimos nuestra comida con usted, le condujimos a salvo al Valle Elegido, le dimos una buena parcela de tierra y le permitimos enriquecerse bajo nuestra protección. ¿No es así?».

«Así es», respondió John Ferrier.

«A cambio de todo esto sólo le pedimos una condición: que abrazara la verdadera fe y se ajustara en todo a sus usos. Esto prometió hacer y esto, si el informe corriente dice la verdad, lo ha descuidado».

«¿Y cómo lo he descuidado?», preguntó Ferrier, extendiendo las manos en señal de desaprobación. «¿No he dado al fondo común? ¿No he asistido al Templo? ¿No he...?».

«¿Dónde están sus esposas?», preguntó Young, mirando a su alrededor. «Llámelas para que pueda saludarlas».

«Es cierto que no me he casado», respondió Ferrier. «Pero las mujeres eran pocas y había muchas que pretendían a más que yo. No he sido un hombre solitario... siempre tuve a mi hija cerca para atender mis necesidades».

«Es de esa hija de quien quiero hablarle», dijo el líder de los mormones. «Ella ha crecido hasta convertirse en la flor de Utah y ha encontrado el favor a los ojos de muchos que están en lo alto en esta tierra».

John Ferrier gimió internamente.

«Hay historias sobre ella que me gustaría no creer... historias de que está unida a algún gentil. Deben ser habladurías de lenguas ociosas. ¿Cuál es la decimotercera regla en el código del santificado Joseph Smith? "Que toda doncella de la verdadera fe se case con uno de los elegidos; porque si se casa con un gentil comete un pecado grave". Siendo así, es imposible que usted, que profesa el santo credo, permita que su hija lo viole».

John Ferrier no respondió pero jugó nerviosamente con su fusta.

"Upon this one point your whole faith shall be tested—so it has been decided in the Sacred Council of Four. The girl is young, and we would not have her wed grey hairs, neither would we deprive her of all choice. We Elders have many heifers [Heber C. Kemball, in one of his sermons, alludes to his hundred wives under this endearing epithet], but our children must also be provided. Stangerson has a son, and Drebber has a son, and either of them would gladly welcome your daughter to their house. Let her choose between them. They are young and rich, and of the true faith. What say you to that?"

Ferrier remained silent for some little time with his brows knitted.

"You will give us time," he said at last. "My daughter is very young— she is scarce of an age to marry."

"She shall have a month to choose," said Young, rising from his seat. "At the end of that time she shall give her answer."

He was passing through the door, when he turned, with flushed face and flashing eyes. "It were better for you, John Ferrier," he thundered, "that you and she were now lying blanched skeletons upon the Sierra Blanco, than that you should put your weak wills against the orders of the Holy Four!"

With a threatening gesture of his hand, he turned from the door, and Ferrier heard his heavy step scrunching along the shingly path.

He was still sitting with his elbows upon his knees, considering how he should broach the matter to his daughter when a soft hand was laid upon his, and looking up, he saw her standing beside him. One glance at her pale, frightened face showed him that she had heard what had passed.

"I could not help it," she said, in answer to his look. "His voice rang through the house. Oh, father, father, what shall we do?"

"Don't you scare yourself," he answered, drawing her to him, and passing his broad, rough hand caressingly over her chestnut hair. "We'll fix it up somehow or another. You don't find your fancy kind o'

«Sobre este único punto se pondrá a prueba toda su fe, así se ha decidido en el Sagrado Consejo de los Cuatro. La muchacha es joven y no queremos que se case con canas ni privarla de toda elección. Los Ancianos tenemos muchas novillas [Heber C. Kemball, en uno de sus sermones, alude a sus cien esposas bajo este entrañable epíteto], pero también hay que proveer a nuestros hijos. Stangerson tiene un hijo y Drebber también y cualquiera de ellos acogería con gusto a su hija en su casa. Que ella elija entre ellos. Son jóvenes y ricos y de la verdadera fe. ¿Qué dice a eso?».

Ferrier permaneció en silencio durante algún tiempo con las cejas fruncidas.

«Nos dará tiempo», dijo al fin. «Mi hija es muy joven; apenas está en edad de casarse».

«Ella tendrá un mes para elegir», dijo Young, levantándose de su silla. «Al final de ese tiempo ella dará su respuesta».

Estaba atravesando la puerta cuando se volvió, con el rostro enrojecido y los ojos centelleantes. «¡Sería mejor para usted, John Ferrier», tronó, «que usted y ella yacieran ahora como esqueletos blanqueados sobre Sierra Blanco a que pusieran sus débiles voluntades en contra de las órdenes de los Cuatro Santos!».

Con un gesto amenazador de la mano se apartó de la puerta y Ferrier oyó su pesado paso arrastrándose por el camino de guijarros.

Él aún estaba sentado con los codos sobre las rodillas, considerando cómo debía abordar el asunto con su hija, cuando una suave mano se posó sobre la suya y, al levantar la vista, la vio de pie junto a él. Una mirada a su rostro pálido y asustado le demostró que ella había oído lo que había pasado.

«No pude evitarlo», dijo ella, en respuesta a su mirada. «Su voz resonaba por toda la casa. Oh, padre, padre, ¿qué haremos?».

«No te asustes», respondió él atrayéndola y pasando su mano ancha y áspera acariciando su pelo castaño. «Lo arreglaremos de un modo u otro. No crees que tu fantasía disminuya por este tipo, ¿verdad?».

lessening for this chap, do you?"

A sob and a squeeze of his hand was her only answer.

"No; of course not. I shouldn't care to hear you say you did. He's a likely lad, and he's a Christian, which is more than these folk here, in spite o' all their praying and preaching. There's a party starting for Nevada to-morrow, and I'll manage to send him a message letting him know the hole we are in. If I know anything o' that young man, he'll be back here with a speed that would whip electro-telegraphs."

Lucy laughed through her tears at her father's description.

"When he comes, he will advise us for the best. But it is for you that I am frightened, dear. One hears—one hears such dreadful stories about those who oppose the Prophet: something terrible always happens to them."

"But we haven't opposed him yet," her father answered. "It will be time to look out for squalls when we do. We have a clear month before us; at the end of that, I guess we had best shin out of Utah."

"Leave Utah!"

"That's about the size of it."

"But the farm?"

"We will raise as much as we can in money, and let the rest go. To tell the truth, Lucy, it isn't the first time I have thought of doing it. I don't care about knuckling under to any man, as these folk do to their darned prophet. I'm a free-born American, and it's all new to me. Guess I'm too old to learn. If he comes browsing about this farm, he might chance to run up against a charge of buckshot travelling in the opposite direction."

"But they won't let us leave," his daughter objected.

Un sollozo y un apretón de su mano fue la única respuesta de ella.

«No, por supuesto que no. No me gustaría oírte decir que sí. Es un muchacho aceptable y es cristiano, que es mucho más que lo que se puede decir de esta gente de aquí, a pesar de todos sus rezos y sermones. Mañana parte un grupo hacia Nevada y me las arreglaré para enviarle un mensaje haciéndole saber el problema en el que estamos metidos. Si conozco bien a ese joven, él volverá aquí con una velocidad que azotaría a los electrotelégrafos».

Lucy rió entre lágrimas ante la descripción de su padre.

«Cuando venga nos aconsejará lo mejor. Pero es por ti por quien tengo miedo, querido. Se oyen historias espantosas sobre los que se oponen al Profeta... siempre les ocurre algo terrible».

«Pero aún no nos hemos opuesto a él», respondió su padre. «Será el momento de estar atentos a las tormentas una vez que lo hagamos. Tenemos un mes despejado por delante; al final del mismo... supongo que será mejor que nos vayamos de Utah».

«¡Dejar Utah!».

«A eso más o menos hemos llegado».

«¿Pero... la granja?».

«Reuniremos todo lo que podamos en dinero y dejaremos que el resto se vaya. A decir verdad, Lucy, no es la primera vez que pienso en hacerlo. No quiero doblegarme ante ningún hombre, como hace esta gente ante su maldito profeta. Soy un norteamericano, nacido libre, y todo esto es nuevo para mí. Supongo que soy demasiado viejo para aprender. Si viene curioseando por esta granja podría toparse con una carga de perdigones viajando en dirección contraria».

«Pero no nos dejarán marcharnos», objetó su hija.

"Wait till Jefferson comes, and we'll soon manage that. In the meantime, don't you fret yourself, my dearie, and don't get your eyes swelled up, else he'll be walking into me when he sees you. There's nothing to be afeared about, and there's no danger at all."

John Ferrier uttered these consoling remarks in a very confident tone, but she could not help observing that he paid unusual care to the fastening of the doors that night, and that he carefully cleaned and loaded the rusty old shotgun which hung upon the wall of his bedroom.

«Espera a que llegue Jefferson y lo arreglaremos. Mientras tanto, no te inquietes, querida, y que no se te hinchen los ojos, porque sino vendrá por mí cuando te vea. No hay nada que temer y no hay ningún peligro».

John Ferrier pronunció estos comentarios consoladores en un tono muy confiado pero ella no pudo evitar observar que aquella noche prestó un cuidado inusual al cierre de las puertas y que limpió y cargó cuidadosamente la vieja escopeta oxidada que colgaba de la pared de su dormitorio.

CHAPTER IV — A FLIGHT FOR LIFE

On the morning which followed his interview with the Mormon Prophet, John Ferrier went in to Salt Lake City, and having found his acquaintance, who was bound for the Nevada Mountains, he entrusted him with his message to Jefferson Hope. In it he told the young man of the imminent danger which threatened them, and how necessary it was that he should return. Having done thus he felt easier in his mind, and returned home with a lighter heart.

As he approached his farm, he was surprised to see a horse hitched to each of the posts of the gate. Still more surprised was he on entering to find two young men in possession of his sitting-room. One, with a long pale face, was leaning back in the rocking-chair, with his feet cocked up upon the stove. The other, a bull-necked youth with coarse bloated features, was standing in front of the window with his hands in his pocket, whistling a popular hymn. Both of them nodded to Ferrier as he entered, and the one in the rocking-chair commenced the conversation.

"Maybe you don't know us," he said. "This here is the son of Elder Drebber, and I'm Joseph Stangerson, who travelled with you in the desert when the Lord stretched out His hand and gathered you into the true fold."

"As He will all the nations in His own good time," said the other in a nasal voice; "He grindeth slowly but exceeding small."

John Ferrier bowed coldly. He had guessed who his visitors were.

"We have come," continued Stangerson, "at the advice of our fathers to solicit the hand of your daughter for whichever of us may seem good to you and to her. As I have but four wives and Brother Drebber here has seven, it appears to me that my claim is the stronger one."

"Nay, nay, Brother Stangerson," cried the other; "the question is not how many wives we have, but how many we can keep. My father has now given over his mills to me, and I am the richer man."

La mañana siguiente a su entrevista con el Profeta mormón, John Ferrier se dirigió a Salt Lake City y, tras encontrar a su conocido, que se dirigía a las montañas de Nevada, le confió su mensaje para Jefferson Hope. En él le hablaba al joven del peligro inminente que les amenazaba y de la necesidad que él regresara. Una vez hecho esto se sintió más tranquilo y regresó a casa con el corazón más ligero.

Al acercarse a su granja se sorprendió al ver un caballo enganchado a cada uno de los postes de la entrada. Aún más sorprendido se quedó al entrar y encontrar a dos jóvenes en posesión de su salón. Uno, de rostro alargado y pálido, estaba recostado en la mecedora con los pies ladeados sobre la estufa. El otro, un joven de cuello de toro y rasgos toscos e hinchados, estaba de pie frente a la ventana con las manos en los bolsillos silbando un himno popular. Ambos saludaron con la cabeza a Ferrier cuando éste entró y el de la mecedora inició la conversación.

«Tal vez no nos conozca», dijo. «Este de aquí es el hijo del Anciano Drebber y yo lo soy de Joseph Stangerson, que viajó con ustedes en el desierto cuando el Señor extendió su mano y los reunió en el verdadero redil».

«Como Él querrá a todas las naciones a su debido tiempo», dijo el otro con voz nasal; «Él muele despacio pero muy pequeño».

John Ferrier hizo una fría reverencia. Había adivinado quiénes eran sus visitantes.

«Hemos venido», continuó Stangerson, «por consejo de nuestros padres para solicitar la mano de su hija para el que sea de nosotros que le parezca bien a usted y a ella. Como yo sólo tengo cuatro esposas y el Hermano Drebber aquí presente tiene siete me parece que mi pretensión tiene más peso».

«No, no, Hermano Stangerson», gritó el otro; «la cuestión no es cuántas esposas tenemos, sino cuántas podemos mantener. Mi padre me ha cedido ahora sus molinos y yo soy el hombre más rico».

"But my prospects are better," said the other, warmly. "When the Lord removes my father, I shall have his tanning yard and his leather factory. Then I am your elder, and am higher in the Church."

"It will be for the maiden to decide," rejoined young Drebber, smirking at his own reflection in the glass. "We will leave it all to her decision."

During this dialogue, John Ferrier had stood fuming in the doorway, hardly able to keep his riding-whip from the backs of his two visitors.

"Look here," he said at last, striding up to them, "when my daughter summons you, you can come, but until then I don't want to see your faces again."

The two young Mormons stared at him in amazement. In their eyes this competition between them for the maiden's hand was the highest of honours both to her and her father.

"There are two ways out of the room," cried Ferrier; "there is the door, and there is the window. Which do you care to use?"

His brown face looked so savage, and his gaunt hands so threatening, that his visitors sprang to their feet and beat a hurried retreat. The old farmer followed them to the door.

"Let me know when you have settled which it is to be," he said, sardonically.

"You shall smart for this!" Stangerson cried, white with rage. "You have defied the Prophet and the Council of Four. You shall rue it to the end of your days."

"The hand of the Lord shall be heavy upon you," cried young Drebber; "He will arise and smite you!"

"Then I'll start the smiting," exclaimed Ferrier furiously, and would have rushed upstairs for his gun had not Lucy seized him by the arm and restrained him. Before he could escape from her, the clatter of

«Pero mis perspectivas son mejores», dijo el otro, acalorado. «Cuando el Señor se lleve a mi padre yo tendré su curtiembre y su fábrica de cuero. Y además yo soy el mayor de los dos y más alto en la Iglesia».

«Será la doncella quien decida», replicó el joven Drebber, sonriendo satisfecho ante su propio reflejo en el espejo. «Lo dejaremos todo a su decisión».

Durante este diálogo, John Ferrier se había quedado echando humo en la puerta, apenas capaz de apartar su fusta de las espaldas de sus dos visitantes.

«Miren», les dijo al fin, acercándose a grandes zancadas, «cuando mi hija los convoque, podrán venir, pero hasta entonces no quiero volver a ver sus caras».

Los dos jóvenes mormones le miraron asombrados. A sus ojos, esta competición entre ellos por la mano de la doncella era el mayor de los honores tanto para ella como para su padre.

«Hay dos maneras de salir de la habitación», gritó Ferrier; «está la puerta y está la ventana. ¿Cuál quieren utilizar?».

Su rostro moreno parecía tan salvaje y sus manos tan amenazadoras que sus visitantes se pusieron en pie de un salto y emprendieron una apresurada retirada. El viejo granjero los siguió hasta la puerta.

«Avísenme cuando hayan decidido cuál va a ser», dijo, sardónicamente.

«¡Recibirá su merecido!», gritó Stangerson, blanco de ira. «Ha desafiado al Profeta y al Consejo de los Cuatro. Lo lamentará hasta el fin de sus días».

«La mano del Señor pesará sobre usted», gritó el joven Drebber; «¡se levantará sobre usted y le golpeará!».

«Entonces empezará la golpiza», exclamó Ferrier furioso, y habría corrido escaleras arriba a por su arma si Lucy no le hubiera tomado por el brazo y le hubiera retenido. Antes de que pudiera escapar de ella, el

horses' hoofs told him that they were beyond his reach.

"The young canting rascals!" he exclaimed, wiping the perspiration from his forehead; "I would sooner see you in your grave, my girl, than the wife of either of them."

"And so should I, father," she answered, with spirit; "but Jefferson will soon be here."

"Yes. It will not be long before he comes. The sooner the better, for we do not know what their next move may be."

It was, indeed, high time that someone capable of giving advice and help should come to the aid of the sturdy old farmer and his adopted daughter. In the whole history of the settlement there had never been such a case of rank disobedience to the authority of the Elders. If minor errors were punished so sternly, what would be the fate of this arch rebel. Ferrier knew that his wealth and position would be of no avail to him. Others as well known and as rich as himself had been spirited away before now, and their goods given over to the Church. He was a brave man, but he trembled at the vague, shadowy terrors which hung over him. Any known danger he could face with a firm lip, but this suspense was unnerving. He concealed his fears from his daughter, however, and affected to make light of the whole matter, though she, with the keen eye of love, saw plainly that he was ill at ease.

He expected that he would receive some message or remonstrance from Young as to his conduct, and he was not mistaken, though it came in an unlooked-for manner. Upon rising next morning he found, to his surprise, a small square of paper pinned on to the coverlet of his bed just over his chest. On it was printed, in bold straggling letters:—

"Twenty-nine days are given you for amendment, and then——"

The dash was more fear-inspiring than any threat could have been. How this warning came into his room puzzled John Ferrier sorely, for his servants slept in an outhouse, and the doors and windows

estrépito de los cascos de los caballos le indicó que ellos estaban fuera de su alcance.

«¡Bribones hipócritas!», exclamó, secándose el sudor de la frente; «antes te vería en la tumba, mi niña, que como esposa de cualquiera de ellos».

«Y yo también, padre», respondió ella, con ánimo; «pero Jefferson llegará pronto».

«Sí. No tardará en llegar. Cuanto antes mejor, pues no sabemos cuál puede ser el próximo movimiento».

Ya era hora, en efecto, de que alguien capaz de aconsejar y ayudar acudiera para asistir al viejo y robusto granjero y a su hija adoptiva. En toda la historia del asentamiento nunca se había dado un caso semejante de desobediencia flagrante a la autoridad de los Ancianos. Si los errores menores se castigaban con tanta severidad, ¿cuál sería el destino de este archirrebelde? Ferrier sabía que su riqueza y su posición no le servirían de nada. Otros tan conocidos y ricos como él habían sido secuestrados antes y sus bienes entregados a la Iglesia. Era un hombre valiente pero temblaba ante los vagos y sombríos terrores que se cernían sobre él. Cualquier peligro conocido podía afrontarlo con el rostro firme pero este suspense era desconcertante. Sin embargo, ocultó sus temores a su hija y fingió quitarle importancia a todo el asunto, aunque ella, con la aguda mirada del amor, vio claramente que él estaba mal.

Esperaba recibir algún mensaje o reprimenda de Young en cuanto a su conducta y no se equivocó, aunque le llegó de un modo inesperado. Al levantarse a la mañana siguiente encontró, para su sorpresa, un pequeño cuadrado de papel prendido en la colcha de su cama, justo sobre su pecho. En él estaba impreso, en letras gruesas y toscas:

«Se le dan veintinueve días para enmendarse y luego...».

Los puntos suspensivos inspiraban más miedo del que hubiera podido inspirar cualquier amenaza. Cómo llegó esta advertencia a su habitación desconcertó mucho a John Ferrier, ya que sus criados dormían

had all been secured. He crumpled the paper up and said nothing to his daughter, but the incident struck a chill into his heart. The twenty-nine days were evidently the balance of the month which Young had promised. What strength or courage could avail against an enemy armed with such mysterious powers? The hand which fastened that pin might have struck him to the heart, and he could never have known who had slain him.

Still more shaken was he next morning. They had sat down to their breakfast when Lucy with a cry of surprise pointed upwards. In the centre of the ceiling was scrawled, with a burned stick apparently, the number 28. To his daughter it was unintelligible, and he did not enlighten her. That night he sat up with his gun and kept watch and ward. He saw and he heard nothing, and yet in the morning a great 27 had been painted upon the outside of his door.

Thus day followed day; and as sure as morning came he found that his unseen enemies had kept their register, and had marked up in some conspicuous position how many days were still left to him out of the month of grace. Sometimes the fatal numbers appeared upon the walls, sometimes upon the floors, occasionally they were on small placards stuck upon the garden gate or the railings. With all his vigilance John Ferrier could not discover whence these daily warnings proceeded. A horror which was almost superstitious came upon him at the sight of them. He became haggard and restless, and his eyes had the troubled look of some hunted creature. He had but one hope in life now, and that was for the arrival of the young hunter from Nevada.

Twenty had changed to fifteen and fifteen to ten, but there was no news of the absentee. One by one the numbers dwindled down, and still there came no sign of him. Whenever a horseman clattered down the road, or a driver shouted at his team, the old farmer hurried to the gate thinking that help had arrived at last. At last, when he saw five give way to four and that again to three, he lost heart, and abandoned all hope of escape. Single-handed, and with his limited knowledge of the mountains which surrounded the settlement, he knew that he was powerless. The more-frequented roads were strictly watched and guarded, and none could pass along them without an order from the Council. Turn which way he would, there appeared to

en una dependencia y las puertas y ventanas estaban todas aseguradas. Arrugó el papel y no dijo nada a su hija pero el incidente le produjo un escalofrío en el corazón. Los veintinueve días eran evidentemente el resto del mes que Young había prometido. ¿Qué fuerza o valor podían valer contra un enemigo armado con poderes tan misteriosos? La mano que sujetó aquel alfiler podría haberle golpeado en el corazón y nunca habría podido saber quién lo había matado.

Aún más agitado estaba a la mañana siguiente. Se habían sentado a desayunar cuando Lucy, con un grito de sorpresa, señaló hacia arriba. En el centro del techo estaba garabateado, con un palo quemado al parecer, el número 28. Para su hija era ininteligible y él no se lo aclaró. Aquella noche se sentó con su arma y vigiló e hizo guarda. No vio ni oyó nada y, sin embargo, por la mañana un gran 27 había sido pintado en el exterior de su puerta.

Así sucedió día tras día; y tan seguro como llegaba la mañana descubría que sus invisibles enemigos habían actualizado su registro y habían marcado en algún lugar conspicuo cuántos días le quedaban aún del mes de gracia. A veces los fatales números aparecían en las paredes, otras en los suelos, ocasionalmente estaban en pequeños carteles pegados en la puerta del jardín o en la verja. Con toda su vigilancia, John Ferrier no podía descubrir de dónde procedían estas advertencias diarias. Un horror casi supersticioso se apoderaba de él al verlas. Se volvió ojeroso e inquieto y sus ojos tenían la mirada turbada de alguna criatura cazada. Ahora sólo tenía una esperanza en la vida y era la llegada del joven cazador de Nevada.

Veinte habían pasado a ser quince y quince a diez, pero no había noticias del ausente. Uno a uno los números fueron disminuyendo y seguía sin haber señales de él. Cada vez que un jinete bajaba con estrépito por el camino o un conductor gritaba a su yunta el viejo granjero iba con prisa hacia la puerta pensando que por fin había llegado la ayuda. Por fin, cuando vio que cinco daban paso a cuatro y que de nuevo a tres, perdió el ánimo y abandonó toda esperanza de escapar. Solo, y con su limitado conocimiento de las montañas que rodeaban el asentamiento, sabía que era impotente. Los caminos más frecuentados estaban estrictamente vigilados y custodiados y nadie podía pasar por ellos sin una orden del Consejo. Fuera donde fuera no parecía haber forma de evitar

be no avoiding the blow which hung over him. Yet the old man never wavered in his resolution to part with life itself before he consented to what he regarded as his daughter's dishonour.

He was sitting alone one evening pondering deeply over his troubles, and searching vainly for some way out of them. That morning had shown the figure 2 upon the wall of his house, and the next day would be the last of the allotted time. What was to happen then? All manner of vague and terrible fancies filled his imagination. And his daughter—what was to become of her after he was gone? Was there no escape from the invisible network which was drawn all round them. He sank his head upon the table and sobbed at the thought of his own impotence.

What was that? In the silence he heard a gentle scratching sound—low, but very distinct in the quiet of the night. It came from the door of the house. Ferrier crept into the hall and listened intently. There was a pause for a few moments, and then the low insidious sound was repeated. Someone was evidently tapping very gently upon one of the panels of the door. Was it some midnight assassin who had come to carry out the murderous orders of the secret tribunal? Or was it some agent who was marking up that the last day of grace had arrived. John Ferrier felt that instant death would be better than the suspense which shook his nerves and chilled his heart. Springing forward he drew the bolt and threw the door open.

Outside all was calm and quiet. The night was fine, and the stars were twinkling brightly overhead. The little front garden lay before the farmer's eyes bounded by the fence and gate, but neither there nor on the road was any human being to be seen. With a sigh of relief, Ferrier looked to right and to left, until happening to glance straight down at his own feet he saw to his astonishment a man lying flat upon his face upon the ground, with arms and legs all asprawl.

So unnerved was he at the sight that he leaned up against the wall with his hand to his throat to stifle his inclination to call out. His first thought was that the prostrate figure was that of some wounded or dying man, but as he watched it he saw it writhe along the ground and into the hall with the rapidity and noiselessness of a serpent.

el golpe que se cernía sobre él. Sin embargo, el anciano nunca vaciló en su resolución de separarse de la vida misma antes de consentir lo que consideraba una deshonra para su hija.

Una tarde estaba sentado a solas reflexionando profundamente sobre sus problemas y buscando en vano alguna salida a los mismos. Aquella mañana había aparecido la cifra 2 en la pared de su casa y el día siguiente sería el último del tiempo asignado. ¿Qué iba a ocurrir entonces? Todo tipo de vagas y terribles fantasías llenaban su imaginación. Y su hija, ¿qué iba a ser de ella cuando él se hubiera ido? ¿Acaso no había escapatoria de la red invisible que se dibujaba a su alrededor? Hundió la cabeza sobre la mesa y sollozó al pensar en su propia impotencia.

¿Qué fue eso? En el silencio oyó un suave arañazo... bajo, pero muy claro en la quietud de la noche. Procedía de la puerta de la casa. Ferrier se arrastró hasta el vestíbulo y escuchó atentamente. Hubo una pausa de unos instantes y luego se repitió el bajo e insidioso sonido. Evidentemente, alguien estaba golpeando muy suavemente uno de los paneles de la puerta. ¿Era algún asesino de medianoche que había venido a cumplir las órdenes criminales del tribunal secreto? O era algún agente que estaba marcando que había llegado el último día de gracia. John Ferrier sintió que la muerte instantánea sería mejor que el suspense que sacudía sus nervios y helaba su corazón. Saltando hacia delante echó el cerrojo y abrió la puerta de golpe.

Fuera todo estaba en calma y tranquilo. La noche era buena y las estrellas titilaban brillantes en lo alto. El pequeño jardín delantero se extendía ante los ojos del granjero, delimitado por la valla y la puerta, pero ni allí ni en el camino se veía a ningún ser humano. Con un suspiro de alivio, Ferrier miró a derecha e izquierda, hasta que por casualidad echó un vistazo hacia abajo, a sus propios pies, y vio con asombro a un hombre tendido de bruces en el suelo, con los brazos y las piernas totalmente extendidos.

Tan desconcertado se sintió ante la visión que se apoyó contra la pared con la mano en la garganta para reprimir su inclinación a pegar un grito. Su primer pensamiento fue que la figura postrada era la de algún herido o moribundo pero mientras la observaba la vio retorcerse por el suelo y adentrarse en el vestíbulo con la rapidez e insonoridad de una

Once within the house the man sprang to his feet, closed the door, and revealed to the astonished farmer the fierce face and resolute expression of Jefferson Hope.

"Good God!" gasped John Ferrier. "How you scared me! Whatever made you come in like that."

"Give me food," the other said, hoarsely. "I have had no time for bite or sup for eight-and-forty hours." He flung himself upon the cold meat and bread which were still lying upon the table from his host's supper, and devoured it voraciously. "Does Lucy bear up well?" he asked, when he had satisfied his hunger.

"Yes. She does not know the danger," her father answered.

"That is well. The house is watched on every side. That is why I crawled my way up to it. They may be darned sharp, but they're not quite sharp enough to catch a Washoe hunter."

John Ferrier felt a different man now that he realized that he had a devoted ally. He seized the young man's leathery hand and wrung it cordially. "You're a man to be proud of," he said. "There are not many who would come to share our danger and our troubles."

"You've hit it there, pard," the young hunter answered. "I have a respect for you, but if you were alone in this business I'd think twice before I put my head into such a hornet's nest. It's Lucy that brings me here, and before harm comes on her I guess there will be one less o' the Hope family in Utah."

"What are we to do?"

"To-morrow is your last day, and unless you act to-night you are lost. I have a mule and two horses waiting in the Eagle Ravine. How much money have you?"

"Two thousand dollars in gold, and five in notes."

"That will do. I have as much more to add to it. We must push for

serpiente. Una vez dentro de la casa, el hombre se puso en pie de un salto, cerró la puerta y reveló al asombrado granjero el rostro feroz y la expresión resuelta de Jefferson Hope.

«¡Dios mío!», jadeó John Ferrier. «¡Cómo me ha asustado! Lo que sea que lo impulsó a entrar así».

«Deme de comer», dijo el otro, roncamente. «No he tenido tiempo de tomar un bocado, ni de cenar, en cuarenta y ocho horas». Se lanzó sobre la carne fría y el pan que aún quedaban sobre la mesa de la cena de su anfitrión y lo devoró vorazmente. «¿Lucy lo lleva bien?», preguntó, cuando hubo saciado su hambre.

«Sí. Ella no sabe del peligro», respondió su padre.

«Eso está bien. La casa está vigilada por todos lados. Por eso me arrastré hasta ella. Puede que sean muy agudos pero no lo suficiente como para atrapar a un cazador Washoe».

John Ferrier se sintió un hombre diferente ahora que se dio cuenta de que tenía un aliado devoto. Cogió la mano curtida del joven y la estrujó cordialmente. «Puede estar orgulloso del hombre que es», le dijo. «No hay muchos que vengan a compartir nuestro peligro y nuestros problemas».

«Ahí ha dado en el clavo, amigo», respondió el joven cazador. «Le tengo respeto pero si estuviera solo en este asunto me lo pensaría dos veces antes de meter la cabeza en semejante avispero. Es Lucy la que me trae aquí y antes de que le pase nada supongo que habrá uno menos de la familia Hope en Utah».

«¿Qué vamos a hacer?».

«Mañana es su último día y, a menos que actúe esta noche, está perdido. Tengo una mula y dos caballos esperando en el Barranco del Águila. ¿Cuánto dinero tiene?».

«Dos mil dólares en oro y cinco en billetes».

«Con eso bastará. Tengo más o menos lo mismo para añadir. Debe-

Carson City through the mountains. You had best wake Lucy. It is as well that the servants do not sleep in the house."

While Ferrier was absent, preparing his daughter for the approaching journey, Jefferson Hope packed all the eatables that he could find into a small parcel, and filled a stoneware jar with water, for he knew by experience that the mountain wells were few and far between. He had hardly completed his arrangements before the farmer returned with his daughter all dressed and ready for a start. The greeting between the lovers was warm, but brief, for minutes were precious, and there was much to be done.

"We must make our start at once," said Jefferson Hope, speaking in a low but resolute voice, like one who realizes the greatness of the peril, but has steeled his heart to meet it. "The front and back entrances are watched, but with caution we may get away through the side window and across the fields. Once on the road we are only two miles from the Ravine where the horses are waiting. By daybreak we should be half-way through the mountains."

"What if we are stopped," asked Ferrier.

Hope slapped the revolver butt which protruded from the front of his tunic. "If they are too many for us we shall take two or three of them with us," he said with a sinister smile.

The lights inside the house had all been extinguished, and from the darkened window Ferrier peered over the fields which had been his own, and which he was now about to abandon for ever. He had long nerved himself to the sacrifice, however, and the thought of the honour and happiness of his daughter outweighed any regret at his ruined fortunes. All looked so peaceful and happy, the rustling trees and the broad silent stretch of grain-land, that it was difficult to realize that the spirit of murder lurked through it all. Yet the white face and set expression of the young hunter showed that in his approach to the house he had seen enough to satisfy him upon that head.

Ferrier carried the bag of gold and notes, Jefferson Hope had the scanty provisions and water, while Lucy had a small bundle contain-

mos ir hacia Carson City a través de las montañas. Será mejor que despierte a Lucy. Es bueno que los sirvientes no duermen en la casa».

Mientras Ferrier estaba ausente, preparando a su hija para el viaje que se aproximaba, Jefferson Hope empaquetó todos los comestibles que pudo encontrar en una pequeña caja y llenó una jarra de gres con agua pues sabía por experiencia que los pozos de las montañas eran escasos y distantes entre sí. Apenas había terminado sus preparativos cuando el granjero regresó con su hija ya vestida y lista para partir. El saludo entre los amantes fue cálido pero breve, pues los minutos eran preciosos y había mucho por hacer.

«Debemos ponernos en marcha de inmediato», dijo Jefferson Hope, hablando en voz baja pero resuelta, como quien se da cuenta de la grandeza del peligro pero ha endurecido su corazón para afrontarlo. «Las entradas delantera y trasera están vigiladas pero con precaución podremos escapar por la ventana lateral y atravesar los campos. Una vez en el camino estamos a sólo dos millas del barranco donde esperan los caballos. Al amanecer deberíamos estar a medio camino de las montañas».

«¿Y si nos detienen?», preguntó Ferrier.

Hope golpeó la culata del revólver que sobresalía de la parte delantera de su túnica. «Si son demasiados para nosotros nos llevaremos a dos o tres de ellos», dijo con una sonrisa siniestra.

Las luces del interior de la casa estaban todas apagadas y desde la oscura ventana Ferrier oteaba los campos que habían sido suyos y que ahora estaba a punto de abandonar para siempre. Sin embargo, hacía tiempo que se había lamentado por el sacrificio y el pensamiento del honor y la felicidad de su hija pesaba más que cualquier lamento por su fortuna arruinada. Todo parecía tan pacífico y feliz, el susurro de los árboles y la amplia y silenciosa extensión de tierras de cereales, que era difícil darse cuenta de que el espíritu del asesinato lo acechaba todo. Sin embargo, el rostro blanco y la expresión fija del joven cazador demostraban que al llegarse a la casa había visto lo suficiente como para quedar satisfecho en ese aspecto.

Ferrier llevaba la bolsa de oro y billetes, Jefferson Hope las escasas provisiones y el agua, mientras que Lucy llevaba un pequeño fardo con

ing a few of her more valued possessions. Opening the window very slowly and carefully, they waited until a dark cloud had somewhat obscured the night, and then one by one passed through into the little garden. With bated breath and crouching figures they stumbled across it, and gained the shelter of the hedge, which they skirted until they came to the gap which opened into the cornfields. They had just reached this point when the young man seized his two companions and dragged them down into the shadow, where they lay silent and trembling.

It was as well that his prairie training had given Jefferson Hope the ears of a lynx. He and his friends had hardly crouched down before the melancholy hooting of a mountain owl was heard within a few yards of them, which was immediately answered by another hoot at a small distance. At the same moment a vague shadowy figure emerged from the gap for which they had been making, and uttered the plaintive signal cry again, on which a second man appeared out of the obscurity.

"To-morrow at midnight," said the first who appeared to be in authority. "When the Whip-poor-Will calls three times."

"It is well," returned the other. "Shall I tell Brother Drebber?"

"Pass it on to him, and from him to the others. Nine to seven!"

"Seven to five!" repeated the other, and the two figures flitted away in different directions. Their concluding words had evidently been some form of sign and countersign. The instant that their footsteps had died away in the distance, Jefferson Hope sprang to his feet, and helping his companions through the gap, led the way across the fields at the top of his speed, supporting and half-carrying the girl when her strength appeared to fail her.

"Hurry on! hurry on!" he gasped from time to time. "We are through the line of sentinels. Everything depends on speed. Hurry on!"

Once on the high road they made rapid progress. Only once did they meet anyone, and then they managed to slip into a field, and so avoid recognition. Before reaching the town the hunter branched

algunas de sus posesiones más preciadas. Abriendo la ventana muy despacio y con mucho cuidado esperaron hasta que una nube hubo oscurecido un poco la noche y entonces uno a uno pasaron al pequeño jardín. Con la respiración contenida y las figuras agazapadas, lo atravesaron y se pusieron al abrigo del seto, que bordearon hasta llegar a la brecha que se abría hacia los maizales. Acababan de llegar a este punto cuando el joven agarró a sus dos compañeros y los arrastró hacia la sombra, donde yacieron silenciosos y temblorosos.

Era bueno que su entrenamiento en la pradera le había dado a Jefferson Hope los oídos de un lince. Apenas se habían agazapado él y sus amigos cuando se oyó el melancólico ulular de un búho de montaña a pocas yardas de ellos, éste fue respondido inmediatamente por otro ulular a poca distancia. En el mismo momento, una vaga figura sombría emergió de la brecha hacia la que se habían dirigido y volvió a emitir el lastimero grito de señal, ante lo cual un segundo hombre apareció de entre la oscuridad.

«Mañana a medianoche», dijo el primero, que parecía tener autoridad. «Cuando el chotacabras llame tres veces».

«Está bien», respondió el otro. «¿Se lo digo al Hermano Drebber?».

«Transmítaselo... y de él a los demás. Nueve a siete».

«¡Siete a cinco!», repitió el otro, y las dos figuras se alejaron revoloteando en distintas direcciones. Sus palabras finales habían sido evidentemente alguna forma de seña y contraseña. En el instante en que sus pasos se habían alejado en la distancia, Jefferson Hope se puso en pie de un salto y, ayudando a sus compañeros a atravesar la brecha, encabezó la marcha a través de los campos a toda velocidad, sosteniendo y cargando a medias a la muchacha cuando sus fuerzas parecían fallarle.

«¡Deprisa! ¡Deprisa!», jadeaba de vez en cuando. «Hemos atravesado la línea de centinelas. Todo depende de la velocidad. ¡Deprisa!».

Una vez en la carretera, avanzaron rápidamente. Sólo una vez se toparon con alguien y lograron escabullirse en un campo y evitar así ser reconocidos. Antes de llegar al pueblo, el cazador se desvió por un

away into a rugged and narrow footpath which led to the mountains. Two dark jagged peaks loomed above them through the darkness, and the defile which led between them was the Eagle Cañon in which the horses were awaiting them. With unerring instinct Jefferson Hope picked his way among the great boulders and along the bed of a dried-up watercourse, until he came to the retired corner, screened with rocks, where the faithful animals had been picketed. The girl was placed upon the mule, and old Ferrier upon one of the horses, with his money-bag, while Jefferson Hope led the other along the precipitous and dangerous path.

It was a bewildering route for anyone who was not accustomed to face Nature in her wildest moods. On the one side a great crag towered up a thousand feet or more, black, stern, and menacing, with long basaltic columns upon its rugged surface like the ribs of some petrified monster. On the other hand a wild chaos of boulders and debris made all advance impossible. Between the two ran the irregular track, so narrow in places that they had to travel in Indian file, and so rough that only practised riders could have traversed it at all. Yet in spite of all dangers and difficulties, the hearts of the fugitives were light within them, for every step increased the distance between them and the terrible despotism from which they were flying.

They soon had a proof, however, that they were still within the jurisdiction of the Saints. They had reached the very wildest and most desolate portion of the pass when the girl gave a startled cry, and pointed upwards. On a rock which overlooked the track, showing out dark and plain against the sky, there stood a solitary sentinel. He saw them as soon as they perceived him, and his military challenge of "Who goes there?" rang through the silent ravine.

"Travellers for Nevada," said Jefferson Hope, with his hand upon the rifle which hung by his saddle.

They could see the lonely watcher fingering his gun, and peering down at them as if dissatisfied at their reply.

"By whose permission?" he asked.

sendero escarpado y estrecho que conducía a las montañas. Dos picos oscuros y dentados se alzaban sobre ellos a través de la oscuridad y el desfiladero que conducía entre ellos era el Cañón del Águila en el que les esperaban los caballos. Con instinto infalible, Jefferson Hope se abrió paso entre las grandes rocas y a lo largo del lecho de un curso de agua seco, hasta que llegó al rincón retirado, protegido con rocas, donde los fieles animales habían sido apostados. Colocaron a la muchacha sobre la mula y al viejo Ferrier sobre uno de los caballos, con su bolsa de dinero, mientras Jefferson Hope guiaba al otro por el precipitado y peligroso sendero.

Era una ruta desconcertante para cualquiera que no estuviera acostumbrado a enfrentarse a la Naturaleza en sus estados de ánimo más salvajes. Por un lado un gran peñasco se alzaba unos mil pies o más, negro, severo y amenazador, con largas columnas basálticas sobre su escarpada superficie como las costillas de algún monstruo petrificado. Por el otro lado, un salvaje caos de peñascos y escombros hacía imposible todo avance. Entre ambos discurría la irregular pista, tan estrecha en algunos tramos que tuvieron que viajar en fila india y tan accidentada que sólo jinetes experimentados hubieran podido atravesarla. Sin embargo, a pesar de todos los peligros y dificultades, los corazones de los fugitivos estaban encendidos en su interior, pues cada paso aumentaba la distancia entre ellos y el terrible despotismo del que huían.

Pronto tuvieron una prueba, sin embargo, de que seguían dentro de la jurisdicción de los Santos. Habían llegado a la parte más salvaje y desolada del paso cuando la muchacha dio un grito sobresaltado y señaló hacia arriba. Sobre una roca que dominaba la pista, oscura y llana contra el cielo, había un centinela solitario. Él los vio tan pronto como ellos lo percibieron y su desafío militar de «¿Quién va por ahí?» resonó en el silencioso barranco.

«Viajeros para Nevada», dijo Jefferson Hope, con la mano sobre el rifle que colgaba de su montura.

Pudieron ver cómo el solitario vigilante manoseaba su pistola y les miraba insatisfecho por su respuesta.

«¿Con permiso de quién?», preguntó.

"The Holy Four," answered Ferrier. His Mormon experiences had taught him that that was the highest authority to which he could refer.

"Nine from seven," cried the sentinel.

"Seven from five," returned Jefferson Hope promptly, remembering the countersign which he had heard in the garden.

"Pass, and the Lord go with you," said the voice from above. Beyond his post the path broadened out, and the horses were able to break into a trot. Looking back, they could see the solitary watcher leaning upon his gun, and knew that they had passed the outlying post of the chosen people, and that freedom lay before them.

«Los Cuatro Santos», respondió Ferrier. Sus experiencias mormonas le habían enseñado que ésa era la máxima autoridad a la que podía remitirse.

«Nueve a siete», gritó el centinela.

«Siete a cinco», respondió Jefferson Hope con prontitud, recordando la contraseña que había oído en el jardín.

«Pasen, y que el Señor los acompañe», dijo la voz desde arriba. Más allá de su puesto el camino se ensanchaba y los caballos pudieron comenzar el trote. Mirando hacia atrás, pudieron ver al solitario vigilante apoyado en su fusil y supieron que habían pasado el puesto más alejado del pueblo elegido y que la libertad estaba ante ellos.

CHAPTER V — THE AVENGING ANGELS

All night their course lay through intricate defiles and over irregular and rock-strewn paths. More than once they lost their way, but Hope's intimate knowledge of the mountains enabled them to regain the track once more. When morning broke, a scene of marvellous though savage beauty lay before them. In every direction the great snow-capped peaks hemmed them in, peeping over each other's shoulders to the far horizon. So steep were the rocky banks on either side of them, that the larch and the pine seemed to be suspended over their heads, and to need only a gust of wind to come hurtling down upon them. Nor was the fear entirely an illusion, for the barren valley was thickly strewn with trees and boulders which had fallen in a similar manner. Even as they passed, a great rock came thundering down with a hoarse rattle which woke the echoes in the silent gorges, and startled the weary horses into a gallop.

As the sun rose slowly above the eastern horizon, the caps of the great mountains lit up one after the other, like lamps at a festival, until they were all ruddy and glowing. The magnificent spectacle cheered the hearts of the three fugitives and gave them fresh energy. At a wild torrent which swept out of a ravine they called a halt and watered their horses, while they partook of a hasty breakfast. Lucy and her father would fain have rested longer, but Jefferson Hope was inexorable. "They will be upon our track by this time," he said. "Everything depends upon our speed. Once safe in Carson we may rest for the remainder of our lives."

During the whole of that day they struggled on through the defiles, and by evening they calculated that they were more than thirty miles from their enemies. At night-time they chose the base of a beetling crag, where the rocks offered some protection from the chill wind, and there huddled together for warmth, they enjoyed a few hours' sleep. Before daybreak, however, they were up and on their way once more. They had seen no signs of any pursuers, and Jefferson Hope began to think that they were fairly out of the reach of the terrible organization whose enmity they had incurred. He little knew how far that iron grasp could reach, or how soon it was to close upon them

CAPÍTULO V — LOS ÁNGELES VENGADORES

Durante toda la noche su rumbo discurrió a través de intrincados desfiladeros y por senderos irregulares y sembrados de rocas. Más de una vez perdieron el rumbo pero el íntimo conocimiento que Hope tenía de las montañas les permitió recuperar el camino una vez más. Cuando amaneció, se extendía ante ellos una escena de maravillosa aunque salvaje belleza. Los grandes picos nevados les rodeaban en todas las direcciones, asomándose unos por encima de los hombros de los otros hasta el lejano horizonte. Tan escarpadas eran las orillas rocosas a ambos lados que el alerce y el pino parecían suspendidos sobre sus cabezas y que sólo necesitaban una ráfaga de viento para precipitarse sobre ellos. El miedo tampoco era del todo una ilusión pues el árido valle estaba densamente sembrado de árboles y rocas que habían caído de forma similar. Incluso mientras pasaban, una gran roca se desplomó con un estruendo ronco que despertó los ecos en las silenciosas gargantas y sobresaltó a los cansados caballos que comenzaron a galopar.

A medida que el sol se elevaba lentamente sobre el horizonte oriental, las cumbres de las grandes montañas se iluminaron una tras otra, como lámparas en un festival, hasta que quedaron rubicundas y resplandecientes. El magnífico espectáculo alegró los corazones de los tres fugitivos y les dio nuevas energías. En un torrente de agua que salía de un barranco hicieron un alto y dieron de beber a sus caballos mientras tomaban un apresurado desayuno. Lucy y su padre hubieran deseado descansar más tiempo pero Jefferson Hope fue inexorable. «A estas horas ya estarán sobre nuestra pista», dijo. «Todo depende de nuestra velocidad. Una vez a salvo en Carson podremos descansar el resto de nuestras vidas».

Durante todo ese día siguieron con esfuerzo a través de los desfiladeros y al atardecer calcularon que estaban a más de treinta millas de sus enemigos. Por la noche eligieron la base de un peñasco escarpado, donde las rocas ofrecían cierta protección contra el viento gélido, y allí, acurrucados para entrar en calor, disfrutaron de unas horas de sueño. Sin embargo, antes del amanecer ya estaban en pie y de nuevo en camino. No habían visto señales de alguien persiguiéndolos y Jefferson Hope empezó a pensar que estaban bastante fuera del alcance de la terrible organización cuya enemistad se habían granjeado. Poco sabía él hasta dónde podía llegar ese férreo alcance o cuán pronto iba a cerrarse

and crush them.

About the middle of the second day of their flight their scanty store of provisions began to run out. This gave the hunter little uneasiness, however, for there was game to be had among the mountains, and he had frequently before had to depend upon his rifle for the needs of life. Choosing a sheltered nook, he piled together a few dried branches and made a blazing fire, at which his companions might warm themselves, for they were now nearly five thousand feet above the sea level, and the air was bitter and keen. Having tethered the horses, and bade Lucy adieu, he threw his gun over his shoulder, and set out in search of whatever chance might throw in his way. Looking back he saw the old man and the young girl crouching over the blazing fire, while the three animals stood motionless in the back-ground. Then the intervening rocks hid them from his view.

He walked for a couple of miles through one ravine after another without success, though from the marks upon the bark of the trees, and other indications, he judged that there were numerous bears in the vicinity. At last, after two or three hours' fruitless search, he was thinking of turning back in despair, when casting his eyes upwards he saw a sight which sent a thrill of pleasure through his heart. On the edge of a jutting pinnacle, three or four hundred feet above him, there stood a creature somewhat resembling a sheep in appearance, but armed with a pair of gigantic horns. The big-horn—for so it is called—was acting, probably, as a guardian over a flock which were invisible to the hunter; but fortunately it was heading in the opposite direction, and had not perceived him. Lying on his face, he rested his rifle upon a rock, and took a long and steady aim before drawing the trigger. The animal sprang into the air, tottered for a moment upon the edge of the precipice, and then came crashing down into the valley beneath.

The creature was too unwieldy to lift, so the hunter contented himself with cutting away one haunch and part of the flank. With this trophy over his shoulder, he hastened to retrace his steps, for the evening was already drawing in. He had hardly started, however, before he realized the difficulty which faced him. In his eagerness he had wandered far past the ravines which were known to him, and it was no easy matter to pick out the path which he had taken. The

sobre ellos y aplastarlos.

Hacia la mitad del segundo día de su huida sus escasas provisiones empezaron a agotarse. Sin embargo, esto no inquietó mucho al cazador, ya que había caza entre las montañas y en otras ocasiones había tenido que depender de su rifle para satisfacer sus necesidades vitales. Eligió un rincón protegido, amontonó unas cuantas ramas secas e hizo un gran fuego para que sus compañeros pudieran calentarse, pues ahora estaban a casi cinco mil pies sobre el nivel del mar y el aire era helado y cortante. Tras atar los caballos y despedirse de Lucy se echó el fusil al hombro y salió en busca de lo que el azar le pusiera en el camino. Mirando hacia atrás vio al anciano y a la joven agazapados junto al brillante fuego, mientras los tres animales permanecían inmóviles en el fondo. Luego, las rocas intermedias los ocultaron de su vista.

Caminó durante un par de millas a través de un barranco tras otro sin éxito aunque, por las marcas en la corteza de los árboles y otros indicios, juzgó que había numerosos osos en los alrededores. Por fin, tras dos o tres horas de búsqueda infructuosa, estaba pensando en dar media vuelta, habiendo perdido la esperanza, cuando alzando los ojos vio algo que le produjo un estremecimiento de placer en el corazón. En el borde de un pináculo sobresaliente, a trescientos o cuatrocientos pies por encima de él, se erguía una criatura de aspecto algo parecido al de una oveja pero armada con un par de cuernos gigantescos. La gran astada —porque así se le llama— actuaba, probablemente, como guardián de un rebaño invisible para el cazador pero afortunadamente se dirigía en dirección contraria y no le había percibido. Tumbado boca abajo apoyó el rifle sobre una roca y apuntó largamente antes de apretar el gatillo. El animal saltó por los aires, se tambaleó un momento al borde del precipicio y luego se precipitó al valle que había debajo.

La criatura pesaba demasiado como para levantarla, así que el cazador se contentó con cortarle un anca y parte del flanco. Con este trofeo al hombro se apresuró a volver sobre sus pasos, pues la tarde ya se acercaba. Apenas se había puesto en marcha, sin embargo, cuando se dio cuenta de la dificultad a la que se enfrentaba. En su afán se había alejado mucho de los barrancos que le eran conocidos y no era fácil encontrar el camino que había tomado. El valle en el que se encontraba

valley in which he found himself divided and sub-divided into many gorges, which were so like each other that it was impossible to distinguish one from the other. He followed one for a mile or more until he came to a mountain torrent which he was sure that he had never seen before. Convinced that he had taken the wrong turn, he tried another, but with the same result. Night was coming on rapidly, and it was almost dark before he at last found himself in a defile which was familiar to him. Even then it was no easy matter to keep to the right track, for the moon had not yet risen, and the high cliffs on either side made the obscurity more profound. Weighed down with his burden, and weary from his exertions, he stumbled along, keeping up his heart by the reflection that every step brought him nearer to Lucy, and that he carried with him enough to ensure them food for the remainder of their journey.

He had now come to the mouth of the very defile in which he had left them. Even in the darkness he could recognize the outline of the cliffs which bounded it. They must, he reflected, be awaiting him anxiously, for he had been absent nearly five hours. In the gladness of his heart he put his hands to his mouth and made the glen re-echo to a loud halloo as a signal that he was coming. He paused and listened for an answer. None came save his own cry, which clattered up the dreary silent ravines, and was borne back to his ears in countless repetitions. Again he shouted, even louder than before, and again no whisper came back from the friends whom he had left such a short time ago. A vague, nameless dread came over him, and he hurried onwards frantically, dropping the precious food in his agitation.

When he turned the corner, he came full in sight of the spot where the fire had been lit. There was still a glowing pile of wood ashes there, but it had evidently not been tended since his departure. The same dead silence still reigned all round. With his fears all changed to convictions, he hurried on. There was no living creature near the remains of the fire: animals, man, maiden, all were gone. It was only too clear that some sudden and terrible disaster had occurred during his absence—a disaster which had embraced them all, and yet had left no traces behind it.

se dividía y subdividía en muchos desfiladeros, tan parecidos entre sí que era imposible distinguir uno de otro. Siguió uno durante una milla o más hasta que llegó a un torrente de montaña que estaba seguro de no haber visto nunca. Convencido de que se había equivocado de camino, probó con otro, pero con el mismo resultado. La noche se acercaba rápidamente y casi había oscurecido cuando por fin se encontró en un desfiladero que le resultaba familiar. Incluso entonces no fue fácil seguir el camino correcto, pues la luna aún no había salido y los altos acantilados a ambos lados hacían más profunda la oscuridad. Agobiado por su carga y cansado por sus esfuerzos avanzó dando tumbos, manteniendo firme su corazón por la reflexión de que cada paso le acercaba más a Lucy y que llevaba consigo lo suficiente para asegurarles comida para el resto de su viaje.

Ahora había llegado a la boca del mismo desfiladero en el que los había dejado. Incluso en la oscuridad pudo reconocer el contorno de los acantilados que lo delimitaban. Debían, reflexionó, estar esperándole ansiosamente, pues él llevaba casi cinco horas ausente. Con toda la alegría de su corazón se llevó las manos a la boca e hizo resonar en la cañada un fuerte grito como señal de que se acercaba. Se detuvo y escuchó en espera de una respuesta. No llegó ninguna salvo su propio grito, que hizo eco en los lóbregos y silenciosos barrancos y volvió a sus oídos en innumerables repeticiones. Volvió a gritar, aún más fuerte que antes, y de nuevo ningún susurro volvió de los amigos que había dejado hacía tan poco tiempo. Un temor vago y sin nombre se apoderó de él y se dio prisa por avanzar frenéticamente, dejando caer la preciada comida en su agitación.

Cuando dobló la esquina, se encontró de frente con el lugar donde se había encendido el fuego. Todavía había allí un montón incandescente de cenizas de madera pero evidentemente no había sido atendido desde su partida. El mismo silencio sepulcral seguía reinando a su alrededor. Con sus temores convertidos en convicciones se apresuró a seguir adelante. No había ningún ser vivo cerca de los restos del fuego: animales, hombre, doncella, todos habían desaparecido. Estaba demasiado claro que algún desastre repentino y terrible había ocurrido durante su ausencia... un desastre que los había abarcado a todos y que, sin embargo, no había dejado ningún rastro tras de sí.

Bewildered and stunned by this blow, Jefferson Hope felt his head spin round, and had to lean upon his rifle to save himself from falling. He was essentially a man of action, however, and speedily recovered from his temporary impotence. Seizing a half-consumed piece of wood from the smouldering fire, he blew it into a flame, and proceeded with its help to examine the little camp. The ground was all stamped down by the feet of horses, showing that a large party of mounted men had overtaken the fugitives, and the direction of their tracks proved that they had afterwards turned back to Salt Lake City. Had they carried back both of his companions with them? Jefferson Hope had almost persuaded himself that they must have done so, when his eye fell upon an object which made every nerve of his body tingle within him. A little way on one side of the camp was a low-lying heap of reddish soil, which had assuredly not been there before. There was no mistaking it for anything but a newly-dug grave. As the young hunter approached it, he perceived that a stick had been planted on it, with a sheet of paper stuck in the cleft fork of it. The inscription upon the paper was brief, but to the point:

JOHN FERRIER,
FORMERLY OF SALT LAKE CITY,
Died August 4th, 1860.

The sturdy old man, whom he had left so short a time before, was gone, then, and this was all his epitaph. Jefferson Hope looked wildly round to see if there was a second grave, but there was no sign of one. Lucy had been carried back by their terrible pursuers to fulfil her original destiny, by becoming one of the harem of the Elder's son. As the young fellow realized the certainty of her fate, and his own powerlessness to prevent it, he wished that he, too, was lying with the old farmer in his last silent resting-place.

Again, however, his active spirit shook off the lethargy which springs from despair. If there was nothing else left to him, he could at least devote his life to revenge. With indomitable patience and perseverance, Jefferson Hope possessed also a power of sustained vindictiveness, which he may have learned from the Indians amongst whom he had lived. As he stood by the desolate fire, he felt that the

Desconcertado y aturdido por este golpe, Jefferson Hope sintió que la cabeza le daba vueltas y tuvo que apoyarse en su fusil para salvarse de caer. Sin embargo, era esencialmente un hombre de acción y se recuperó rápidamente de su impotencia temporal. Agarrando un trozo de madera a medio consumir del fuego humeante lo sopló hasta convertirlo en una llama y procedió con su ayuda a examinar el pequeño campamento. El suelo estaba todo pisoteado por los pies de los caballos, lo que demostraba que un numeroso grupo de hombres a caballo había alcanzado a los fugitivos, y la dirección de sus huellas probaba que después habían dado media vuelta hacia Salt Lake City. ¿Se habían llevado con ellos a sus dos compañeros? Jefferson Hope casi se había persuadido de que debían de haberlo hecho cuando su vista se posó en un objeto que hizo que cada nervio de su cuerpo se estremeciera en su interior. A poca distancia a un lado del campamento había un montón bajo de tierra rojiza que sin duda no había estado allí antes. Era imposible confundirlo con otra cosa que no fuera una tumba recién cavada. Cuando el joven cazador se acercó a ella percibió que le habían plantado un palo con una hoja de papel clavada en la horquilla hendida del mismo. La inscripción sobre el papel era breve pero elocuente:

JOHN FERRIER,
ANTERIORMENTE DE SALT LAKE CITY,
Fallecido el 4 de agosto de 1860.

El robusto anciano, a quien había dejado hacía tan poco tiempo, se había ido, pues, y éste era todo su epitafio. Jefferson Hope miró salvajemente a su alrededor para ver si había una segunda tumba pero no había rastro de ella. Lucy había sido llevada de vuelta por sus terribles perseguidores para cumplir su destino original, convirtiéndose en una más del harén del hijo del Anciano. Cuando el joven se dio cuenta de la certeza de su destino y de su propia impotencia para evitarlo deseó que él también yaciera con el viejo granjero en su último y silencioso lugar de descanso.

Una vez más, sin embargo, su espíritu activo se sacudió el letargo que brota de la desesperación. Si no le quedaba nada más, al menos podía dedicar su vida a la venganza. Con una paciencia y perseverancia indomables, Jefferson Hope poseía también un poder de venganza sostenido, que tal vez había aprendido de los indios entre los que había vivido. Mientras permanecía junto al fuego desolado sintió que lo único

only one thing which could assuage his grief would be thorough and complete retribution, brought by his own hand upon his enemies. His strong will and untiring energy should, he determined, be devoted to that one end. With a grim, white face, he retraced his steps to where he had dropped the food, and having stirred up the smouldering fire, he cooked enough to last him for a few days. This he made up into a bundle, and, tired as he was, he set himself to walk back through the mountains upon the track of the avenging angels.

For five days he toiled footsore and weary through the defiles which he had already traversed on horseback. At night he flung himself down among the rocks, and snatched a few hours of sleep; but before daybreak he was always well on his way. On the sixth day, he reached the Eagle Cañon, from which they had commenced their ill-fated flight. Thence he could look down upon the home of the saints. Worn and exhausted, he leaned upon his rifle and shook his gaunt hand fiercely at the silent widespread city beneath him. As he looked at it, he observed that there were flags in some of the principal streets, and other signs of festivity. He was still speculating as to what this might mean when he heard the clatter of horse's hoofs, and saw a mounted man riding towards him. As he approached, he recognized him as a Mormon named Cowper, to whom he had rendered services at different times. He therefore accosted him when he got up to him, with the object of finding out what Lucy Ferrier's fate had been.

"I am Jefferson Hope," he said. "You remember me."

The Mormon looked at him with undisguised astonishment—indeed, it was difficult to recognize in this tattered, unkempt wanderer, with ghastly white face and fierce, wild eyes, the spruce young hunter of former days. Having, however, at last, satisfied himself as to his identity, the man's surprise changed to consternation.

"You are mad to come here," he cried. "It is as much as my own life is worth to be seen talking with you. There is a warrant against you from the Holy Four for assisting the Ferriers away."

"I don't fear them, or their warrant," Hope said, earnestly. "You must know something of this matter, Cowper. I conjure you by everything you hold dear to answer a few questions. We have always

que podría mitigar su dolor sería una retribución minuciosa y completa, llevada por su propia mano sobre sus enemigos. Su fuerte voluntad y su incansable energía debían, determinó, dedicarse a ese único fin. Con el rostro adusto y blanco volvió sobre sus pasos hasta el lugar donde había dejado caer la comida y, habiendo avivado el fuego humeante, cocinó lo suficiente para que le durara unos días. Hizo con ello un fardo y, cansado como estaba, se dispuso a caminar de vuelta a través de las montañas siguiendo el rastro de los ángeles vengadores.

Durante cinco días continuó con esfuerzo, con los pies cansados y fatigados por los desfiladeros que ya había recorrido a caballo. Por la noche se arrojaba entre las rocas y arrebataba unas horas al sueño pero antes del amanecer siempre estaba bien encaminado. Al sexto día llegó al Cañón del Águila, desde donde habían iniciado su malhadada huida. Desde allí pudo contemplar el hogar de los santos. Cansado y exhausto, se apoyó en su rifle y sacudió con fiereza su mano enjuta ante la silenciosa ciudad extendida que tenía debajo. Mientras la contemplaba, observó que había banderas en algunas de las calles principales y otros signos de festividad. Aún estaba especulando sobre lo que esto podría significar cuando oyó el betir de los cascos de un caballo y vio a un hombre montado que cabalgaba hacia él. Al acercarse, lo reconoció como un mormón llamado Cowper, a quien había prestado servicios en diferentes ocasiones. Por ello le abordó cuando llegó hasta él, con el objeto de averiguar cuál había sido el destino de Lucy Ferrier.

«Soy Jefferson Hope», dijo. «Usted me recuerda».

El mormón lo miró con indisimulado asombro; de hecho, era difícil reconocer en este andrajoso y desaliñado vagabundo, de rostro espantosamente blanco y ojos feroces y salvajes, al acicalado joven cazador de antaño. Sin embargo, tras cerciorarse por fin de su identidad, la sorpresa del hombre se transformó en consternación.

«Está loco al venir aquí», gritó. «Podría perder mi vida si me ven hablando con usted. Hay una orden contra usted de los Cuatro Santos por ayudar a los Ferrier a huir».

«No les temo, ni a su orden», dijo Hope, con seriedad. «Usted debe saber algo de este asunto, Cowper. Le conjuro por todo lo que aprecia a que responda a unas preguntas. Siempre hemos sido amigos. Por el amor de

been friends. For God's sake, don't refuse to answer me."

"What is it?" the Mormon asked uneasily. "Be quick. The very rocks have ears and the trees eyes."

"What has become of Lucy Ferrier?"

"She was married yesterday to young Drebber. Hold up, man, hold up, you have no life left in you."

"Don't mind me," said Hope faintly. He was white to the very lips, and had sunk down on the stone against which he had been leaning. "Married, you say?"

"Married yesterday—that's what those flags are for on the Endowment House. There was some words between young Drebber and young Stangerson as to which was to have her. They'd both been in the party that followed them, and Stangerson had shot her father, which seemed to give him the best claim; but when they argued it out in council, Drebber's party was the stronger, so the Prophet gave her over to him. No one won't have her very long though, for I saw death in her face yesterday. She is more like a ghost than a woman. Are you off, then?"

"Yes, I am off," said Jefferson Hope, who had risen from his seat. His face might have been chiselled out of marble, so hard and set was its expression, while its eyes glowed with a baleful light.

"Where are you going?"

"Never mind," he answered; and, slinging his weapon over his shoulder, strode off down the gorge and so away into the heart of the mountains to the haunts of the wild beasts. Amongst them all there was none so fierce and so dangerous as himself.

The prediction of the Mormon was only too well fulfilled. Whether it was the terrible death of her father or the effects of the hateful marriage into which she had been forced, poor Lucy never held up her head again, but pined away and died within a month. Her sottish hus-

Dios, no se niegue a contestarme».

«¿Qué es?», preguntó inquieto el mormón. «Sea rápido. Las mismas rocas tienen oídos y los árboles ojos».

«¿Qué ha sido de Lucy Ferrier?».

«Se casó ayer con el joven Drebber. Espere, hombre, espere, no le queda vida».

«No se preocupe por mí», dijo Hope débilmente. Estaba blanco hasta los labios y se había hundido en la piedra contra la que se apoyaba. «¿Casada, dice?».

«Se casó ayer, por eso están esas banderas en la Casa Fundacional. Hubo algunas palabras entre el joven Drebber y el joven Stangerson sobre quién se la quedaría. Ambos habían estado en el grupo que los siguió y Stangerson había disparado a su padre, lo que parecía darle el mejor derecho, pero, cuando lo discutieron en el consejo, el partido de Drebber era el más fuerte, así que el Profeta se la cedió. Sin embargo, nadie la tendrá por mucho tiempo, pues ayer vi la muerte en su rostro. Se parece más a un fantasma que a una mujer. ¿Se va, entonces?».

«Sí, me voy», dijo Jefferson Hope, que se había levantado de su asiento. Su rostro podría haber estado cincelado en mármol, tan dura y fija era su expresión, mientras sus ojos brillaban con un resplandor siniestro.

«¿Adónde va?».

«No importa», respondió; y, echándose el arma al hombro, se alejó por el desfiladero y se internó en el corazón de las montañas hacia las guaridas de las bestias salvajes. Entre todas ellas no había ninguna tan feroz y peligrosa como él.

La predicción del mormón se cumplió con creces. Ya fuera por la terrible muerte de su padre o por los efectos del odioso matrimonio al que se había visto obligada, la pobre Lucy no volvió a levantar cabeza, sino que se consumió y murió al cabo de un mes. Su estúpido marido, que se

band, who had married her principally for the sake of John Ferrier's property, did not affect any great grief at his bereavement; but his other wives mourned over her, and sat up with her the night before the burial, as is the Mormon custom. They were grouped round the bier in the early hours of the morning, when, to their inexpressible fear and astonishment, the door was flung open, and a savage-looking, weather-beaten man in tattered garments strode into the room. Without a glance or a word to the cowering women, he walked up to the white silent figure which had once contained the pure soul of Lucy Ferrier. Stooping over her, he pressed his lips reverently to her cold forehead, and then, snatching up her hand, he took the wedding-ring from her finger. "She shall not be buried in that," he cried with a fierce snarl, and before an alarm could be raised sprang down the stairs and was gone. So strange and so brief was the episode, that the watchers might have found it hard to believe it themselves or persuade other people of it, had it not been for the undeniable fact that the circlet of gold which marked her as having been a bride had disappeared.

For some months Jefferson Hope lingered among the mountains, leading a strange wild life, and nursing in his heart the fierce desire for vengeance which possessed him. Tales were told in the City of the weird figure which was seen prowling about the suburbs, and which haunted the lonely mountain gorges. Once a bullet whistled through Stangerson's window and flattened itself upon the wall within a foot of him. On another occasion, as Drebber passed under a cliff a great boulder crashed down on him, and he only escaped a terrible death by throwing himself upon his face. The two young Mormons were not long in discovering the reason of these attempts upon their lives, and led repeated expeditions into the mountains in the hope of capturing or killing their enemy, but always without success. Then they adopted the precaution of never going out alone or after nightfall, and of having their houses guarded. After a time they were able to relax these measures, for nothing was either heard or seen of their opponent, and they hoped that time had cooled his vindictiveness.

Far from doing so, it had, if anything, augmented it. The hunter's mind was of a hard, unyielding nature, and the predominant idea of revenge had taken such complete possession of it that there was no room for any other emotion. He was, however, above all things

había casado con ella principalmente por la propiedad de John Ferrier, no mostró gran pesar por su pérdida pero sus otras esposas la lloraron y la velaron la noche anterior al entierro, como es costumbre entre los mormones. Estaban agrupadas alrededor del féretro en las primeras horas de la mañana cuando, para su inexpresable temor y asombro, la puerta se abrió de golpe y un hombre de aspecto salvaje, curtido y con ropas andrajosas, entró a grandes zancadas en la habitación. Sin dirigir ni una mirada ni una palabra a las atemorizadas mujeres, se acercó a la blanca y silenciosa figura que una vez había contenido el alma pura de Lucy Ferrier. Inclinándose sobre ella, apretó sus labios reverentemente sobre su fría frente y luego, cogiéndole la mano, le quitó el anillo de boda del dedo. «No será enterrada con eso», gritó con un gruñido feroz, y antes de que pudiera darse la alarma bajó de un salto las escaleras y se marchó. Tan extraño y breve fue el episodio que a los observadores les hubiera costado creerlo ellos mismos, o persuadir a otras personas de ello, si no hubiera sido por el hecho innegable de que el anillo de oro que la marcaba como novia había desaparecido.

Durante algunos meses Jefferson Hope permaneció en las montañas, llevando una extraña vida salvaje y alimentando en su corazón el feroz deseo de venganza que le poseía. En la ciudad se contaban historias de la extraña figura que se veía merodeando por los suburbios y que rondaba los desfiladeros solitarios de las montañas. Una vez, una bala atravesó silbando la ventana de Stangerson y se estrelló contra la pared a menos de un pie de él. En otra ocasión, cuando Drebber pasaba por debajo de un acantilado, una gran roca se desplomó sobre él y sólo escapó de una muerte terrible arrojándose de bruces. Los dos jóvenes mormones no tardaron en descubrir la razón de estos atentados contra sus vidas y organizaron repetidas expediciones a las montañas con la esperanza de capturar o matar a su enemigo, pero siempre sin éxito. Entonces adoptaron la precaución de no salir nunca solos ni después del anochecer y de tener sus casas vigiladas. Al cabo de un tiempo pudieron relajar estas medidas, ya que no se oía ni se veía nada de su adversario y esperaban que el tiempo hubiera enfriado su venganza.

Lejos de hacerlo, si acaso la había aumentado. La mente del cazador era de naturaleza dura e inflexible y la idea predominante de venganza se había apoderado tan completamente de ella que no había lugar para ninguna otra emoción. Sin embargo, era ante todo práctico. Pronto se

practical. He soon realized that even his iron constitution could not stand the incessant strain which he was putting upon it. Exposure and want of wholesome food were wearing him out. If he died like a dog among the mountains, what was to become of his revenge then? And yet such a death was sure to overtake him if he persisted. He felt that that was to play his enemy's game, so he reluctantly returned to the old Nevada mines, there to recruit his health and to amass money enough to allow him to pursue his object without privation.

His intention had been to be absent a year at the most, but a combination of unforeseen circumstances prevented his leaving the mines for nearly five. At the end of that time, however, his memory of his wrongs and his craving for revenge were quite as keen as on that memorable night when he had stood by John Ferrier's grave. Disguised, and under an assumed name, he returned to Salt Lake City, careless what became of his own life, as long as he obtained what he knew to be justice. There he found evil tidings awaiting him. There had been a schism among the Chosen People a few months before, some of the younger members of the Church having rebelled against the authority of the Elders, and the result had been the secession of a certain number of the malcontents, who had left Utah and become Gentiles. Among these had been Drebber and Stangerson; and no one knew whither they had gone. Rumour reported that Drebber had managed to convert a large part of his property into money, and that he had departed a wealthy man, while his companion, Stangerson, was comparatively poor. There was no clue at all, however, as to their whereabouts.

Many a man, however vindictive, would have abandoned all thought of revenge in the face of such a difficulty, but Jefferson Hope never faltered for a moment. With the small competence he possessed, eked out by such employment as he could pick up, he travelled from town to town through the United States in quest of his enemies. Year passed into year, his black hair turned grizzled, but still he wandered on, a human bloodhound, with his mind wholly set upon the one object upon which he had devoted his life. At last his perseverance was rewarded. It was but a glance of a face in a window, but that one glance told him that Cleveland in Ohio possessed the men whom he was in pursuit of. He returned to his miserable lodgings with his plan of vengeance all arranged. It chanced, however, that Drebber, look-

dio cuenta de que ni siquiera su férrea constitución podía soportar la incesante tensión a la que la estaba sometiendo. La exposición y la falta de alimentos sanos le estaban agotando. Si moría como un perro entre las montañas, ¿qué iba a ser entonces de su venganza? Y sin embargo, una muerte así le alcanzaría con toda seguridad si persistía. Pensó que eso era hacerle el juego a su enemigo, así que regresó a regañadientes a las viejas minas de Nevada para recuperar su salud y amasar el dinero que le permitiera perseguir su objetivo sin privaciones.

Su intención había sido ausentarse un año como máximo pero una combinación de circunstancias imprevistas le impidió abandonar las minas durante casi cinco. Al cabo de ese tiempo, sin embargo, el recuerdo de sus agravios y sus ansias de venganza eran tan intensos como en aquella memorable noche en que había permanecido junto a la tumba de John Ferrier. Disfrazado y bajo un nombre falso regresó a Salt Lake City, sin importarle lo que fuera de su propia vida mientras obtuviera lo que sabía que era justicia. Allí le aguardaban malas noticias. Había habido un cisma entre el Pueblo Elegido unos meses antes, algunos de los miembros más jóvenes de la Iglesia se habían rebelado contra la autoridad de los Ancianos y el resultado había sido la secesión de cierto número de los descontentos que habían abandonado Utah y se habían hecho Gentiles. Entre ellos estaban Drebber y Stangerson; y nadie sabía adónde habían ido. Los rumores informaban de que Drebber había conseguido convertir gran parte de sus propiedades en dinero y que había partido convertido en un hombre rico, mientras que su compañero, Stangerson, era comparativamente pobre. Sin embargo, no había ninguna pista sobre su paradero.

Muchos hombres, por vengativos que fueran, habrían abandonado todo pensamiento de venganza ante semejante dificultad, pero Jefferson Hope no vaciló ni un momento. Con la poca competencia que poseía, rebuscándoselas con los empleos que podía conseguir, viajó de ciudad en ciudad por Estados Unidos en busca de sus enemigos. Año tras año, su pelo negro se volvió canoso pero aun así siguió deambulando, como un sabueso humano, con la mente totalmente puesta en el único objeto al que había dedicado su vida. Por fin su perseverancia se vio recompensada. No fue más que un vistazo a un rostro en una ventana pero ese único vistazo le dijo que Cleveland, en Ohio, poseía a los hombres que él perseguía. Regresó a su miserable alojamiento con su plan de venganza completamente trazado. Dio la casualidad, sin embargo, de

ing from his window, had recognized the vagrant in the street, and had read murder in his eyes. He hurried before a justice of the peace, accompanied by Stangerson, who had become his private secretary, and represented to him that they were in danger of their lives from the jealousy and hatred of an old rival. That evening Jefferson Hope was taken into custody, and not being able to find sureties, was detained for some weeks. When at last he was liberated, it was only to find that Drebber's house was deserted, and that he and his secretary had departed for Europe.

Again the avenger had been foiled, and again his concentrated hatred urged him to continue the pursuit. Funds were wanting, however, and for some time he had to return to work, saving every dollar for his approaching journey. At last, having collected enough to keep life in him, he departed for Europe, and tracked his enemies from city to city, working his way in any menial capacity, but never overtaking the fugitives. When he reached St. Petersburg they had departed for Paris; and when he followed them there he learned that they had just set off for Copenhagen. At the Danish capital he was again a few days late, for they had journeyed on to London, where he at last succeeded in running them to earth. As to what occurred there, we cannot do better than quote the old hunter's own account, as duly recorded in Dr. Watson's Journal, to which we are already under such obligations.

que Drebber, mirando desde su ventana, había reconocido al vagabundo en la calle y había leído el asesinato en sus ojos. Se apresuró ante un juez de paz, acompañado por Stangerson, que se había convertido en su secretario particular, y le expuso que corrían peligro de muerte por los celos y el odio de un viejo rival. Esa noche Jefferson Hope fue puesto bajo custodia y, al no poder encontrar fiadores, estuvo detenido durante algunas semanas. Cuando por fin fue liberado fue sólo para descubrir que la casa de Drebber estaba desierta y que él y su secretario habían partido hacia Europa.

De nuevo el vengador había sido frustrado y de nuevo su odio concentrado le instó a continuar la persecución. Sin embargo, le faltaban fondos y durante algún tiempo tuvo que volver al trabajo, ahorrando cada dólar para su próximo viaje. Por fin, habiendo reunido lo suficiente para mantener su subsistencia, partió hacia Europa y rastreó a sus enemigos de ciudad en ciudad, abriéndose camino en cualquier trabajo servil pero sin alcanzar nunca a los fugitivos. Cuando llegó a San Petersburgo habían partido hacia París y cuando los siguió hasta allí se enteró de que acababan de partir hacia Copenhague. En la capital danesa llegó de nuevo con unos días de retraso, ya que habían seguido viaje hasta Londres, donde por fin consiguió determinar su paradero. En cuanto a lo que allí ocurrió, no podemos hacer otra cosa que citar el propio relato del viejo cazador, debidamente recogido en el Diario del Dr. Watson, al que ya estamos tan agradecidos.

CHAPTER VI — A CONTINUATION OF THE REMINISCENCES OF JOHN WATSON, M.D.

Our prisoner's furious resistance did not apparently indicate any ferocity in his disposition towards ourselves, for on finding himself powerless, he smiled in an affable manner, and expressed his hopes that he had not hurt any of us in the scuffle. "I guess you're going to take me to the police-station," he remarked to Sherlock Holmes. "My cab's at the door. If you'll loose my legs I'll walk down to it. I'm not so light to lift as I used to be."

Gregson and Lestrade exchanged glances as if they thought this proposition rather a bold one; but Holmes at once took the prisoner at his word, and loosened the towel which we had bound round his ankles. He rose and stretched his legs, as though to assure himself that they were free once more. I remember that I thought to myself, as I eyed him, that I had seldom seen a more powerfully built man; and his dark sunburned face bore an expression of determination and energy which was as formidable as his personal strength.

"If there's a vacant place for a chief of the police, I reckon you are the man for it," he said, gazing with undisguised admiration at my fellow-lodger. "The way you kept on my trail was a caution."

"You had better come with me," said Holmes to the two detectives.

"I can drive you," said Lestrade.

"Good! and Gregson can come inside with me. You too, Doctor, you have taken an interest in the case and may as well stick to us."

I assented gladly, and we all descended together. Our prisoner made no attempt at escape, but stepped calmly into the cab which had been his, and we followed him. Lestrade mounted the box, whipped up the horse, and brought us in a very short time to our destination. We were ushered into a small chamber where a police Inspector noted down our prisoner's name and the names of the men with whose murder he had been charged. The official was a white-faced unemotional man, who went through his duties in a dull mechanical way.

La furiosa resistencia de nuestro prisionero no indicaba aparentemente ninguna ferocidad en su disposición hacia nosotros pues, al verse impotente, sonrió de manera afable y expresó su esperanza de no habernos herido en la refriega. «Supongo que va a llevarme a la comisaría», comentó a Sherlock Holmes. «Mi taxi está en la puerta. Si me suelta las piernas bajaré hasta él. Ya no soy tan ligero de levantar como antes».

Gregson y Lestrade intercambiaron miradas como si pensaran que esta proposición era bastante atrevida pero Holmes enseguida tomó la palabra al prisionero y aflojó la toalla que le habíamos atado a los tobillos. Él se levantó y estiró las piernas como para asegurarse de que volvían a estar libres. Recuerdo que pensé, mientras lo miraba, que rara vez había visto un hombre de constitución más poderosa y su rostro oscuro y quemado por el sol mostraba una expresión de determinación y energía tan formidable como su fuerza personal.

«Si hay una plaza vacante para un jefe de policía creo que usted es el hombre adecuado», dijo él, mirando con indisimulada admiración a mi compañero de casa. «La forma en que me siguió la pista fue asombroso».

«Será mejor que vengan conmigo», dijo Holmes a los dos detectives.

«Yo puedo conducir», dijo Lestrade.

«¡Bien! Gregson puede venir conmigo. Usted también, doctor, se ha interesado por el caso y puede venir con nosotros».

Asentí con gusto y descendimos todos juntos. Nuestro prisionero no hizo ningún intento de escapar sino que entró tranquilamente en el taxi que había sido suyo y nosotros le seguimos. Lestrade montó en la caja, azuzó al caballo y nos llevó en muy poco tiempo a nuestro destino. Nos hicieron pasar a una pequeña cámara donde un inspector de policía anotaba el nombre de nuestro prisionero y el de los hombres de cuyo asesinato se le acusaba. El funcionario era un hombre impasible, de rostro blanco, que cumplía con sus obligaciones de una forma me-

"The prisoner will be put before the magistrates in the course of the week," he said; "in the mean time, Mr. Jefferson Hope, have you anything that you wish to say? I must warn you that your words will be taken down, and may be used against you."

"I've got a good deal to say," our prisoner said slowly. "I want to tell you gentlemen all about it."

"Hadn't you better reserve that for your trial?" asked the Inspector.

"I may never be tried," he answered. "You needn't look startled. It isn't suicide I am thinking of. Are you a Doctor?" He turned his fierce dark eyes upon me as he asked this last question.

"Yes; I am," I answered.

"Then put your hand here," he said, with a smile, motioning with his manacled wrists towards his chest.

I did so; and became at once conscious of an extraordinary throbbing and commotion which was going on inside. The walls of his chest seemed to thrill and quiver as a frail building would do inside when some powerful engine was at work. In the silence of the room I could hear a dull humming and buzzing noise which proceeded from the same source.

"Why," I cried, "you have an aortic aneurism!"

"That's what they call it," he said, placidly. "I went to a Doctor last week about it, and he told me that it is bound to burst before many days passed. It has been getting worse for years. I got it from over-exposure and under-feeding among the Salt Lake Mountains. I've done my work now, and I don't care how soon I go, but I should like to leave some account of the business behind me. I don't want to be remembered as a common cut-throat."

The Inspector and the two detectives had a hurried discussion as to the advisability of allowing him to tell his story.

cánica y aburrida. «El prisionero comparecerá ante los magistrados en el transcurso de la semana», dijo; «mientras tanto, Mr. Jefferson Hope, ¿hay algo que desee decir? Debo advertirle que sus palabras serán registradas y pueden ser utilizadas en su contra».

«Tengo mucho que decir», dijo lentamente nuestro prisionero. «Quiero contarles todo a ustedes, caballeros».

«¿No sería mejor que lo reservara para el juicio?», preguntó el inspector.

«Puede que nunca me juzguen», respondió él. «No hace falta que se asusten. No estoy pensando en suicidarme. ¿Es usted médico?». Dirigió sus fieros ojos oscuros hacia mí al hacer esta última pregunta.

«Sí, lo soy», respondí.

«Entonces ponga la mano aquí», dijo con una sonrisa, señalando con las muñecas maniatadas hacia su pecho.

Así lo hice, y fui consciente al instante de una extraordinaria palpitación y conmoción que se producía en su interior. Las paredes de su pecho parecían estremecerse y temblar como lo haría un frágil edificio por dentro cuando algún potente motor estuviera en funcionamiento. En el silencio de la habitación podía oír un sordo zumbido que procedía de la misma fuente.

«Vaya», grité, «¡tiene un aneurisma de aorta!».

«Así es como lo llaman», dijo él, plácidamente. «Fui a un médico la semana pasada por ello y me dijo que está destinado a reventar antes de que pasen muchos días. Lleva años empeorando. Lo contraje por sobreexposición y alimentación insuficiente en las montañas alrededor de Salt Lake. Ya he hecho mi trabajo y no me importa lo pronto que me vaya pero me gustaría dejar alguna cuenta del asunto detrás de mí. No quiero que me recuerden como un vulgar degollador».

El Inspector y los dos detectives mantuvieron una apresurada discusión sobre la conveniencia de permitirle contar su historia.

"Do you consider, Doctor, that there is immediate danger?" the former asked.

"Most certainly there is," I answered.

"In that case it is clearly our duty, in the interests of justice, to take his statement," said the Inspector. "You are at liberty, sir, to give your account, which I again warn you will be taken down."

"I'll sit down, with your leave," the prisoner said, suiting the action to the word. "This aneurism of mine makes me easily tired, and the tussle we had half an hour ago has not mended matters. I'm on the brink of the grave, and I am not likely to lie to you. Every word I say is the absolute truth, and how you use it is a matter of no consequence to me."

With these words, Jefferson Hope leaned back in his chair and began the following remarkable statement. He spoke in a calm and methodical manner, as though the events which he narrated were commonplace enough. I can vouch for the accuracy of the subjoined account, for I have had access to Lestrade's note-book, in which the prisoner's words were taken down exactly as they were uttered.

"It don't much matter to you why I hated these men," he said; "it's enough that they were guilty of the death of two human beings—a father and a daughter—and that they had, therefore, forfeited their own lives. After the lapse of time that has passed since their crime, it was impossible for me to secure a conviction against them in any court. I knew of their guilt though, and I determined that I should be judge, jury, and executioner all rolled into one. You'd have done the same, if you have any manhood in you, if you had been in my place.

"That girl that I spoke of was to have married me twenty years ago. She was forced into marrying that same Drebber, and broke her heart over it. I took the marriage ring from her dead finger, and I vowed that his dying eyes should rest upon that very ring, and that his last thoughts should be of the crime for which he was punished. I have carried it about with me, and have followed him and his accomplice over two continents until I caught them. They thought to tire me out, but they could not do it. If I die to-morrow, as is likely enough, I die

«¿Considera, doctor, que existe un peligro inmediato?», preguntó el primero.

«Desde luego que sí», le contesté.

«En ese caso es claramente nuestro deber, en interés de la justicia, tomarle declaración», dijo el Inspector. «Está usted en libertad, señor, de dar su versión; vuelvo a advertirle que será registrada».

«Me sentaré, con su permiso», dijo el prisionero, adecuando la acción a la palabra. «Este aneurisma mío me cansa con facilidad y la pelea que tuvimos hace media hora no ha mejorado las cosas. Estoy al borde de la tumba y no es probable que le mienta. Cada palabra que digo es la verdad absoluta y el uso que usted haga de ellas no me importa».

Con estas palabras, Jefferson Hope se reclinó en su silla y comenzó la siguiente declaración extraordinaria. Hablaba de forma tranquila y metódica, como si los hechos que narraba fueran de lo más cotidianos. Puedo dar fe de la exactitud del relato adjunto pues he tenido acceso al cuaderno de notas de Lestrade, en el que las palabras del prisionero fueron anotadas exactamente como fueron pronunciadas.

«No importa mucho por qué odiaba a esos hombres», dijo; «basta con que fueran culpables de la muerte de dos seres humanos —un padre y una hija— y que, por lo tanto, tuvieran que perder sus propias vidas. Tras el lapso de tiempo transcurrido desde su crimen me resultaba imposible conseguir una condena contra ellos en ningún tribunal. Sin embargo, sabía de su culpabilidad y decidí que yo debía ser juez, jurado y verdugo, todo en uno. Ustedes habrían hecho lo mismo, si tienen algo de hombría en su interior, si hubieran estado en mi lugar.

«Esa muchacha de la que les hablé iba a casarse conmigo hace veinte años. La obligaron a casarse con ese mismo Drebber y le rompieron el corazón con ello. Tomé el anillo de matrimonio de su dedo muerto y juré que los ojos moribundos de él se posarían en ese mismo anillo y que sus últimos pensamientos serían sobre el crimen por el que fue castigado. Lo he llevado conmigo y les he seguido a él y a su cómplice por dos continentes hasta que les atrapé. Pensaron cansarme pero no pudieron conseguirlo. Si muero mañana, como es bastante probable, moriré sabien-

knowing that my work in this world is done, and well done. They have perished, and by my hand. There is nothing left for me to hope for, or to desire.

"They were rich and I was poor, so that it was no easy matter for me to follow them. When I got to London my pocket was about empty, and I found that I must turn my hand to something for my living. Driving and riding are as natural to me as walking, so I applied at a cabowner's office, and soon got employment. I was to bring a certain sum a week to the owner, and whatever was over that I might keep for myself. There was seldom much over, but I managed to scrape along somehow. The hardest job was to learn my way about, for I reckon that of all the mazes that ever were contrived, this city is the most confusing. I had a map beside me though, and when once I had spotted the principal hotels and stations, I got on pretty well.

"It was some time before I found out where my two gentlemen were living; but I inquired and inquired until at last I dropped across them. They were at a boarding-house at Camberwell, over on the other side of the river. When once I found them out I knew that I had them at my mercy. I had grown my beard, and there was no chance of their recognizing me. I would dog them and follow them until I saw my opportunity. I was determined that they should not escape me again.

"They were very near doing it for all that. Go where they would about London, I was always at their heels. Sometimes I followed them on my cab, and sometimes on foot, but the former was the best, for then they could not get away from me. It was only early in the morning or late at night that I could earn anything, so that I began to get behind hand with my employer. I did not mind that, however, as long as I could lay my hand upon the men I wanted.

"They were very cunning, though. They must have thought that there was some chance of their being followed, for they would never go out alone, and never after nightfall. During two weeks I drove behind them every day, and never once saw them separate. Drebber himself was drunk half the time, but Stangerson was not to be caught napping. I watched them late and early, but never saw the ghost of a chance; but I was not discouraged, for something told me that the hour had almost come. My only fear was that this thing in my chest

do que mi trabajo en este mundo está hecho, y bien hecho. Ellos han perecido, y por mi mano. No me queda nada que esperar ni que desear.

«Ellos eran ricos y yo pobre, así que no me resultó fácil seguirlos. Cuando llegué a Londres mi bolsillo estaba casi vacío y descubrí que debía dedicarme a algo para ganarme la vida. Conducir y montar a caballo es para mí tan natural como caminar, así que me presenté en la oficina de taxistas y pronto conseguí empleo. Debía llevar una cierta suma a la semana al propietario y lo que sobrara podría quedármelo para mí. Rara vez sobraba mucho pero me las arreglé para salir adelante de alguna manera. El trabajo más duro fue aprender a orientarme pues considero que, de todos los laberintos que se han ideado, esta ciudad es el más confuso. Sin embargo, tenía un mapa a mi lado y, una vez localizados los principales hoteles y estaciones, me desenvolví bastante bien.

«Pasó algún tiempo antes de que averiguara dónde vivían mis dos caballeros pero indagué e indagué hasta que por fin di con ellos. Estaban en una pensión de Camberwell, al otro lado del río. Cuando los descubrí, supe que los tenía a mi merced. Me había dejado crecer la barba y no había ninguna posibilidad de que me reconocieran. Los perseguiría y los seguiría hasta que viera mi oportunidad. Estaba decidido a que no se me volvieran a escapar.

«Estuvieron muy cerca de hacerlo. Fueran donde fueran por Londres, yo siempre les pisaba los talones. A veces les seguía en mi taxi y otras a pie, pero en taxi era lo mejor, porque así no podían escaparse de mí. Sólo a primera hora de la mañana o a última de la noche podía ganar algo, por lo que empecé a tener problemas con mi patrón. Sin embargo, eso no me importaba mientras pudiera echar mano de los hombres como quería.

«Sin embargo, eran muy astutos. Debían de pensar que había alguna posibilidad de que los siguieran, porque nunca salían solos y nunca lo hacían después del anochecer. Durante dos semanas conduje detrás de ellos todos los días y ni una sola vez los vi separarse. El propio Drebber estaba borracho la mitad del tiempo pero a Stangerson no se le podía pillar descuidado. Los vigilé por la tarde y por la mañana pero nunca vi el fantasma de una oportunidad; pero no me desanimé, pues algo me decía que casi había llegado la hora. Mi único temor era que esa cosa

might burst a little too soon and leave my work undone.

"At last, one evening I was driving up and down Torquay Terrace, as the street was called in which they boarded, when I saw a cab drive up to their door. Presently some luggage was brought out, and after a time Drebber and Stangerson followed it, and drove off. I whipped up my horse and kept within sight of them, feeling very ill at ease, for I feared that they were going to shift their quarters. At Euston Station they got out, and I left a boy to hold my horse, and followed them on to the platform. I heard them ask for the Liverpool train, and the guard answer that one had just gone and there would not be another for some hours. Stangerson seemed to be put out at that, but Drebber was rather pleased than otherwise. I got so close to them in the bustle that I could hear every word that passed between them. Drebber said that he had a little business of his own to do, and that if the other would wait for him he would soon rejoin him. His companion remonstrated with him, and reminded him that they had resolved to stick together. Drebber answered that the matter was a delicate one, and that he must go alone. I could not catch what Stangerson said to that, but the other burst out swearing, and reminded him that he was nothing more than his paid servant, and that he must not presume to dictate to him. On that the Secretary gave it up as a bad job, and simply bargained with him that if he missed the last train he should rejoin him at Halliday's Private Hotel; to which Drebber answered that he would be back on the platform before eleven, and made his way out of the station.

"The moment for which I had waited so long had at last come. I had my enemies within my power. Together they could protect each other, but singly they were at my mercy. I did not act, however, with undue precipitation. My plans were already formed. There is no satisfaction in vengeance unless the offender has time to realize who it is that strikes him, and why retribution has come upon him. I had my plans arranged by which I should have the opportunity of making the man who had wronged me understand that his old sin had found him out. It chanced that some days before a gentleman who had been engaged in looking over some houses in the Brixton Road had dropped the key of one of them in my carriage. It was claimed that same evening, and returned; but in the interval I had taken a moulding of it, and had a duplicate constructed. By means of this I had access to at least one

en mi pecho estallara demasiado pronto y dejara mi trabajo sin hacer.

«Por fin, una noche iba conduciendo arriba y abajo por Torquay Terrace, como se llamaba la calle en la que se alojaban, cuando vi que un taxi se acercaba a su puerta. Enseguida sacaron algo de equipaje y, al cabo de un rato, Drebber y Stangerson se presentaron y se marcharon en el taxi. Fustigué a mi caballo y los mantuve a la vista, sintiéndome muy incómodo, pues temía que fueran a cambiar de alojamiento. En la estación de Euston se apearon, pedí a un muchacho que sujetara mi caballo y les seguí hasta el andén. Les oí preguntar por el tren a Liverpool y el guarda les contestó que acababa de salir uno y que no habría otro hasta pasadas unas horas. Stangerson pareció enfadarse por ello pero Drebber estaba más contento que otra cosa. Me acerqué tanto a ellos en el bullicio que pude oír cada palabra que intercambiaban entre ellos. Drebber dijo que tenía un pequeño asunto privado por hacer y que, si el otro le esperaba, pronto se reuniría con él. Su compañero se enfadó y le recordó que habían resuelto permanecer juntos. Drebber respondió que se trataba de un asunto delicado y que debía ir solo. No pude captar lo que Stangerson dijo a eso pero el otro estalló en insultos y le recordó que no era más que su sirviente a sueldo y que no debía intentar decirle lo qué debía hacer. Ante eso, el Secretario cedió y se limitó a negociar con él que si perdía el último tren se reuniría con él en el Private Hotel de Halliday, a lo que Drebber contestó que estaría de vuelta en el andén antes de las once y salió de la estación.

«Por fin había llegado el momento que tanto había esperado. Tenía a mis enemigos en mi poder. Juntos podían protegerse mutuamente pero por separado estaban a mi merced. No actué, sin embargo, con excesiva precipitación. Mis planes ya estaban formados. No hay satisfacción en la venganza a menos que el ofensor tenga tiempo de darse cuenta de quién es el que le ataca y por qué ha caído sobre él la retribución. Tenía trazados mis planes, mediante los cuales tendría la oportunidad de hacer comprender al hombre que me había agraviado que su antiguo pecado le había entregado. Dio la casualidad de que unos días antes un caballero que se había dedicado a revisar unas casas en Brixton Road había dejado caer la llave de una de ellas en mi carruaje. La reclamó esa misma tarde y se la devolví pero en el intervalo había tomado un molde de ella y mandado construir un duplicado. Gracias a esto tenía acceso

spot in this great city where I could rely upon being free from inter-ruption. How to get Drebber to that house was the difficult problem which I had now to solve.

"He walked down the road and went into one or two liquor shops, staying for nearly half-an-hour in the last of them. When he came out he staggered in his walk, and was evidently pretty well on. There was a hansom just in front of me, and he hailed it. I followed it so close that the nose of my horse was within a yard of his driver the whole way. We rattled across Waterloo Bridge and through miles of streets, until, to my astonishment, we found ourselves back in the Terrace in which he had boarded. I could not imagine what his intention was in returning there; but I went on and pulled up my cab a hundred yards or so from the house. He entered it, and his hansom drove away. Give me a glass of water, if you please. My mouth gets dry with the talking."

I handed him the glass, and he drank it down.

"That's better," he said. "Well, I waited for a quarter of an hour, or more, when suddenly there came a noise like people struggling in-side the house. Next moment the door was flung open and two men appeared, one of whom was Drebber, and the other was a young chap whom I had never seen before. This fellow had Drebber by the collar, and when they came to the head of the steps he gave him a shove and a kick which sent him half across the road. 'You hound,' he cried, shaking his stick at him; 'I'll teach you to insult an honest girl!' He was so hot that I think he would have thrashed Drebber with his cudgel, only that the cur staggered away down the road as fast as his legs would carry him. He ran as far as the corner, and then, seeing my cab, he hailed me and jumped in. 'Drive me to Halliday's Private Hotel,' said he.

"When I had him fairly inside my cab, my heart jumped so with joy that I feared lest at this last moment my aneurism might go wrong. I drove along slowly, weighing in my own mind what it was best to do. I might take him right out into the country, and there in some deserted lane have my last interview with him. I had almost decided upon this, when he solved the problem for me. The craze for drink had seized him again, and he ordered me to pull up outside a gin palace. He went in, leaving word that I should wait for him. There he remained until

al menos a un lugar de esta gran ciudad donde podía confiar en estar libre de interrupciones. Cómo llevar a Drebber a esa casa era el difícil problema que ahora tenía que resolver.

«Él caminó por la carretera y entró en uno o dos bares, permaneciendo casi media hora en el último de ellos. Cuando salió se tambaleaba al andar y era evidente que estaba bastante tomado. Había un coche a caballos justo delante de mí y él lo tomó. Lo seguí tan de cerca que el morro de mi caballo estuvo a menos de una yarda de su conductor durante todo el trayecto. Cruzamos traqueteando Waterloo Bridge y atravesamos calles durante millas, hasta que, para mi asombro, nos encontramos de nuevo en Terrace, donde se había alojado. No podía imaginarme cuál era su intención al regresar allí pero seguí adelante y detuve mi taxi a unas cien yardas de la casa. Él entró en la casa y su coche se alejó. Deme un vaso de agua, por favor. Se me seca la boca de tanto hablar».

Le di el vaso y se lo bebió de un trago.

«Así está mejor», dijo. «Bueno, esperé durante un cuarto de hora, o más, cuando de repente se oyó un ruido como de gente peleando dentro de la casa. En un instante se abrió la puerta de golpe y aparecieron dos hombres, uno de los cuales era Drebber y el otro un tipo joven al que nunca había visto antes. Este tipo tenía a Drebber cogido por el cuello y cuando llegaron a la cabecera de los escalones le dio un empujón y una patada que lo envió a la mitad de la calle. "Canalla", gritó, sacudiéndole el bastón, "¡le enseñará por insultar a una chica honrada!". Estaba tan acalorado que creo que habría golpeado a Drebber con su palo, sólo que el canalla se alejó tambaleándose por el camino tan rápido como le permitieron sus piernas. Corrió hasta la esquina y entonces, al ver mi taxi, me llamó y se subió. "Lléveme al Private Hotel de Halliday", dijo.

«Cuando lo tuve casi dentro de mi taxi, mi corazón saltó tanto de alegría que temí que en este último momento mi aneurisma pudiera jugarme en contra. Conduje lentamente, sopesando en mi mente qué era lo mejor que podía hacer. Podría llevarlo directamente a las afueras y allí, en alguna callejuela desierta, tener mi última entrevista con él. Casi me había decidido por esto cuando él resolvió el problema. La manía por la bebida se había apoderado de él de nuevo y me ordenó que me detuviera frente a un bar especializado en ginebra. Entró, dejando dicho que le

closing time, and when he came out he was so far gone that I knew the game was in my own hands.

"Don't imagine that I intended to kill him in cold blood. It would only have been rigid justice if I had done so, but I could not bring myself to do it. I had long determined that he should have a show for his life if he chose to take advantage of it. Among the many billets which I have filled in America during my wandering life, I was once janitor and sweeper out of the laboratory at York College. One day the professor was lecturing on poisons, and he showed his students some alkaloid, as he called it, which he had extracted from some South American arrow poison, and which was so powerful that the least grain meant instant death. I spotted the bottle in which this preparation was kept, and when they were all gone, I helped myself to a little of it. I was a fairly good dispenser, so I worked this alkaloid into small, soluble pills, and each pill I put in a box with a similar pill made without the poison. I determined at the time that when I had my chance, my gentlemen should each have a draw out of one of these boxes, while I ate the pill that remained. It would be quite as deadly, and a good deal less noisy than firing across a handkerchief. From that day I had always my pill boxes about with me, and the time had now come when I was to use them.

"It was nearer one than twelve, and a wild, bleak night, blowing hard and raining in torrents. Dismal as it was outside, I was glad within—so glad that I could have shouted out from pure exultation. If any of you gentlemen have ever pined for a thing, and longed for it during twenty long years, and then suddenly found it within your reach, you would understand my feelings. I lit a cigar, and puffed at it to steady my nerves, but my hands were trembling, and my temples throbbing with excitement. As I drove, I could see old John Ferrier and sweet Lucy looking at me out of the darkness and smiling at me, just as plain as I see you all in this room. All the way they were ahead of me, one on each side of the horse until I pulled up at the house in the Brixton Road.

"There was not a soul to be seen, nor a sound to be heard, except the dripping of the rain. When I looked in at the window, I found Drebber all huddled together in a drunken sleep. I shook him by the arm, 'It's time to get out,' I said.

esperara. Allí permaneció hasta la hora de cerrar y cuando salió estaba tan ido que supe que la partida estaba en mis manos.

«No imaginen que mi intención era matarle a sangre fría. Habría sido merecida justicia si lo hubiera hecho pero no me atreví a hacerlo. Llevaba mucho tiempo decidido a que tuviera un espectáculo a cambio de su vida si podía aprovechar la ocasión. Entre los muchos puestos que he ocupado en Estados Unidos durante mi vida errante fui conserje y barrendero del laboratorio del York College. Un día el profesor estaba dando una conferencia sobre venenos y mostró a sus alumnos un alcaloide, como él lo llamaba, que había extraído de algún veneno de flecha sudamericano y que era tan poderoso que la menor gota significaba la muerte instantánea. Divisé el frasco en el que se guardaba este preparado y, cuando todos se habían ido, me serví un poco. Yo tenía habilidades de boticario, así que trabajé este alcaloide hasta formar pequeñas píldoras solubles y cada píldora la metí en una caja con una píldora similar hecha sin el veneno. Decidí entonces que, cuando tuviera la oportunidad, mis caballeros sacaran cada uno una píldora de estas cajas mientras yo me tomaba la píldora que quedara. Sería igual de mortífero y mucho menos ruidoso que disparar a través de un pañuelo. Desde aquel día llevaba siempre conmigo mis pastilleros y había llegado el momento de utilizarlos.

«Era más cerca de la una que de las doce y una noche salvaje y sombría, un viento soplaba con fuerza y llovía a torrentes. Por lúgubre que fuera, yo estaba contento por dentro, tan contento que podría haber gritado de puro júbilo. Si alguno de ustedes, caballeros, ha anhelado alguna vez una cosa y la ha deseado durante veinte largos años y de repente la ha encontrado a su alcance, comprenderá mis sentimientos. Encendí un puro y le di una calada para calmar mis nervios pero me temblaban las manos y las sienes me palpitaban de excitación. Mientras conducía podía ver al viejo John Ferrier y a la dulce Lucy mirándome desde la oscuridad y sonriéndome, tan claramente como los veo a todos ustedes en esta habitación. Durante todo el camino ellos iban delante de mí, uno a cada lado del caballo, hasta que paré en la casa de Brixton Road.

«No se veía un alma, ni se oía un solo sonido, salvo el goteo de la lluvia. Cuando miré por la ventana encontré a Drebber acurrucado en un sueño ebrio. Le sacudí por el brazo: "Es hora de salir", le dije.

"'All right, cabby,' said he.

"I suppose he thought we had come to the hotel that he had mentioned, for he got out without another word, and followed me down the garden. I had to walk beside him to keep him steady, for he was still a little top-heavy. When we came to the door, I opened it, and led him into the front room. I give you my word that all the way, the father and the daughter were walking in front of us.

"'It's infernally dark,' said he, stamping about.

"'We'll soon have a light,' I said, striking a match and putting it to a wax candle which I had brought with me. 'Now, Enoch Drebber,' I continued, turning to him, and holding the light to my own face, 'who am I?'

"He gazed at me with bleared, drunken eyes for a moment, and then I saw a horror spring up in them, and convulse his whole features, which showed me that he knew me. He staggered back with a livid face, and I saw the perspiration break out upon his brow, while his teeth chattered in his head. At the sight, I leaned my back against the door and laughed loud and long. I had always known that vengeance would be sweet, but I had never hoped for the contentment of soul which now possessed me.

"'You dog!' I said; 'I have hunted you from Salt Lake City to St. Petersburg, and you have always escaped me. Now, at last your wanderings have come to an end, for either you or I shall never see to-morrow's sun rise.' He shrunk still further away as I spoke, and I could see on his face that he thought I was mad. So I was for the time. The pulses in my temples beat like sledge-hammers, and I believe I would have had a fit of some sort if the blood had not gushed from my nose and relieved me.

"'What do you think of Lucy Ferrier now?' I cried, locking the door, and shaking the key in his face. 'Punishment has been slow in coming, but it has overtaken you at last.' I saw his coward lips tremble as I spoke. He would have begged for his life, but he knew well that it was useless.

«"Muy bien, taxista", dijo él.

«Supongo que pensó que habíamos llegado al hotel que había mencionado porque se bajó sin decir una palabra más y me siguió por el jardín. Tuve que caminar a su lado para mantenerlo firme pues aún trastabillaba. Cuando llegamos a la puerta, la abrí y le conduje al salón delantero. Les doy mi palabra de que durante todo el camino, el padre y la hija caminaban delante de nosotros.

«"Está infernalmente oscuro", dijo él, dando pisotones.

«"Pronto tendremos luz", dije, encendiendo una cerilla y acercándola a una vela de cera que había traído conmigo. "Ahora, Enoch Drebber", continué, volviéndome hacia él, y acercando la luz a mi propia cara, "¿quién soy yo?".

«Me miró con ojos desorbitados y ebrios durante un momento y luego vi brotar en ellos un horror y convulsionarse todo su rostro, lo que me demostró que me conocía. Se tambaleó hacia atrás con el rostro lívido y vi cómo la transpiración brotaba de su frente, mientras sus dientes castañeteaban. Ante aquella visión, apoyé la espalda contra la puerta y reí fuerte y largamente. Siempre había sabido que la venganza sería dulce pero nunca había esperado la satisfacción en el alma que ahora me poseía.

«"¡Perro!", dije; "le he cazado desde Salt Lake City hasta San Petersburgo y siempre ha escapado. Ahora, por fin sus andanzas han llegado a su fin porque ni usted ni yo veremos salir el sol de mañana". Se encogió aún más mientras hablaba y pude ver en su rostro que pensaba que yo estaba loco. Así estuve durante un tiempo. Las pulsaciones de mis sienes latían como martillazos y creo que me habría dado algún tipo de ataque si la sangre no me hubiera brotado de la nariz y me hubiera aliviado.

«"¿Qué piensa ahora de Lucy Ferrier?", grité, cerrando la puerta y sacudiéndole la llave en la cara. "El castigo ha tardado en llegar pero por fin le ha alcanzado". Vi temblar sus labios cobardes mientras hablaba. Habría suplicado por su vida pero sabía bien que era inútil.

"'Would you murder me?' he stammered.

"'There is no murder,' I answered. 'Who talks of murdering a mad dog? What mercy had you upon my poor darling, when you dragged her from her slaughtered father, and bore her away to your accursed and shameless harem.'

"'It was not I who killed her father,' he cried.

"'But it was you who broke her innocent heart,' I shrieked, thrusting the box before him. 'Let the high God judge between us. Choose and eat. There is death in one and life in the other. I shall take what you leave. Let us see if there is justice upon the earth, or if we are ruled by chance.'

"He cowered away with wild cries and prayers for mercy, but I drew my knife and held it to his throat until he had obeyed me. Then I swallowed the other, and we stood facing one another in silence for a minute or more, waiting to see which was to live and which was to die. Shall I ever forget the look which came over his face when the first warning pangs told him that the poison was in his system? I laughed as I saw it, and held Lucy's marriage ring in front of his eyes. It was but for a moment, for the action of the alkaloid is rapid. A spasm of pain contorted his features; he threw his hands out in front of him, staggered, and then, with a hoarse cry, fell heavily upon the floor. I turned him over with my foot, and placed my hand upon his heart. There was no movement. He was dead!

"The blood had been streaming from my nose, but I had taken no notice of it. I don't know what it was that put it into my head to write upon the wall with it. Perhaps it was some mischievous idea of setting the police upon a wrong track, for I felt light-hearted and cheerful. I remembered a German being found in New York with RACHE written up above him, and it was argued at the time in the newspapers that the secret societies must have done it. I guessed that what puzzled the New Yorkers would puzzle the Londoners, so I dipped my finger in my own blood and printed it on a convenient place on the wall. Then I walked down to my cab and found that there was nobody about, and that the night was still very wild. I had driven some distance when I put my hand into the pocket in which I usually kept Lu-

« "¿Me asesinará?", balbuceó.

«"No hay asesinato", respondí. "¿Quién habla de asesinar a un perro rabioso? Qué piedad tuvo con mi pobre querida cuando la arrancó de su padre masacrado y se la llevó a su maldito y desvergonzado harén".

«"No fui yo quien mató a su padre", gritó.

«"Pero fue usted quien rompió su inocente corazón", grité, empujando la caja ante él. "Que el alto Dios juzgue entre nosotros. Elija y coma. Hay muerte en una y vida en la otra. Yo tomaré la que usted deje. Veamos si hay justicia sobre la tierra o si nos gobierna el azar".

«Se acobardó y dio gritos salvajes y dijo plegarias pidiendo clemencia, pero saqué mi cuchillo y lo sostuve en su garganta hasta que me obedeció. Entonces me tragué la otra píldora y permanecimos uno frente al otro en silencio durante un minuto o más, esperando a ver cuál iba a vivir y cuál iba a morir. ¿Olvidaré alguna vez la expresión que apareció en su rostro cuando las primeras punzadas de advertencia le indicaron que el veneno estaba en su organismo? Me reí al verlo y le puse delante de los ojos el anillo de matrimonio de Lucy. Fue sólo un momento, pues la acción del alcaloide es rápida. Un espasmo de dolor contorsionó sus facciones, extendió las manos hacia delante, se tambaleó y luego, con un grito ronco, cayó pesadamente al suelo. Le di la vuelta con el pie y puse la mano sobre su corazón. No había movimiento. Estaba muerto.

«La sangre había estado manando de mi nariz pero no le había hecho caso. No sé qué fue lo que se me metió en la cabeza para escribir con ella en la pared. Tal vez fuera alguna idea maliciosa de poner a la policía sobre una pista equivocada porque me sentía alegre y despreocupado. Recordé que habían encontrado a un alemán en Nueva York con la palabra RACHE escrita sobre él y en aquel momento se argumentó en los periódicos que debían de haberlo hecho las sociedades secretas. Supuse que lo que desconcertaba a los neoyorquinos desconcertaría a los londinenses, así que mojé mi dedo en mi propia sangre y lo escribí en un lugar conveniente de la pared. Luego fui a mi taxi y comprobé que no había nadie y que la noche seguía siendo horrible. Había recorrido cierta distancia cuando metí la mano en el bolsillo en el que habitualmente

cy's ring, and found that it was not there. I was thunderstruck at this, for it was the only memento that I had of her. Thinking that I might have dropped it when I stooped over Drebber's body, I drove back, and leaving my cab in a side street, I went boldly up to the house—for I was ready to dare anything rather than lose the ring. When I arrived there, I walked right into the arms of a police-officer who was coming out, and only managed to disarm his suspicions by pretending to be hopelessly drunk.

"That was how Enoch Drebber came to his end. All I had to do then was to do as much for Stangerson, and so pay off John Ferrier's debt. I knew that he was staying at Halliday's Private Hotel, and I hung about all day, but he never came out. I fancy that he suspected something when Drebber failed to put in an appearance. He was cunning, was Stangerson, and always on his guard. If he thought he could keep me off by staying indoors he was very much mistaken. I soon found out which was the window of his bedroom, and early next morning I took advantage of some ladders which were lying in the lane behind the hotel, and so made my way into his room in the grey of the dawn. I woke him up and told him that the hour had come when he was to answer for the life he had taken so long before. I described Drebber's death to him, and I gave him the same choice of the poisoned pills. Instead of grasping at the chance of safety which that offered him, he sprang from his bed and flew at my throat. In self-defence I stabbed him to the heart. It would have been the same in any case, for Providence would never have allowed his guilty hand to pick out anything but the poison.

"I have little more to say, and it's as well, for I am about done up. I went on cabbing it for a day or so, intending to keep at it until I could save enough to take me back to America. I was standing in the yard when a ragged youngster asked if there was a cabby there called Jefferson Hope, and said that his cab was wanted by a gentleman at 221B, Baker Street. I went round, suspecting no harm, and the next thing I knew, this young man here had the bracelets on my wrists, and as neatly shackled as ever I saw in my life. That's the whole of my story, gentlemen. You may consider me to be a murderer; but I hold that I am just as much an officer of justice as you are."

guardaba el anillo de Lucy y descubrí que no estaba allí. Esto me dejó pasmado, pues era el único recuerdo que tenía de ella. Pensando que podría habérseme caído cuando me incliné sobre el cuerpo de Drebber, regresé en el coche y, dejando mi taxi en una calle lateral, subí audazmente a la casa, pues estaba dispuesto a atreverme a cualquier cosa antes que perder el anillo. Cuando llegué allí, caminé directamente hacia los brazos de un oficial de policía que salía y sólo conseguí desarmar sus sospechas fingiendo estar desesperadamente borracho.

«Así fue como Enoch Drebber llegó a su fin. Todo lo que tenía que hacer entonces era hacer lo mismo con Stangerson y así saldar la deuda de John Ferrier. Sabía que se alojaba en el Private Hotel de Halliday y estuve merodeando todo el día pero nunca salió. Me imagino que sospechó algo cuando Drebber no hizo acto de presencia. Era astuto, era Stangerson, y siempre estaba en guardia. Si creía que podía mantenerme alejado quedándose dentro estaba muy equivocado. Pronto averigüé cuál era la ventana de su dormitorio y a la mañana siguiente temprano aproveché unas escaleras que estaban tiradas en la acera detrás del hotel y así me abrí paso hasta su habitación en el gris del amanecer. Le desperté y le dije que había llegado la hora de que respondiera por la vida que había quitado hacía tanto tiempo. Le describí la muerte de Drebber y le di a elegir una de las píldoras. En lugar de aferrarse a la oportunidad de ponerse a salvo que aquello le ofrecía, saltó de la cama y se lanzó a mi cuello. En defensa propia le apuñalé en el corazón. Habría sido lo mismo en cualquier caso pues la Providencia nunca habría permitido que su mano culpable escogiera otra cosa que el veneno.

«Tengo poco más que decir y es mejor así, porque estoy a punto de acabar. Seguí trabajando como taxista durante un día más o menos, con la intención de seguir haciéndolo hasta que pudiera ahorrar lo suficiente para irme de vuelta a Estados Unidos. Estaba de pie en el patio cuando un joven harapiento preguntó si había allí un taxista llamado Jefferson Hope y dijo que su taxi era requerido por un caballero del 221B de Baker Street. Di la vuelta, sin sospechar nada malo, y lo siguiente que supe fue que este joven tenía los brazaletes en mis muñecas y yo estaba tan pulcramente encadenado como nunca había visto en mi vida. Ésa es toda mi historia, caballeros. Pueden considerarme un asesino pero yo sostengo que soy tan oficial de justicia como ustedes».

So thrilling had the man's narrative been, and his manner was so impressive that we had sat silent and absorbed. Even the professional detectives, *blasé* as they were in every detail of crime, appeared to be keenly interested in the man's story. When he finished we sat for some minutes in a stillness which was only broken by the scratching of Lestrade's pencil as he gave the finishing touches to his shorthand account.

"There is only one point on which I should like a little more information," Sherlock Holmes said at last. "Who was your accomplice who came for the ring which I advertised?"

The prisoner winked at my friend jocosely. "I can tell my own secrets," he said, "but I don't get other people into trouble. I saw your advertisement, and I thought it might be a plant, or it might be the ring which I wanted. My friend volunteered to go and see. I think you'll own he did it smartly."

"Not a doubt of that," said Holmes heartily.

"Now, gentlemen," the Inspector remarked gravely, "the forms of the law must be complied with. On Thursday the prisoner will be brought before the magistrates, and your attendance will be required. Until then I will be responsible for him." He rang the bell as he spoke, and Jefferson Hope was led off by a couple of warders, while my friend and I made our way out of the Station and took a cab back to Baker Street.

Tan emocionante había sido la narración del hombre y tan impresionantes sus modales que nos habíamos quedado sentados en silencio y absortos. Incluso los detectives profesionales, displicentes como eran en todos los detalles del crimen, parecían muy interesados en la historia del hombre. Cuando terminó, permanecimos sentados durante unos minutos en una quietud sólo rota por el rascar del lápiz de Lestrade mientras daba los últimos toques a su escrito taquigráfico.

«Sólo hay un punto sobre el que me gustaría recibir un poco más de información», dijo por fin Sherlock Holmes. «¿Quién fue su cómplice que vino a por el anillo que yo anuncié?».

El preso guiñó un ojo a mi amigo jocosamente. «Puedo contar mis propios secretos», dijo, «pero no meto a otras personas en problemas. Vi su anuncio y pensé que podía ser una trampa o que podía ser el anillo que yo quería. Mi amigo se ofreció voluntariamente para ir a ver. Creo que reconocerá que lo hizo con inteligencia».

«De eso no hay duda», dijo Holmes cordialmente.

«Ahora, caballeros», comentó gravemente el Inspector, «deben cumplirse las formas de la ley. El jueves el prisionero comparecerá ante los magistrados y se requerirá su asistencia. Hasta entonces yo seré responsable de él». Hizo sonar la campana mientras hablaba y Jefferson Hope fue conducido por un par de guardias, mientras mi amigo y yo salíamos de la estación y tomábamos un taxi de vuelta a Baker Street.

CHAPTER VII — THE CONCLUSION

We had all been warned to appear before the magistrates upon the Thursday; but when the Thursday came there was no occasion for our testimony. A higher Judge had taken the matter in hand, and Jefferson Hope had been summoned before a tribunal where strict justice would be meted out to him. On the very night after his capture the aneurism burst, and he was found in the morning stretched upon the floor of the cell, with a placid smile upon his face, as though he had been able in his dying moments to look back upon a useful life, and on work well done.

"Gregson and Lestrade will be wild about his death," Holmes remarked, as we chatted it over next evening. "Where will their grand advertisement be now?"

"I don't see that they had very much to do with his capture," I answered.

"What you do in this world is a matter of no consequence," returned my companion, bitterly. "The question is, what can you make people believe that you have done. Never mind," he continued, more brightly, after a pause. "I would not have missed the investigation for anything. There has been no better case within my recollection. Simple as it was, there were several most instructive points about it."

"Simple!" I ejaculated.

"Well, really, it can hardly be described as otherwise," said Sherlock Holmes, smiling at my surprise. "The proof of its intrinsic simplicity is, that without any help save a few very ordinary deductions I was able to lay my hand upon the criminal within three days."

"That is true," said I.

"I have already explained to you that what is out of the common is usually a guide rather than a hindrance. In solving a problem of this sort, the grand thing is to be able to reason backwards. That is a very useful accomplishment, and a very easy one, but people do not prac-

Todos habíamos sido advertidos de que debíamos comparecer ante los magistrados el jueves pero, cuando llegó el jueves, no hubo ocasión para nuestro testimonio. Un Juez superior habia tomado cartas en el asunto y Jefferson Hope habia sido citado ante un tribunal donde se le aplicaría una estricta justicia. La misma noche después de su captura estalló el aneurisma y por la mañana se le encontró tendido en el suelo de la celda, con una plácida sonrisa en el rostro, como si en sus últimos momentos hubiera podido contemplar una vida útil y un trabajo bien hecho.

«Gregson y Lestrade se volverán locos con su muerte», comentó Holmes, mientras charlábamos sobre ello la noche siguiente. «¿Dónde quedará su gran anuncio?».

«No veo que tuvieran mucho que ver con su captura», respondí.

«Lo que uno haga en este mundo no tiene ninguna importancia», respondió mi compañero, amargamente. «La cuestión es qué puede uno hacer creer a la gente que uno ha hecho. No importa», continuó, más animado, tras una pausa. «No me habría perdido la investigación por nada del mundo. No ha habido un caso mejor que yo recuerde. Por simple que fuera, tenía varios puntos muy instructivos».

«¡Simple!», grité.

«Bueno, en realidad, difícilmente puede describirse de otro modo», dijo Sherlock Holmes, sonriendo ante mi sorpresa. «La prueba de su simplicidad intrínseca es que, sin más ayuda que unas pocas deducciones muy ordinarias, pude ponerle la mano encima al criminal en tres días».

«Es cierto», dije.

«Ya le he explicado que lo que está fuera de lo común suele ser una guía más que un obstáculo. Para resolver un problema de este tipo lo principal es ser capaz de razonar hacia atrás. Es un logro muy útil y muy fácil pero la gente no lo practica mucho. En los asuntos cotidianos de la

tise it much. In the every-day affairs of life it is more useful to reason forwards, and so the other comes to be neglected. There are fifty who can reason synthetically for one who can reason analytically."

"I confess," said I, "that I do not quite follow you."

"I hardly expected that you would. Let me see if I can make it clearer. Most people, if you describe a train of events to them, will tell you what the result would be. They can put those events together in their minds, and argue from them that something will come to pass. There are few people, however, who, if you told them a result, would be able to evolve from their own inner consciousness what the steps were which led up to that result. This power is what I mean when I talk of reasoning backwards, or analytically."

"I understand," said I.

"Now this was a case in which you were given the result and had to find everything else for yourself. Now let me endeavour to show you the different steps in my reasoning. To begin at the beginning. I approached the house, as you know, on foot, and with my mind entirely free from all impressions. I naturally began by examining the roadway, and there, as I have already explained to you, I saw clearly the marks of a cab, which, I ascertained by inquiry, must have been there during the night. I satisfied myself that it was a cab and not a private carriage by the narrow gauge of the wheels. The ordinary London growler is considerably less wide than a gentleman's brougham.

"This was the first point gained. I then walked slowly down the garden path, which happened to be composed of a clay soil, peculiarly suitable for taking impressions. No doubt it appeared to you to be a mere trampled line of slush, but to my trained eyes every mark upon its surface had a meaning. There is no branch of detective science which is so important and so much neglected as the art of tracing footsteps. Happily, I have always laid great stress upon it, and much practice has made it second nature to me. I saw the heavy footmarks of the constables, but I saw also the track of the two men who had first passed through the garden. It was easy to tell that they had been before the others, because in places their marks had been entirely

vida es más útil razonar hacia delante y así se llega a descuidar lo otro. Hay cincuenta que pueden razonar sintéticamente por uno que puede razonar analíticamente».

«Confieso», dije, «que no le sigo del todo».

«No esperaba que lo hiciera. Déjeme ver si puedo aclararlo. La mayoría de las personas, si les describe una sucesión de acontecimientos, le dirán cuál sería el resultado. Pueden juntar esos acontecimientos en su mente y argumentar a partir de ellos que algo sucederá. Sin embargo, hay pocas personas que, si usted les dijera un resultado, serían capaces de desarrollar a partir de su propia conciencia interior cuáles fueron los pasos que condujeron a ese resultado. A este poder me refiero cuando hablo de razonar al revés o analíticamente».

«Entiendo», dije.

«Este fue un caso en el que el resultado estaba dado y tuve que encontrar todo lo demás por mí mismo. Ahora permítame que me esfuerce en mostrarle los diferentes pasos de mi razonamiento. Voy a empezar por el principio. Me acerqué a la casa, como usted sabe, a pie, y con la mente totalmente libre de toda impresión. Empecé, naturalmente, por examinar la calzada y allí, como ya lo he explicado, vi claramente las marcas de un taxi que, según comprobé indagando, debía de haber estado allí durante la noche. Me convencí de que se trataba de un taxi y no de un carruaje privado por el estrecho ancho entre las ruedas. El carruaje londinense ordinario es considerablemente menos ancho que el cabriolé de un caballero.

«Éste fue el primer punto ganado. Luego caminé lentamente por el sendero del jardín, que casualmente estaba compuesto por un suelo arcilloso, peculiarmente adecuado para tomar impresiones. Sin duda a usted le pareció una mera línea pisoteada con aguanieve pero para mis ojos entrenados cada marca en su superficie tenía un significado. No hay rama de la ciencia detectivesca tan importante y tan descuidada como el arte de rastrear huellas. Afortunadamente, siempre he hecho gran hincapié en ello y tanta práctica lo ha convertido en una segunda naturaleza para mí. Vi las pesadas huellas de los alguaciles pero también vi el rastro de los dos hombres que habían pasado primero por el jardín. Era fácil saber que habían estado antes que los demás porque en

obliterated by the others coming upon the top of them. In this way my second link was formed, which told me that the nocturnal visitors were two in number, one remarkable for his height (as I calculated from the length of his stride), and the other fashionably dressed, to judge from the small and elegant impression left by his boots.

"On entering the house this last inference was confirmed. My well-booted man lay before me. The tall one, then, had done the murder, if murder there was. There was no wound upon the dead man's person, but the agitated expression upon his face assured me that he had foreseen his fate before it came upon him. Men who die from heart disease, or any sudden natural cause, never by any chance exhibit agitation upon their features. Having sniffed the dead man's lips I detected a slightly sour smell, and I came to the conclusion that he had had poison forced upon him. Again, I argued that it had been forced upon him from the hatred and fear expressed upon his face. By the method of exclusion, I had arrived at this result, for no other hypothesis would meet the facts. Do not imagine that it was a very unheard of idea. The forcible administration of poison is by no means a new thing in criminal annals. The cases of Dolsky in Odessa, and of Leturier in Montpellier, will occur at once to any toxicologist.

"And now came the great question as to the reason why. Robbery had not been the object of the murder, for nothing was taken. Was it politics, then, or was it a woman? That was the question which confronted me. I was inclined from the first to the latter supposition. Political assassins are only too glad to do their work and to fly. This murder had, on the contrary, been done most deliberately, and the perpetrator had left his tracks all over the room, showing that he had been there all the time. It must have been a private wrong, and not a political one, which called for such a methodical revenge. When the inscription was discovered upon the wall I was more inclined than ever to my opinion. The thing was too evidently a blind. When the ring was found, however, it settled the question. Clearly the murderer had used it to remind his victim of some dead or absent woman. It was at this point that I asked Gregson whether he had enquired in his telegram to Cleveland as to any particular point in Mr. Drebber's former career. He answered, you remember, in the negative.

algunos lugares sus marcas habían sido completamente borradas por las de los otros que venían por encima. De este modo se formó mi segundo eslabón, que me dijo que los visitantes nocturnos eran dos, uno notable por su estatura (según calculé por la longitud de su zancada) y el otro vestido a la moda, a juzgar por la pequeña y elegante huella que dejaban sus botas.

«Al entrar en la casa se confirmó esta última inferencia. El hombre bien calzado yacía ante mí. El alto, pues, había cometido el asesinato, si es que hubo asesinato. No había ninguna herida en el cuerpo del muerto pero la expresión agitada de su rostro me aseguró que había previsto su destino antes de que le sobreviniera. Los hombres que mueren de una enfermedad cardíaca o de cualquier causa natural repentina nunca, ni por casualidad, muestran agitación en sus facciones. Al olfatear los labios del muerto detecté un olor ligeramente agrio y llegué a la conclusión de que le habían administrado veneno. Volví a argumentar que lo habían forzado a tomarlo por el odio y el miedo expresados en su rostro. Por el método de exclusión había llegado a este resultado, ya que ninguna otra hipótesis se ajustaba a los hechos. No se imagine que era una idea inaudita. La administración forzosa de veneno no es en absoluto algo nuevo en los anales criminales. Los casos de Dolsky en Odessa y de Leturier en Montpellier se le ocurrirán enseguida a cualquier toxicólogo.

«Y ahora venía la gran pregunta del porqué. El robo no había sido el objeto del asesinato, pues no se llevaron nada. ¿Fue la política, entonces o fue una mujer? Esa era la pregunta a la que me enfrentaba. Me incliné desde el principio por esta última suposición. A los asesinos políticos les basta con hacer su trabajo y huir. Este asesinato, por el contrario, había sido realizado de la forma más deliberada y el autor había dejado sus huellas por toda la habitación, demostrando que había estado allí todo el tiempo. Debía de tratarse de un agravio privado y no político, que exigía una venganza tan metódica. Cuando se descubrió la inscripción en la pared me incliné más que nunca por mi opinión. Era demasiado evidente que se trataba de una trampa. Sin embargo, cuando se encontró el anillo, se zanjó la cuestión. Estaba claro que el asesino lo había utilizado para recordar a su víctima a alguna mujer muerta o ausente. Llegados a este punto, le pregunté a Gregson si había indagado en su telegrama a Cleveland sobre algún punto concreto de la carrera de Mr. Drebber. Me respondió, como recordará, negativamente.

"I then proceeded to make a careful examination of the room, which confirmed me in my opinion as to the murderer's height, and furnished me with the additional details as to the Trichinopoly cigar and the length of his nails. I had already come to the conclusion, since there were no signs of a struggle, that the blood which covered the floor had burst from the murderer's nose in his excitement. I could perceive that the track of blood coincided with the track of his feet. It is seldom that any man, unless he is very full-blooded, breaks out in this way through emotion, so I hazarded the opinion that the criminal was probably a robust and ruddy-faced man. Events proved that I had judged correctly.

"Having left the house, I proceeded to do what Gregson had neglected. I telegraphed to the head of the police at Cleveland, limiting my enquiry to the circumstances connected with the marriage of Enoch Drebber. The answer was conclusive. It told me that Drebber had already applied for the protection of the law against an old rival in love, named Jefferson Hope, and that this same Hope was at present in Europe. I knew now that I held the clue to the mystery in my hand, and all that remained was to secure the murderer.

"I had already determined in my own mind that the man who had walked into the house with Drebber, was none other than the man who had driven the cab. The marks in the road showed me that the horse had wandered on in a way which would have been impossible had there been anyone in charge of it. Where, then, could the driver be, unless he were inside the house? Again, it is absurd to suppose that any sane man would carry out a deliberate crime under the very eyes, as it were, of a third person, who was sure to betray him. Lastly, supposing one man wished to dog another through London, what better means could he adopt than to turn cabdriver. All these considerations led me to the irresistible conclusion that Jefferson Hope was to be found among the jarveys of the Metropolis.

"If he had been one there was no reason to believe that he had ceased to be. On the contrary, from his point of view, any sudden change would be likely to draw attention to himself. He would, probably, for a time at least, continue to perform his duties. There was no reason to suppose that he was going under an assumed name. Why

«Procedí entonces a realizar un examen minucioso de la habitación, que confirmó mi opinión sobre la estatura del asesino y me proporcionó los detalles adicionales sobre el cigarro Trichinopoly y la longitud de sus uñas. Ya había llegado a la conclusión, puesto que no había signos de lucha, de que la sangre que cubría el suelo había brotado de la nariz del asesino en su excitación. Pude percibir que el rastro de sangre coincidía con la huella de sus pies. Rara vez un hombre, a menos que sea muy sanguíneo, estalla de este modo por la emoción, por lo que me arriesgué a opinar que el criminal era probablemente un hombre robusto y de rostro rubicundo. Los acontecimientos demostraron que había juzgado correctamente.

«Tras abandonar la casa procedí a hacer lo que Gregson había descuidado. Telegrafié al jefe de la policía de Cleveland, limitando mi indagación a las circunstancias relacionadas con el matrimonio de Enoch Drebber. La respuesta fue concluyente. Me decía que Drebber ya había solicitado la protección de la ley contra un antiguo rival en el amor, llamado Jefferson Hope, y que este mismo Hope se encontraba actualmente en Europa. Ahora sabía que tenía en mi mano la pista del misterio y lo único que quedaba era atrapar al asesino.

«Ya había determinado en mi propia mente que el hombre que había entrado en la casa con Drebber no era otro que el que había conducido el taxi. Las marcas en el camino me demostraban que el caballo se había movido de un modo que habría sido imposible si hubiera habido alguien a cargo de él. ¿Dónde podría estar, entonces, el conductor, a menos que estuviera dentro de la casa? De nuevo, es absurdo suponer que cualquier hombre cuerdo llevaría a cabo un crimen deliberado bajo los mismos ojos, por así decirlo, de una tercera persona, que con toda seguridad le traicionaría. Por último, suponiendo que un hombre deseara perseguir a otro por Londres, ¿qué mejor medio podría adoptar que convertirse en taxista? Todas estas consideraciones me llevaron a la irresistible conclusión de que Jefferson Hope se encontraba entre los aurigas de la Metrópoli.

«Si lo había sido, no había razón para creer que había dejado de serlo. Al contrario, desde su punto de vista, cualquier cambio repentino probablemente llamaría la atención sobre sí mismo. Probablemente, al menos durante un tiempo, seguiría desempeñando sus funciones. No había ninguna razón para suponer que iba bajo un nombre falso. ¿Por

should he change his name in a country where no one knew his original one? I therefore organized my Street Arab detective corps, and sent them systematically to every cab proprietor in London until they ferreted out the man that I wanted. How well they succeeded, and how quickly I took advantage of it, are still fresh in your recollection. The murder of Stangerson was an incident which was entirely unexpected, but which could hardly in any case have been prevented. Through it, as you know, I came into possession of the pills, the existence of which I had already surmised. You see the whole thing is a chain of logical sequences without a break or flaw."

"It is wonderful!" I cried. "Your merits should be publicly recognized. You should publish an account of the case. If you won't, I will for you."

"You may do what you like, Doctor," he answered. "See here!" he continued, handing a paper over to me, "look at this!"

It was the *Echo* for the day, and the paragraph to which he pointed was devoted to the case in question.

"The public," it said, "have lost a sensational treat through the sudden death of the man Hope, who was suspected of the murder of Mr. Enoch Drebber and of Mr. Joseph Stangerson. The details of the case will probably be never known now, though we are informed upon good authority that the crime was the result of an old standing and romantic feud, in which love and Mormonism bore a part. It seems that both the victims belonged, in their younger days, to the Latter Day Saints, and Hope, the deceased prisoner, hails also from Salt Lake City. If the case has had no other effect, it, at least, brings out in the most striking manner the efficiency of our detective police force, and will serve as a lesson to all foreigners that they will do wisely to settle their feuds at home, and not to carry them on to British soil. It is an open secret that the credit of this smart capture belongs entirely to the well-known Scotland Yard officials, Messrs. Lestrade and Gregson. The man was apprehended, it appears, in the rooms of a certain Mr. Sherlock Holmes, who has himself, as an amateur, shown some talent in the detective line, and who, with such instructors, may hope in time to attain to some degree of their skill. It is expected that a testimonial of some sort will be presented to the two officers as a

qué iba a cambiar de nombre en un país donde nadie conocía el nombre original? Por lo tanto, organicé mi cuerpo de detectives árabes callejeros y los envié sistemáticamente a todos los propietarios de taxis de Londres hasta que descubrieron al hombre que yo quería. Lo bien que lo consiguieron y lo rápido que me aproveché de ello aún está fresco en su memoria. El asesinato de Stangerson fue un incidente totalmente inesperado pero que difícilmente podría haberse evitado en ningún caso. A través de él, como usted sabe, entré en posesión de las píldoras, cuya existencia ya había conjeturado. Como ve, todo el asunto es una cadena de secuencias lógicas sin fisuras ni fallos».

«¡Es maravilloso!», grité. «Sus méritos deberían ser reconocidos públicamente. Debería publicar un relato del caso. Si no lo hace, yo lo haré por usted».

«Puede hacer lo que quiera, doctor», respondió. «¡Mire esto!», continuó, entregándome un papel, «¡mire esto!».

Era el *Echo* del día y el párrafo al que señalaba estaba dedicado al caso en cuestión.

«El público», decía, «ha perdido una sensacional noticia por la repentina muerte del hombre, Hope, sospechoso del asesinato de Mr. Enoch Drebber y de Mr. Joseph Stangerson. Los detalles del caso probablemente nunca se conocerán ahora, aunque se nos informa de buena fuente que el crimen fue el resultado de una antigua y romántica enemistad, en la que el amor y el mormonismo tuvieron algo que ver. Parece que ambas víctimas pertenecieron, en sus días de juventud, a los Santos de los Últimos Días y Hope, el prisionero fallecido, es también originario de Salt Lake City. Si el caso no ha tenido otro efecto, al menos pone de manifiesto de la manera más sorprendente la eficacia de nuestra policía de detectives y servirá de lección a todos los extranjeros para que hagan bien en resolver sus rencillas en casa y no traerlas a suelo británico. Es un secreto a voces que el mérito de esta inteligente captura pertenece enteramente a los conocidos funcionarios de Scotland Yard, Mr. Lestrade y Mr. Gregson. El hombre fue apresado, al parecer, en las habitaciones de un tal Mr. Sherlock Holmes, que ha demostrado él mismo, como aficionado, cierto talento en la línea detectivesca y que, con tales instructores, puede esperar alcanzar con el tiempo cierto grado de destreza. Se espera que se entregue a los dos oficiales algún tipo de

fitting recognition of their services."

"Didn't I tell you so when we started?" cried Sherlock Holmes with a laugh. "That's the result of all our Study in Scarlet: to get them a testimonial!"

"Never mind," I answered, "I have all the facts in my journal, and the public shall know them. In the meantime you must make yourself contented by the consciousness of success, like the Roman miser—

"'Populus me sibilat, at mihi plaudo
Ipse domi simul ac nummos contemplor in arca.'"

homenaje como reconocimiento adecuado a sus servicios».

«¿No se lo dije cuando empezamos?», gritó Sherlock Holmes riendo. «Ése es el resultado de todo nuestro Estudio en Escarlata... ¡conseguirles un homenaje!»

«No importa», le contesté, «tengo todos los hechos en mi diario y el público los conocerá. Mientras tanto, debe contentarse con la conciencia del éxito, como el avaro romano:

«"Populus me sibilat, at mihi plaudo
Ipse domi simul ac nummos contemplor in arca"».
["El pueblo me silba, pero yo me regocijo en casa
mientras contemplo con cariño las monedas en mi caja fuerte"].

CLÁSICOS EN ESPAÑOL

Esperamos que haya disfrutado esta lectura. ¿Quiere leer otra obra de nuestra colección de *Clásicos en español*?

En nuestro Club del Libro encontrarás artículos relacionados con los libros que publicamos y la literatura en general. ¡Suscríbete en nuestra página web y te ofrecemos un ebook gratis por mes!

Recibe tu copia totalmente gratuita de nuestro *Club del libro* en rosettaedu.com/pages/club-del-libro

ROSETTA EDU

CLÁSICOS EN ESPAÑOL

Una habitación propia se estableció desde su publicación como uno de los libros fundamentales del feminismo. Basado en dos conferencias pronunciadas por Virginia Woolf en colleges para mujeres y ampliado luego por la autora, el texto es un testamento visionario, donde tópicos característicos del feminismo por casi un siglo son expuestos con claridad tal vez por primera vez.

Oscar Wilde escribe una sola novela, *El retrato de Dorian Gray*; ésta fue el objeto de una crítica moralizante mordaz por parte de sus contemporáneos que no pudieron ver que dentro de una trama perfectamente compuesta se escondía toda la tragedia del romanticismo. Cien años después no ha perdido su impacto original y sigue siendo un texto fundamental para los debates sobre la estética y la moral.

Otra vuelta de tuerca es una de las novelas de terror más difundidas en la literatura universal y cuenta una historia absorbente, siguiendo a una institutriz a cargo de dos niños en una gran mansión en la campiña inglesa que parece estar embrujada. Los detalles de la descripción y la narración en primera persona van conformando un mundo que puede inspirar genuino terror.

rosettaedu.com

EDICIONES BILINGÜES

En una atmósfera constante de misterio y amenaza, *El corazón de las tinieblas* narra el peligroso viaje de Marlow por un río (sin duda el Congo aunque no es nombrado en el relato) africano. Lo que el marino puede observar en su viaje le horroriza, le deja perplejo, y pone en tela de juicio las bases mismas de la civilización y la naturaleza humana.

Durante décadas, y acercándose a su centenario, *El gran Gatsby* ha sido considerada una obra maestra de la literatura y candidata al título de «Gran novela americana» por su dominio al mostrar la pura identidad americana junto a un estilo distinto y maduro. La edición bilingüe permite apreciar los detalles del texto original y constituye un paso obligado para aprender el inglés en profundidad.

En *La señora Dalloway* Virginia Woolf relata un día en la vida de Clarissa Dalloway, una señora de la clase alta casada con un miembro del parlamento inglés, y de un ex-combatiente que lucha contra su enfermedad mental. La innovación de la novela es la corriente de consciencia: Woolf sigue el pensamiento de cada personaje, siendo excelente a la hora de narrar emociones, asociaciones y sentimientos.

rosettaedu.com

www.ingramcontent.com/pod-product-compliance
Lightning Source LLC
Chambersburg PA
CBHW031958050726
47590CB00006B/1965